私密潜伏

狼神神 —— 著

中国出版集团　全国百佳图书
中国民主法制出版社　出版单位

图书在版编目（CIP）数据

私密潜伏 / 狼神神著 . —北京：中国民主法制出版社，2023.9
ISBN 978-7-5162-3397-9

Ⅰ . ①私… Ⅱ . ①狼… Ⅲ . ①长篇小说 – 中国 – 当代 Ⅳ . ① I247.5

中国国家版本馆 CIP 数据核字 (2023) 第 178893 号

图书出品人／刘海涛
出版统筹／石　松
责任编辑／张　婷　高文鹏

书　　名／私密潜伏
作　　者／狼神神　著

出版·发行／中国民主法制出版社
地　　址／北京市丰台区右安门外玉林里 7 号（100069）
电　　话／（010）63055259（总编室）　63058068　63057714（营销中心）
传　　真／（010）63055259
http：//www.npcpub.com
E-mail：mzfz@npcpub.com
经销／新华书店
开本／32 开　880 毫米 ×1230 毫米
印张／9.5　字数／216 千字
版本／2024 年 1 月第 1 版　2024 年 1 月第 1 次印刷
印刷／三河市宏图印务有限公司

书号／ISBN 978-7-5162-3397-9
定价／48.00 元
出版声明／版权所有，侵权必究。

（如有缺页或倒装，本社负责退换）

目 录

- 001 第一章 寻访英雄
- 017 第二章 谍战孤城
- 078 第三章 留守医院
- 082 第四章 刺杀"花匠"
- 093 第五章 小店聚餐
- 103 第六章 舍命出城
- 113 第七章 病房认亲

第八章
浴血东安　116

第九章
爱心早餐　132

第十章
身份成疑　135

第十一章
六年牢狱　143

第十二章
下放改造　164

第十三章
干爹炮爷　183

第十四章
苦熬灾年　212

225 第十五章
至暗岁月

250 第十六章
喜获平反

255 第十七章
老将发威

263 第十八章
莱县祝寿

279 第十九章
英雄离世

287 第二十章
丰碑有泪，
英雄无悔

295 后　记

私密潜伏一

"二战"时英国首相丘吉尔曾经说过这样一句话：从来没有这么少的人，对这么多的人做出过这么大的贡献……

我们把"这么少的人"称为英雄。

英雄之所以能成为英雄，是因为他们有着钢铁一般的意志和无悔的信仰。

顺境中，英雄们意气风发；而逆境对于英雄而言，只不过是烈火真金的考验、百炼成钢的过程。

丰碑有泪，赤诚无悔；人民英雄，永垂不朽！

第一章
寻访英雄

　　二〇〇四年初秋的一个午夜，北方沿海地区已经有了些许寒意。青阳市政府大院里，除了偶尔传来几声秋虫的鸣叫，四下已是一片沉寂。住宅区里，某幢平房的窗户里透出一线光亮，几名巡逻的武警战士路过平房窗前时放轻了脚步。有个小战士小声道："这么晚了，乔书记又没睡。"

　　乔书记叫乔占峰，现年五十一岁，现任青阳市委书记，那幢亮着灯的平房就是他的家。此时，乔占峰正在书房里眉头紧蹙，来回踱步。他在窗前驻足，目光又看向了书桌上的卷宗，然后叹着气摇了摇头。

　　就在一周前，乔占峰收到了省里给他寄来的一宗文件：两本书和省委有关部门的几份调查材料。上级部门还委托他尽快找到两个人——冯冠生、方秀兰。文件中明示乔占峰，这两个人极有可能还活着，而且就在青阳市。

　　乔占峰起初还有些疑惑：这是两个什么样的人？省委有关部门怎么会把文件直接寄送到自己手中？这好像不太符合上级部门正常文件传达的程序吧。对于那两本书，他粗略翻看了一下目录，两本书似乎都属于那种自传题材的"回忆录"。其中，一本书名为《我的征战岁月》，作者是曾经历过抗日战争、解放战争以及抗美援朝战争的老将军杜永胜；另一本书名为《信仰》，作者是新中国成立前我党潜伏于敌营、如今旅居美国的林仲伦先生。

看过其他几份文件之后，乔占峰才知道，原来所有文件和两本书中都提到了那两个重要人物——冯冠生和方秀兰。

冯冠生，男，生于一九二四年；方秀兰，女，生于一九二七年。如果此二人还活着，如今都已经是年近八十的老人了。

从上级部门下达文件的方式来看，这两位老人的身份一定非同寻常。乔占峰不敢怠慢，根据文件的提示，他着重读了两本书中有关介绍冯冠生和方秀兰的章节，很快被书中提到的那些往事深深地震撼了。

老将军杜永胜在《我的征战岁月》一书中有关"华东战事"的章节里，重点提到了女英雄方秀兰。一九四八年时，方秀兰刚满二十一岁。当时为了山东省城东安的解放，这个年轻的姑娘冒着生命危险，将一份国民党守军的《东安城防图》送到了解放大军的手中。我华东野战军总部根据那份城防图重新调整了总攻部署，以很少的伤亡代价，一举解放了被国民党反动派自诩城防"固若金汤"的东安城。

让乔占峰震撼的是方秀兰运送情报的方式——当时大战在即，国民党守军对东安城的往来盘查十分严密，迫使方秀兰将一幅装有绝密情报的卷轴藏进了自己的身体。事后，虽经过全力抢救，保住了方秀兰的性命，但其因生殖系统被严重破坏，永远失去了做母亲的权利。

就在昨天下午，青阳市下辖的莱县人民政府反馈来一则消息：根据材料里介绍的那些特征，他们在莱县的大柳村找到了一个"方秀兰"，此人的年龄和村民们反映的一些基本情况，与材料中所描述的人物特征相似度极高。

乔占峰当即决定亲自前往莱县，去见一见这位共和国的女功臣。

第二天上午九点多，三辆吉普车风尘仆仆地开进了莱县县委大院。车子刚停稳，便有几个人匆匆从县委办公楼的高台阶上迎了下来，看来他们等候已久了。

秘书小田先行下车，为乔占峰打开了车门。

莱县负责接待的几名同志已经快步来到车前，其中一人满面春风地迎上来，紧紧握住了乔占峰的手："乔书记辛苦了！欢迎您到莱县视察工作。"此人是莱县的县委书记曹大元，乔占峰相当熟悉。

乔占峰微笑着与曹大元握手："大家都辛苦了，大周末的也没让你们清闲，得罪，得罪。"

曹大元恭敬地寒暄道："不辛苦，不辛苦，都是为了工作，乔书记您不是也没休息嘛。"说着，他将身后的几个人给乔占峰逐一作了介绍——莱县县委常委的领导班子全员到齐。

乔占峰和大家逐一握手寒暄。曹大元上前请示道："乔书记，咱们先去会议室喝口水、歇歇脚，我们也好将近期的工作情况向您作汇报。"

乔占峰笑着一摆手："这就没必要了吧。我今天是以个人名义来咱们莱县，主要是想来拜访一下'方秀兰'同志，所以汇报就免了吧。你们能不能先介绍一下方秀兰同志现在的情况？"

曹大元赶忙从身后人群里叫出来一个穿着警服的中年汉子，并作了介绍："乔书记，这是我们县公安局的马局长。自从那份文件传达到我们这里之后，我们莱县县委、县政府高度重视，这件事一直由马局长亲自负责调查，他比较了解情况。"

"乔书记，您好！"马局长与乔占峰握了手，"具体情况是这样的，在接到县委传达下来的文件之后，咱们县公安局……"

乔占峰抬腕看了看手表，商量道："我看时间也不早了，马局长，咱们在路上边走边聊，你看怎么样？"

马局长一怔："直接去大柳村？"说话间，他看向了曹大元。

乔占峰问道："怎么，那个大柳村很远吗？"

曹大元支支吾吾地回答："其实，倒也不是很远。只是，我们还没来得及安排。"

乔占峰大手一挥："这还需要什么安排！走。"

乔占峰让马局长上了自己的车，与此同时，他发现莱县那些干部的座驾也都纷纷聚拢了过来。他犹豫了一下，转身对曹大元说道："老曹，咱们今天只是普通走访，又是周末，没必要耽误大家的休息时间，我看就让大家都散了吧。"

曹大元迟疑了一下，点头应道："嗯，是，也好，也好。"

乔占峰临上车时又叮嘱了一句："我这里有马局长就行。老曹，你也回去休息吧，有什么事咱们随时联系。"

曹大元急了，上前一把拉住即将关上的车门，苦着脸说道："乔书记，您到咱莱县视察，总不能连我也轰回去吧？他们回去可以，我这个县官儿总还是要陪同的嘛。"

乔占峰略一思忖，苦笑着点头应允。

路上，马局长向乔占峰作了汇报：接到县委的指示后，他立刻让县公安局的户籍部门普查了有关"冯冠生"和"方秀兰"的档案资料。可是很遗憾，像大多数老档案一样，由于"文化大革命"时期的动荡，莱县保存的旧户籍和旧档案资料很不完整。现有资料表明，当初确实有这么两个人被"下放改造"到了莱县,后来这两个人都被安排到了莱县的大柳村。

在此之前,马局长已经数次跟大柳村的村主任柳德福通过电话,并从他那里获知了一些情况:冯冠生已经在多年前去世,但方秀兰还健在,目前仍居住在大柳村。据柳德福回忆,当初两个人到大柳村"改造"时背负的罪名,是"顽固分子"和"老牌特务"。

听着马局长的讲述,乔占峰习惯性地皱起了眉头。说话间,车队驶过一个镇子,马局长试探着问道:"乔书记,要不要通知一下镇政府的同志?"

乔占峰厌烦地挥了挥手:"没必要,咱们直接去大柳村。"虽然乔占峰驰骋官场多年,可他对那些"逐级汇报请示、层层下达接待"的官僚作风着实深恶痛绝。

大柳村距离镇子并不远,但是进村的那段公路却实在不敢恭维。车子颠簸着,缓慢前行。马局长满面愧色地解释道:"乔书记,咱们这里乡村的筑路条件有限,尤其是山区。不过这条路已经在规划了,听我们曹书记说,好像马上就要动工了。"

乔占峰笑着点了点头,表示了理解。

车队进入大柳村,在村头一块空地上停了下来——里面的路况进车显然很困难。车子刚停稳,便有一些农闲的村民围了上来,有好事的人上前打听:"你们这是找谁家啊?"

马局长率先下车,迎着人群招呼道:"老乡,我们来村里办点儿公事,麻烦谁给帮忙喊一下村主任柳德福,谢谢啦。"

几名村民闻讯朝一栋房子跑去,边跑边着急忙慌地叫嚷着:"德福,德福,赶紧的,村里来大干部啦!"

乔占峰和随行的几个人在车前站了一会儿,有个四十岁左右的黑红脸膛汉子在几名村民的簇拥下急匆匆地赶来。那汉子一见马局长的那身警服,不由得一怔:"呀,咋了这是?是出啥事情啦?"

马局长笑着上前和那汉子握手,寒暄道:"你就是村主任柳德福吧?我是县公安局的老马,咱们前天刚通过电话。"

"哦,对对对,想起来了。"柳德福恍然大悟,红着脸自嘲道,"嗨,吓俺一跳,俺还以为出了啥事哩。你们是为冯阿婆的事情来的吧?"

"冯……冯阿婆?"马局长微微一怔。

柳德福赶忙解释道:"就是,就是你们说的那个方……那个方啥……哦,方秀兰。"

"是,是,是。"乔占峰面带微笑,迎上前寒暄道,"小柳辛苦了,我们就是专程来拜访方秀兰同志的。"

柳德福将乔占峰上下一打量,向马局长询问:"这位是……"

"这是咱青阳市的市委书记,乔占峰同志。"马局长给柳德福作了介绍,又一指乔占峰身边的曹大元,"这是咱们莱县的曹书记。"

"哎哟!"柳德福惊叫一声,上前就握住了乔占峰的手,"俺说咋看着那么眼熟呢,原来是乔书记。见过见过,在电视里见过。"说完又不失时机地恭维道,"啧啧,乔书记,您可比电视上看着精神多了。走,乔书记,去咱家里坐。"

这个柳德福的手劲儿也忒大,那满是老茧的大手在激动之下发蛮力一握,还真让乔占峰有些吃不消。乔占峰强忍着手上的酸痛,挤出一丝笑容:"就不麻烦了,咱们还是先去看看方秀兰老人吧。"

"好,好,好。"柳德福一边应承着,一边用手指着不远处的一条山路,"来来来,乔书记,咱这边走。"

一行人跟在柳德福的身后,沿着崎岖的山路鱼贯而行。行进间,乔占峰回头一望,不禁有些诧异:此时他们正身处一座小山的半山腰,大柳村赫然已在他们的脚下。他有些不解地看向曹大元。

此时的曹大元已经满头大汗。要说这初秋的天气还算凉爽,无奈曹大元在众人中岁数最大,身体又过分发福,这段山路还真把他折腾得够呛。见乔书记看向自己,曹大元抹了一把脸上的汗,朝领路的柳德福气喘吁吁地喊了一嗓子:"我说小柳啊,你这是要带我们去哪儿啊?"

柳德福闻声回头一看,面露尴尬——光顾着在前面带路,身后的领导们一个个都已经喘得发躬了。柳德福窘迫地笑着,用手一指应道:"前面,就在前面,这就快到了。"

众人抬头看去,整座小山除了果树,只有零星几座类似瓜棚的简易建筑物,哪有房屋的影子?曹大元抹了一把汗问道:"哪儿呢?我咋瞧不见?"

柳德福讪笑着挠了挠头,指着山顶解释道:"喏,翻过这座山,阿婆家就在前面那座山的半山腰。"

曹大元暗暗叫苦,脚下一个趔趄——若不是乔占峰的秘书小田和一个警卫人员眼疾手快扶住他,他险些崴进路旁的小河沟里。柳德福见状,窘迫地商量道:"要不……要不咱就在这儿先歇歇?"

乔占峰上前拍了拍柳德福的肩膀,笑道:"我看歇脚就免了,但是别再走那么快了,老同志们的身体吃不消啊。"说完,他回头招呼道:"大家都不要走得太急,小田你们几个年轻人,照顾一下身边的老同志。"

乔占峰和柳德福聊着家常在前面不紧不慢地走着,不知不觉来到了山顶。站在山顶远远望去,眼前果然是一番山清水秀的壮丽美景，乔占峰也看到了那个坐落在半山腰的小院。柳德福指着小院介绍道："乔书记，那儿就是冯阿婆的家。"

乔占峰点点头，问道："德福，方秀兰平时和谁住在这里？"

柳德福回答道："好多年前，她和冯阿公住在这里，后来冯阿公过世了，她就一个人住了。"

乔占峰眉头一蹙，又问道："你说的这个'冯阿公'，是不是叫冯冠生？"

柳德福一脸茫然地摇了摇头，随即露出了一个憨厚的笑容，点头应道："对对对，冯冠生，是，是这个名字。刚才要不是您冷不丁地一问，俺还真没想起来。"

乔占峰追问道："要这么说，那冯冠生和方秀兰是夫妻？"

柳德福憨笑着回答道："那当然啦。"

乔占峰思忖了一下，又问道："他俩应该没有子女，是吧？"

柳德福摇了摇头，很惋惜地说道："可不是！老两口儿别提有多恩爱了，可就是一直没孩子。俺小时候听俺爷爷喝醉酒漏过话，好像是说阿婆有病，怀不上孩子。"

应该没错了！乔占峰的心紧了一下，担忧地问道："德福啊，如果我没有记错的话，方秀兰老人今年应该快八十岁了吧。她一个人住在这里，能照顾自己吗？"

"唉，可不嘛！"柳德福轻叹一声，"不过乔书记您放心，俺们村里的人对阿婆好着呢，俺媳妇她们那帮老娘们儿，每顿都给阿婆送饭来。"

乔占峰点点头，朝柳德福感激地笑了笑。他盯着那院落看了一会儿，又回头看了看另一边山脚下的村落，说道："女同志每天来回奔走，这距离可不近哪。你们有没有想过，可以在村子里给老人家安排一个合适的住处。"

一听这话，柳德福叫苦不迭："哎哟乔书记，咱们村别的没有，空房子倒是现成的。可俺们都劝了阿婆多少回了，她就是不肯到村子里住。"说完他咧开嘴笑了笑，颇无奈地摇了下头："乔书记，您不知道，这个冯阿婆，顽固得很嘞！"

一行人在山顶稍事休息，便开始下山。就在距离那座院落不远的小路上，一个十岁左右的小男孩虎头虎脑地跑了过来，嘴里还欢快地叫嚷："爸、爸，你咋来啦？"

柳德福挥着手，急火火地训斥道："你慢点儿跑，回头再摔了！"

可那小子根本不听，呼哧呼哧地跑到了众人面前。柳德福一指乔占峰，对那小子命令道："这个，叫大爷！"

"大爷！"小子脆生生地喊了一声，然后嘿嘿一笑，露出两颗小虎牙，那憨笑的神情像极了柳德福。

果然，柳德福也朝乔占峰嘿嘿一笑："乔书记，这是俺家小子，叫虎子。"

乔占峰慈爱地摸了摸虎子的头，询问道："虎子，出来玩儿，作业写完了吗？"

"早就写完了！"虎子很威风地一掐腰，"俺可不是出来玩儿的，俺是来劳动的，俺来帮阿婆掰玉米。"

柳德福绷着脸质问道："不好好帮阿婆在地里干活儿，你跑出来满山满野嘚瑟个啥！"

虎子神气地冷哼一声，然后将一根包裹着白纱布的手指在柳德福面前炫耀般地晃了晃："瞧见了没？大水泡！阿婆夸俺干活儿最棒，让俺出来休息一下。疗伤！疗伤你懂吗？"

童言无忌，虎子这一番耀武扬威，逗得大伙儿哈哈大笑。大伙儿的笑声让柳德福显得有些窘迫，他红着脸问道："你个臭小子，阿婆呢？阿婆在家吗？"

虎子也不答话，转身就朝那个院落跑去，嘴里连声大叫："阿婆、阿婆，村主任来啦！村主任来啦！"逗得大伙儿又是一阵大笑。

众人来到小院前，乔占峰仔细打量起来：院子实在太破旧，院墙露出了土质的墙体；有几处地方已经出现坍塌；正门的门楼摇摇欲坠，两扇斑驳的大门敞开着，即使关严了也是形同虚设。

乔占峰在随行人员的簇拥下走进院子。这是一座典型的北方乡村民居：两间正房，左右各有一间厢房；墙角堆着农具；院子西侧有一口架设了压水泵的水井；正房的门框上挂着几辫子大蒜和辣椒，给小院平添了许多烟火气；院子中央是堆成小山的玉米；几个孩子围坐在一个身穿粗布褂子的白发老人身旁，拿着玉米棒正在剥玉米粒。见众人进门，孩子们腼腆地笑着，更紧地凑到了老人的身边。

听到身后有响动，老人家头也不回地招呼道："是德福来了？"声音里满带着笑意，有着很浓的莱县口音。

柳德福笑着走了过去，应道："阿婆，是俺，俺带客人看您来了。"

老人转过头来，笑着寒暄道："俺一个孤老婆子，有啥可看的。"可当老人看清了柳德福身后那几张陌生的面孔时，她的笑容一时僵在了脸上，尤其是看到了马局长穿的那身警服，更是陡然冷起脸转了过去。

众人皆是一愣，看来老人家似乎对这些陌生访客充满了敌意。

柳德福蹲在老人身边，给她介绍："阿婆，他们不是外人，是咱们的大领导，市委乔书记亲自看您来了。"

老人叹了口气，冷冷地说道："哟，还真是大领导，这……

莫不是又要有啥'运动'？"

"运动？啥运动？"柳德福愣了一愣，赶忙解释，"阿婆，人家乔书记可是专程来看望您的。"

老人轻蔑地笑了笑，叹息一声道："俺刚才说了，俺一个孤老婆子没啥可看的，要没啥事情，你赶紧带他们走吧。"

柳德福还想继续解释，却被乔占峰笑着制止了。他来到老人的身后，欠着身子柔声问道："冯妈妈，我叫乔占峰，是咱青阳市的市委书记。这次主要是来探望您，顺便有几件事情想找您核实一下。"见老人面无表情地剥着玉米，乔占峰继续问道："我们知道您叫方秀兰，我想问一下，冯冠生同志是您的什么人？"

老人一副拒人千里之外的神情，冷冷地回答："他是俺男人，咋了？他已经死了很多年了，没啥可调查的，你们就放过他吧。"口气里满是抵触情绪。

乔占峰又问道："冯妈妈，我想再向您打听一个人，您认识一个叫杜永胜的人吗？在解放前，他叫'杜三伢'。"

老人的身子一震，停下了手里的活儿。她扭头瞥了乔占峰一眼，又匆忙摇着头否认："你，你别问了，你快走吧，俺不认识他。俺啥也不知道，俺谁都不认识。"

直到此刻，乔占峰才看清了这个叫"方秀兰"的老妇人的面容。这是个慈眉善目的老人，头发已经完全花白，岁月在她的脸上留下了太多沧桑的痕迹，可她的那双眸子却是那样清澈明亮。此时那双眸子正紧盯着他，那眼神里似乎还夹杂着几许愤恨。老人的嘴唇颤抖着，倔强的语气里透出无比的庄严："俺虽是一个孤老婆子，可俺没有做过任何对不起党、对不起人民的事。俺和冠生对党和人民是忠诚的，俺们问心无愧！谁都没有权利来怀疑俺、审判俺！没有！"

乔占峰的喉头一紧,声音也随之哽咽:"冯妈妈,您真的误会了。请您好好再想一想,您认识一个叫林仲伦的人吗?"说完又加重了语气,"他是解放前我们党潜伏在敌人内部的高级特工人员,代号'蔷薇'。"

老人的身子猛地一震,竟站直了佝偻的身躯,手里的玉米也滑落到了地上。她一把拉住乔占峰的手,眼睛里跳跃着希冀的火苗:"是林大哥,他还活着?你们……你们找到了林大哥?你们找到林大哥了?"

乔占峰的鼻子一酸,他能感觉到,老人的身体因激动而有些战栗。

两行浊泪从老人的脸上滑落,她用颤抖的声音问道:"你们……你们真是组织上派来的?"

乔占峰的眼泪再也控制不住了,他用力地点了点头:"冯妈妈,请您相信我们。我们是组织上派来的,组织上派我来接您老人家了。"

老人微微一笑,梦呓般地呢喃着:"冠生,咱们胜利了……"说着,她的脖子慢慢后仰,微闭着眼睛,整个身子瘫了下去。

乔占峰和柳德福赶忙扶住了老人,秘书小田转身喊道:"曲大夫,快!"

众人将老人扶进屋里,与乔占峰随行的医生给老人检查了一下身体。乔占峰上前急切地询问:"小曲,老人家的情况怎么样?"

曲大夫扶了扶眼镜,轻声回答:"老人家的身体很虚弱,刚才又过于激动,所以才出现了昏厥症状。不过好在心率和脉搏都很正常,只要好好调养一下,应该没有什么大问题。"

"哦。"乔占峰如释重负,心里悬着的石头总算落了地。

"不过这里……"曲大夫环视了一下周围环境，为难地说道，"乔书记，您也看到了，这里的条件确实不太适合老人家的休养。而且以老人家目前的身体状况，我建议马上送医院，做一次全面体检。"

"对对对。"乔占峰如梦初醒，赶忙回头吩咐道，"你们几个，赶快背老人家下山。"

乔占峰的警卫人员背起了老人，柳德福从土炕上拿起一条小毛毯披在老人身上，几个人便出门匆匆地下了山。

乔占峰环视着老人的家，不免心酸。这哪里算得上是个"家"呀，两间低矮的土屋里家徒四壁，四面墙壁已经被烟熏成了浅黑色，别说电器，就连一件像样的家具都没有。不过，那土炕上崭新的被褥倒是让他略感欣慰。

乔占峰刚到门口，那群孩子就抹着眼泪围到了他的身前。虎子呜呜地哭着问："大爷，阿婆她咋啦？你们要带她去哪儿啊？"

乔占峰矮下身子，慈爱地摸着虎子的头，安慰孩子们道："你们先回家好吗？孩子们，阿婆生病了，我们要带她去医院。请大家相信我，她不会有事的。"

孩子们似乎还是有些不放心，纷纷呜咽着询问：

"大爷，阿婆得的是什么病呀？"

"大爷，阿婆啥时候能回来呀？"

乔占峰挤出一丝笑容，劝慰道："很快，大家放心吧，阿婆很快就会回来了。"

众人急火火地奔到了山下的村头，车辆附近已经围拢过来很多村民。一个看起来三十多岁的妇人挤出人群跑了过来，惊慌失措地问道："孩子他爹，阿婆这是咋啦？"

柳德福不耐烦地应道："还能咋！没瞧见？病啦！"

那妇人焦急地问道："这好好的，咋就病了呢，要紧不？"

柳德福敷衍道："应该没啥大毛病。哎呀，这不正要送去医院嘛。"

"哦……"妇人应了一声，好像放心了许多。

柳德福急得一拍大腿，骂骂咧咧地嚷道："倒霉娘们儿，你'哦'个屁啊，还傻站着干啥？还不赶紧回屋给俺拿钱去！"

那妇人缓过神来，随即着急忙慌地朝家里跑去。

警卫人员已经将老人安置到了车上。乔占峰上前查看了一番，好在这辆越野吉普车的空间够宽敞，警卫人员放倒了第二排座椅，老人安静地躺在车里，曲大夫已经给她戴上了氧气面罩。

事不宜迟，乔占峰让柳德福也上了车，然后催促大家赶快上路。他一再叮嘱几位司机："在保证老人家安全的前提下，车速一定要快！"

前面开路的吉普车已经挂上了警灯。众人上车之后，吉普车鸣响警笛，风驰电掣地朝县城的方向疾驶。

赶往县城的路上，乔占峰向柳德福询问起了方秀兰老人到大柳村之后的一些情况。柳德福的讲述让乔占峰的心里泛起了阵阵波澜……

到了莱县人民医院，方秀兰老人被推进了急诊室。乔占峰和曹大元等人聚集在医院会议室里，开始焦急地等待。没多久，会议室的门被人推开了，一个略有些秃顶的白大褂抱着一个文件夹走了进来，向曹大元汇报："曹书记，您请放心，病人的身体状况，总体还算正常，只是……"

看着那人欲言又止的样子，曹大元不耐烦地问道："只是啥？有啥话你就快说！"

"白大褂"瞄了一眼周围诸人，然后凑到曹大元耳边，低声问道："那病人是咱亲戚？"

曹大元反问道："亲戚？啥意思？"

"白大褂"为难地说道："曹书记，情况是这样的，高级护理病房倒是有，只是咱们医院对入住高级护理病房有严格规定，不知道那个老人的级别是……"

级别？曹大元愣了一下，带着满脸问号转头看向乔占峰。

乔占峰铁青着脸走到"白大褂"面前，一把扯过了那个文件夹，在住院登记表"亲属"一栏里，写下了三个遒劲的大字——乔占峰。

莱县人民医院的高级护理病房里，方秀兰老人已经打上了点滴，也输上了氧气，此时她躺在病床上安静地睡着了。看着眼前慈祥的老人，乔占峰的心情久久难以平静。

房门发出一声微响，秘书小田闪身进了房间，对乔占峰低声细语道："乔书记，外面已经把饭准备好了，您也该吃点儿东西了。"

乔占峰摇了摇头："不了，我不饿，你们先去吃。"

小田面露难色，抱怨道："您看这都几点了？早上阿姨可是特意嘱咐过我，说您的老胃病最近又有些反复，好歹您也和我们一起吃一点儿呀。"见乔占峰再度摇头，小田继续和他商量道："不吃东西也行，我们在隔壁给您安排了房间，您过去休息一下，啊？"

乔占峰起身将小田轻轻推到了门前，轻声催促道："你们快去吃饭，我就在这里休息一会儿。"

小田了解乔占峰的脾气，知道再多劝也不会有用，于是便哭丧着脸退出了房间。乔占峰却在这时喊住了他："麻烦你下楼一趟，去车里把文件袋里的那两本书给我拿过来，我想再翻翻。"

小田很快就把书拿来了。

乔占峰坐在方秀兰老人的病榻旁，打开了林仲伦的那本《信仰》，读着书中的讲述，他的思绪随着那些饱满的文字，来到了那个战火纷飞的年代……

第二章
谍战孤城

　　一九四八年十月，这一年的气候太过反常，夏天刚过，天气便骤然冷了起来，而且是那种彻骨的寒冷。温度突降，仿佛一下子把人们从盛夏拖进了冰窖。这一年的秋季，就这么轻易地被忽略不计了。

　　这是属于战争的一年，也是属于胜利的一年。这一年，我华东野战军在战场上连连告捷，一路追歼着国民党反动派残部，势如破竹地攻到了省城东安的外围。彼时，我解放大军已基本完成了对省城东安的四面合围，随时都可以发起最后的总攻。胜利在望，东安城即将回到人民的怀抱。

　　古城东安历史悠久，城内古迹众多，是史前"龙山文化"的发祥地。相传在尧舜时期，东安城就是华夏先民的重要聚集地。因其交通四通八达，地处要隘，并且易守难攻，自古以来便是兵家必争之地。

　　辉煌只能说明过去，如今的东安城内却是一片萧瑟。早在一个多月前，城内居民就知道了解放军要攻城的消息。一时间，东安城内人心惶惶，有能力逃走的人家早就溜之大吉；没能力逃走的平头百姓只能困守家园，听天由命。

兵临城下，一场战祸近在眼前。身处这座孤城，作为守方的国民党将士都很清楚，大势已去。那些所谓的"固若金汤""血战到底""人在城在"等誓词，大家心照不宣，不过是色厉内荏，自己给自己壮胆而已。

国民党"中央广播电台"里继续"捷报"频传，可所有人都对那些厚颜无耻的说辞嗤之以鼻——如果仔细计算下来，国军最近三个月已经成功击溃了"共匪"军队的十多亿人，可全国还不足五亿人口。眼下人家解放军大兵压境又该如何解释？这不是胡扯吗？！

省政府机要处和卫戍司令部的电台更是忙得像过年，电报像雪片一样飞来，所有从"中央方面"发来的电文，内容如出一辙：全力以赴，死守东安！

"中央方面"还在电报里大言不惭：坚守东安一个月，为国军之大反攻争取时间！一个月后，共军凶猛之攻势势必已至强弩之末，必将全线崩溃！

如今那些内容相仿的电文堆积起来，已经足有几尺高了。

大战一触即发，东安城内的大小官员们削尖了脑袋想要逃离这座孤城。可是作为政府官员，临阵脱逃可是要被治罪的。于是，官员们不约而同地想到了同一条途径——调离。一时间，东安城内各级衙门的门前车水马龙，比菜市场还要热闹，省政府接收到的"请调报告"更是多如牛毛。如果将那些"请调"所用的纸张装订起来，估计能垒出一座很像样的图书馆。

这天夜里，东安城万国福隆大酒店里走出了一个身材挺拔的年轻人。此人身穿一套青色的名贵西装，一件高档皮风衣随意地斜披在身上，脚上是一双黑白相间的尖头皮鞋，皮鞋一尘不染,在霓虹灯下闪烁着油光。如此装束且能随意出入高档的娱乐场合,无一不彰显着他的身份——非富即贵的公子哥。

此人的五官俊朗得有些过分,棱角分明的脸上剑眉星目,高鼻薄唇。明明是个帅气得堪比电影明星的东方美男子,可他却站姿松垮、神情慵懒,斜叼在嘴边的雪茄更是透出十足的桀骜不驯。

走到酒店门口,帅哥优雅地弹飞了手中的半支雪茄,回身朝酒店内很不屑地瞥了一眼,露出一丝不易被察觉的坏笑。难怪他有如此的表情,他刚刚参加完一场令他不齿的晚宴:某副省长成功完成了"调离",明天一早即可堂而皇之且名正言顺地乘飞机"调离"东安城,去江南某城走马上任。大喜过望之下,这位以吝啬著称的副省长今晚不惜血本,在这里设下了隆重的"辞别宴"。

这个帅气的年轻人名叫林仲伦,是东安城国民党省政府机要处的高级秘书。年纪轻轻便坐上了如此高位,他在"党国"的仕途可谓前程似锦。

走出酒店,林仲伦抬手看了一下腕表:晚上八点半,还有半个小时就该宵禁了。他站在路边懒洋洋地一招手,便有一辆黄包车来到了他的面前。

车夫是个铁塔般的汉子。他头戴一顶破檐儿的旧草帽,压低的帽檐儿遮住了半张黑红的脸;脖子上挂着一条早已看不出原色的汗巾;大冷的夜,他只穿了一件无袖的破坎肩,还大敞着怀,露出石刻般的胸腹肌肉;一条打满补丁的粗布裤子,裤脚卷至膝盖,粗壮的小腿肌夸张地外绽。如此一副好身板,不拉车还真是可惜了。

林仲伦上了黄包车,悠闲地吹起了口哨,车夫拉着车子飞奔了起来。

黄包车一路疾行，林仲伦观望着路边的街景，若无其事地问道："外边的情况怎么样？"

车夫丝毫没有放慢脚步，气息平稳地低声回答："情况不妙，'海棠'的同志可能都牺牲了。"

林仲伦闻言一怔，随即用手摸着下巴，表情迅速恢复了之前的若无其事："怎么回事，查清楚了吗？"

车夫一边奔跑，一边向林仲伦汇报了他侦察到的情况……

黄包车在花园街林公馆门前停了下来。林仲伦结算了车钱后，下车进了公馆。

花园街地处东安城内的老租界区。晚清时这里住的都是洋人，是"华人与狗禁止入内"的地界。林公馆是花园街里一幢临街的小洋楼，据说最早的住户是位英国驻华领事。如今这里是林仲伦的家，更准确地说，这里是林仲伦的父亲林培公的府邸。

林培公是个文人，一个很高级的文人，一度曾担任国内某著名大学的校长。他可算得上是"桃李满天下"，他的很多学生如今都在国民党的军界、政界担任重要职务。

内战爆发之后，国民党政府试图利用林培公的威望稳定政局、笼络政客，于是便委派他来到东安城，出任省教育厅厅长一职，还给了他一个"省政府高级顾问"的头衔。可林培公似乎很不给政府面子，来到东安城之后挂着一个"教育厅厅长"的虚名，却从来没有去上过一天班。他声称身染重疾，将自己"囚禁"在林公馆，不但足不出户，而且还闭门谢客，几乎谢绝了所有人的造访。他将此举标榜为"一个文人的气节"。

原来，尽管林培公是一个资深的国民党党员，但他却是国民党内的"不同政见者"——主和派人士。他痛恨战争，更痛恨内战。在内战爆发之前，他和许多志同道合的老党员联名上书政府，要求和谈。他们认为只有"和谈"才是解决国内政治争端的唯一途径，万万不可内战。

他们上书时疾呼：我泱泱中华已受连年战火荼毒。抗日战争的胜利，使这个国家付出了惨重的代价，此时正值百废待兴之际。百姓需要休养生息、期盼安居乐业，他们不希望内战。这个羸弱、疲惫的国家再也经受不起战争了。

可是蒋介石政府却无视老党员们的"奏折"和几万万同胞的抗议，不顾生灵涂炭，毅然决然地发动了内战。林培公是绝望的，更是无奈的，他知道自己根本无力去改变什么，唯一能做的便是"保留自己的意见"，闭门谢客。

林培公数次在家中痛心疾首："国民党已失民心，命不久矣！"并且，他以一个文人独有的政治嗅觉，一针见血地指出：国民党政府为了一己权欲，宁可将几万万同胞陷入战火的荼毒，此举失民心太重。民心的天平势必倒向另一方——共产党。而且在内战中，国民党无论是在政治上还是在军事上，都过分依赖美国和其他欧洲列强。列强们那些所谓的援助真的是无偿的吗？林培公不相信。人们常说，天下没有免费的午餐，列强们绝非圣贤，那些"捐助"迟早是要还的。长此以往，即使国民党打赢了内战又如何？这个已然百孔千疮的国家，必定会再度沦为列强的附庸、殖民地，国将不国。若真到了那个时候，国民党必将成为泱泱中华的千古罪人！

林培公的"闭关"倒是让那些保密局（前身为军统）的特务们狠狠地松了一口气。因为在此之前，林培公那些"语不惊人死不休"的文章动辄出现在某些激进的报刊上，并且往往是石破天惊、一呼百应。保密局的特务们对他是恨得咬牙切齿，却又无可奈何。如今林培公选择闭门谢客，不再过问政事，甚至不再去报刊上"胡说八道"，保密局的特务们真是求之不得。

林仲伦自幼便受到父亲民主思想的熏陶，读大学的时候，他在一位导师的引领下接触到了共产主义思想和《共产党宣言》。自那时起，他便深信只有共产党才可以救中国。大学毕业的前一年，他秘密加入了中国共产党。如今的林仲伦依靠家庭和工作身份的掩护，已经成长为一名杰出的谍报人员，他利用工作上的便利，屡屡为党组织搜集重要的讯息和情报。

回到家中的林仲伦径直来到了自己的书房，他迅速褪掉了身上的皮风衣和西装，仿佛卸下一身厚重的铠甲。他点上一支烟，在房中焦躁地踱步。他不知道下一步该做什么，因为他已经与党组织失去了联系。

林仲伦是中共东安地下党谍报网络中一个重要的环节，为了确保他的安全，党组织与他一直采取"单线联系"的方式。也就是说，即使是党内的高层，也鲜少有人了解他的真实身份。他唯一的上线"杜鹃"，早在半个月前就与他失去了联系。"杜鹃"遭遇了什么？被捕、被害抑或已经安全撤离……一切皆有可能，一切又不得而知。

最近几天，林仲伦在机要处又得到了几份重要情报。按照以往的惯例，他将这些重要情报秘密转交给了"大陈"。

大陈，就是那个黄包车车夫。林公馆地处繁华的花园街，平时这里聚集了很多等客人的黄包车车夫，大陈就是其中的一个，而他的另一个身份是我党在东安城的地下交通员。由于林仲伦身份特殊、目标太大，大陈的职责就是帮助林仲伦传递情报，同时也在暗中保护林仲伦。

大陈在接到情报后，准备将情报送到位于松江路的田园茶庄。这个茶庄是地下党的秘密联络处,在茶庄的阁楼里藏着一部秘密电台,林仲伦的情报就是通过这部电台发送出去的。茶庄里一共四个人:一个老板、三个伙计,都是我党的地下谍报人员,他们的小组代号是"海棠"。

可是那天,大陈却没敢贸然进入茶庄,因为他没有在茶庄阁楼的窗台上看到"安全讯号"——一盆花卉。大陈佯装等客人,拖着黄包车围着茶庄转了几圈,可那盆花却始终没有出现。

今天,大陈通过各种渠道终于探听到了消息:两天前,一群国民党军警和保密局特务突然冲进了茶庄,茶庄里登时枪声大作。待枪声平息后,茶庄里猛然传出两响巨大的爆炸声,周围的民房遭受波及,很多窗户的玻璃都被震碎了。

事后,大陈获悉:当时茶庄遭遇突袭,茶庄老板带领三个伙计仓促应战,奋起抵抗,但敌众我寡,在身负重伤的情况下,茶庄老板和一个尚有活动能力的小伙计拉响了手榴弹,与电台和来袭的敌人同归于尽……

林仲伦的心情无比沉痛。"海棠"是他和大陈在谈论中提及最多的代号。组织上考虑到林仲伦的安全,所有与"海棠"接头的任务都是由大陈代为完成的。也就是说,林仲伦和"海棠"彼此根本不曾谋面。除了代号"海棠",林仲伦并不知道他们的姓名。"海棠"潜伏在暗夜的恐怖中,为革命默默地奉献,可就在曙光即将来临、东安城马上就要迎来解放的时刻,他们却献出了宝贵的生命,连名字都没有留下。也许在最后拉响手榴弹的那个瞬间,他们已经看到了属于胜利的朝阳。

身为谍报人员,林仲伦强迫自己淡漠掉那些悲痛和缅怀,因为他还有更重要的工作要完成。

上线失去了联系,下线的战友尽数牺牲,手里的情报无法送出去,这让林仲伦心急如焚。他不知道组织上将会派什么人来找他重新接头,更不知道那个来接头的人会在什么时候出现。他现在能做的除了等待,也只有等待……

时间已过午夜,可东安城却并没有安静下来,窗外偶尔传来零星的枪声和警笛的呼啸声,保密局的特务们又在抓人了。

时间不早了,林仲伦离开书房准备回卧室休息。可他刚关上书房的门,管家却在这时急匆匆地走上楼来。见到林仲伦,管家匆忙禀报:"少爷,家里有位客人到访。"

什么人会在这个时候到家里来?林仲伦厌烦地挥了挥手,敷衍道:"这都啥时候了,不见不见!告诉来人,就说老爷子已经休息了,改日再约吧。"

管家凑上来,低声解释道:"少爷,老爷不见客,这我是知道的,可那人说是要见您。"

林仲伦一下子警觉起来,凝眉问道:"找我的?来的是什么人?"

管家没有言语,双手递上一张名帖。林仲伦接过来一看,是那种带有国民党党徽的标准名帖:东安城卫戍司令部作战室中校参谋,窦立明。

林仲伦望着手上的名帖,不禁有些疑惑:这个窦立明他倒是认识,不过也仅算得上是"认识"而已。窦立明三十多岁,二人是在一次国民党守军军部举办的舞会上通过一位军部高官的引荐而相识的。林仲伦对他的印象还算不错:精明强干,也算是风流倜傥,还略带些文雅之气。可林仲伦还是不明白,这个人怎么会深更半夜前来拜访?

林仲伦思忖片刻,问道:"只有他一个人?"管家点头称是。

林仲伦吩咐:"带他到书房来见我,哦,对了,再给我沏一壶新茶。"

林仲伦回到书房,没一会儿,管家便将一个人带进了书房。

来访者一身帅气的美制军服,手持一根短杖,正是窦立明。窦立明此时脸色微醺,他刚进门,林仲伦就闻到一股淡淡的酒味,看来窦立明来这里之前喝了不少酒。林仲伦从书桌上拿起烟盒,给窦立明抛去了一支香烟,然后笑问道:"窦参谋深夜来访,不知有何公干?"

窦立明接住了香烟,从口袋里掏出打火机点着,深吸了一口,语气轻松地应道:"今晚和几个军部的兄弟在贵府附近小聚,往回走的时候恰巧路过这里,顺路进来看看老朋友。"

老朋友?按说林仲伦与窦立明之间只能算是一面之缘,完全称不上什么"老朋友",当然,也绝对没有这种可以在深夜造访的交情。可林仲伦只是笑了笑,并没有拆穿。

管家沏好了茶水后,恭敬地站到了一边。窦立明瞅了瞅那个管家,朝林仲伦递过来一个暗示的眼神。林仲伦对管家吩咐道:"这里没你的事儿了,你先出去吧。"

管家刚刚离开房间,窦立明便匆忙起身掐灭了烟头,然后几步走到门前迅速反锁了房门。林仲伦默默观察着窦立明的一举一动,脸上始终保持着那种坦然的微笑。

窦立明快步走到林仲伦的面前,伸出一只手,郑重地说道:"仲伦同志,请原谅我的冒昧,我们的时间不多,我手里有几份很重要的情报,必须通过你尽快与'老家'取得联系。"

这毫无铺垫的开场白也太直接了!林仲伦轻蔑地看了看窦立明伸过来的那只手,冷冷一笑,带着嘲讽的口吻说道:"同志?老家?窦参谋,你这是演的哪一出?看来你今天的酒可真没少喝,刚才的那句称呼好像是'那边'的吧?我奉劝你,还是赶紧找个地方去醒醒酒。现在可是非常时期,你刚才的那几句话,已经足够让你我的脑袋搬家了。"

窦立明腼腆地笑了笑，随即收起笑容，正色道："仲伦同志，我知道今晚的到访有些冒昧，但是情况十分紧急，我必须马上与组织上取得联系，我……"

"好了好了，窦参谋。"林仲伦厌烦地一挥手，打断了窦立明的话，"我不想继续听你在这里胡言乱语了，门就在那边，好自为之。"说完，他朝房门的方向做了个"请"的手势。

窦立明有些急了，义正词严地说道："仲伦同志，不管你相不相信我，请允许我把话说完！"

林仲伦苦笑一声，点燃了手里的香烟，一副悉听尊便的神情。

窦立明继续说道："时间紧迫，请允许我长话短说。仲伦同志，我已经与组织失去联系多时，这段时间保密局方面展开了秘密的抓捕行动，我们在东安城的地下党组织遭受了严重破坏。种种迹象表明，我们党的内部出现了叛徒。'杜鹃'同志在被捕前对我有指令，不到万不得已，不要与你直接联系。可是眼下情况紧急，我必须通过你将情报送回'老家'！"

杜鹃！林仲伦的心脏一阵狂跳——那正是他上线的代号。可是真的要相信眼前这个人吗？不，不能暴露身份。组织上对他曾经有过特别交代：在任何情况下，都不能暴露真实身份。如果有新的联络人出现，那么他们应该先找大陈，经大陈核实身份后才会带来与林仲伦见面。可眼下这个窦立明竟直接找到了他，却又报上了"杜鹃"的代号，这让林仲伦有些拿不定主意。

林仲伦最终还是决定不暴露身份。他讪笑着对窦立明说道："窦参谋，说完了？说完你就可以走了。"

窦立明笑了笑，他拿起手杖，猛一用力拔掉了手柄，从夹层里抽出来一个卷轴。他将卷轴放在林仲伦面前的桌子上摊开，竟然是一张图纸。窦立明指着图纸说道："这是东安城最新的布防图。敌人这次是下足了本钱，要在这里与我们争个鱼死网破。近期他们又秘密增派了三个全美式装备的机械化师，已经布防到了东安城正面的防御阵地。最重要的是这里，你来看……"

林仲伦一直眯着眼，一副心不在焉的样子。听到窦立明的话，他佯装不经意地朝那张图纸上瞄了一眼：果然，在窦立明所指的区域，用黑笔画了很多三角形的特殊标识。

窦立明指着那些图标，说道："就是这里、这里，还有这里，敌军又增加了两个整编的重炮旅，全部配备了新型的美制大口径火炮。如果我军按原计划从正面发起总攻，势必遭受重创！"

林仲伦不动声色地看着那张城防图。窦立明的脸上露出了微笑，他从那张图纸下又抽出了另外一张图纸，对林仲伦很振奋地说道："经'杜鹃'同志批准，我发展了一个预备党员——东安城卫戍部队二三九团团长贾作奎。他们团在敌人整套作战体系中负责东安城南城门的防御。我们已经有过约定，在总攻发起的时候，他们团会临阵起义，打开南城门，里应外合，迎接大军解放东安城。"窦立明仔细收好那些图纸，然后很郑重地推到了林仲伦的面前："仲伦同志，我知道你对我还有质疑，但是请你务必相信我！由于单线联系的缘故，我和'杜鹃'同志只剩下你这一条渠道可以和'老家'取得联系了。"

林仲伦苦笑着摇了摇头，敷衍道："窦参谋，这个……我恐怕真的帮不上你什么。"他的这句话可谓一语双关：首先，他好像是在撇清自己和共产党的关系；其次，他也是在暗示窦立明，自己也跟组织上失去了联系。

窦立明胸有成竹地笑了笑："仲伦同志，'杜鹃'同志在被捕前告诉过我，你还有一条和'老家'保持联系的绝密渠道。

所以，拜托了！"

林仲伦很震惊，因为那是只有他和"杜鹃"才知道的秘密，如此绝密的事情，窦立明竟然也知道。"杜鹃"是老革命了，他绝不可能叛变。那么也就是说，窦立明是自己人？可是多年的敌后斗争经验告诉林仲伦：越是合理的推断，就越是暗藏杀机。

窦立明整理了一下军服，对林仲伦说道："仲伦同志，实不相瞒，最近几天我的身边也多了一些形迹可疑的人，如果没有猜错的话，我的身份很有可能已经暴露。"说完他难为情地笑了笑，作了补充："不过请你放心，今晚在过来之前我布了个局，已经成功甩掉了尾巴，你是绝对安全的。"

林仲伦不动声色地点了点头。

窦立明扭头看了看座钟，如释重负地舒出一口气："好了，我该告辞了，这些资料就拜托给你了。再见，'蔷薇'同志。"

林仲伦心头一震，因为对方报出的正是他的代号。眼看着窦立明已经走到了门前，林仲伦犹豫了一下，轻声问道："请问你，你是……"

窦立明收住了脚步，转头朝林仲伦腼腆地一笑："窦立明，一九四三年入党，中共东安地下党支部党员，代号'牡丹'。"

"牡丹"？窦立明就是"牡丹"！这个代号对林仲伦来说并不陌生，他曾经听"杜鹃"说起过。他突然有了一种不可遏止的冲动，想冲上前紧紧地拥抱这位可敬可爱的战友……可是他不能。

送走窦立明，林仲伦心潮澎湃，他快步返回书房，熄掉了房灯，摁亮书桌上的台灯后展开了那些图纸。

太珍贵了！图纸上的标识很清晰，详细地标明了国民党防御部队的位置、番号和人数等。林仲伦简直无法想象，窦立明是如何搞到这些珍贵的图纸的。

如今这些珍贵的资料移交到了林仲伦的手中,他首先想到的不是如何将资料送回"老家",而是要证实这些情报的真实性。既然情报已经到了他手里,他就要对它们的真实性负起绝对的责任。

窦立明真的是自己的同志?事关东安城的安危,以及几十万甚至几百万人的性命,哪怕只有百分之一、万分之一的不确定,林仲伦也不容自己有任何大意。

如果窦立明是保密局的特务,那么后果将会是什么?首先可以肯定的一点——"杜鹃"已被捕,林仲伦的身份也已暴露。身处虎穴,林仲伦在敌后工作多年,他早已将自己的生死置之度外。但是,此事件背后的圈套却让他不寒而栗:敌方谍报机关已确认了他的身份,试图借他的手将这份假的城防图送出城外。然后,几十万解放大军将陷入敌人早已设好的陷阱……

林仲伦不敢再想下去,可接下来该怎么办?这些情报在他眼里成了一块烫手的山芋……

一大早,林仲伦被卧室外杂乱的脚步声惊醒。他出门朝走廊里一看,家里的仆人们正在管家的指挥下忙乱地收拾着东西。林仲伦朝管家一招手,问道:"这大清早的,你们忙活啥呢?"

管家凑到林仲伦的身边,紧张地回话:"回少爷,今天一早,保密局那边过来了几个人。"林仲伦一惊。管家接着汇报:"他们来通知府上,让咱们收拾一下贵重的物品,这几天会有人来接咱们去南边。"

虚惊一场!林仲伦点点头,朝管家挥了挥手:"嗯,知道了,你忙去吧。"

简单地梳洗之后,林仲伦用过了早餐,便急匆匆地走出了家门。

大陈的黄包车早就等在了林公馆门外。见林仲伦出门,大陈乐呵呵地上前打了招呼:"林少爷,您今天可真早啊!"

林仲伦讪笑着上了车,吩咐道:"少废话,走着。"

大陈拉起黄包车,跑了起来。

林仲伦佯装不经意地环视了一下四周的环境,然后欠起身子,低声问道:"外面的情况怎么样?"

大陈回答道:"一切正常。"

林仲伦迟疑了片刻,苦笑着道出了他的疑虑:"大陈,我,我可能已经'亮'了。"亮了,是他们的暗语,意思就是身份已经暴露。

大陈明显放慢了车速,低声问道:"怎么会?出什么事了,确诊了吗?"

林仲伦摇了摇头,叹息道:"只是一种可能。"

一路上两个人没有再言语。快到省政府的时候,林仲伦探着身子低语道:"目前可以确诊的是,'杜鹃'已经出事了。你今天帮我留意一个人,卫戍司令部作战室的参谋,是个中校,叫窦立明。"

大陈默默地点了点头。林仲伦下车后递上了车资,走进了省政府的大门。

只是短短一夜的时间,省政府大楼内发生了翻天覆地的变化:人心惶惶,所有人都忙碌得像一只只没头的苍蝇,他们抱着一堆堆文件穿梭在走廊和各个房间之间,脸上的表情更是犹如惊弓之鸟。走廊里到处都散落着纸张,空气中弥漫着一股萧瑟的气息。林仲伦看着眼前慌乱的景象,想起了唐代诗人许浑的诗句:山雨欲来风满楼。哦,不,此时或许用"树倒猢狲散"

更为贴切。

　　林仲伦闲庭信步地走上了三楼，这里也是一片忙碌，只是相比楼下的慌乱，这里能显得有条不紊一些。在去自己办公室的路上，林仲伦路过了机要处处长范耀文的房间。

　　此时的范耀文正趴在办公桌上，两手抓挠着他那半秃的脑袋，很有些痛不欲生的意思。

　　林仲伦敲了敲房门，然后吊儿郎当地踱了进去，询问道："范处，外面是怎么了？要搬家？"

　　范耀文抬起头看了看林仲伦，颓丧地叹息道："都这时候了，还搬个屁家，脑袋都快搬家了。"

　　林仲伦"哈哈"一笑，朝门外一努嘴："怎么回事儿？"

　　范耀文那张大脸浮现出一个很呆傻的表情，反问道："啊？你还不知道？"见林仲伦愣愣地摇了摇头，范耀文压低了声音，"上头今早来命令了，绝密级别的文件全部集中管理，能带走的全带走，不能带走的统一销毁。"范耀文虽然故弄玄虚地压低了嗓音，可他声音的分贝却没有丝毫降低，反而比正常说话的音量还要大。

　　林仲伦若有所悟地点了点头，应道："明白了，这是为了以防万一。"

　　"万一个屁！"范耀文哭丧着脸叫苦，"还万一呢？这次是铁定玩儿完啦。你出去瞧瞧，能溜的全溜啦！"说完他重重地跌坐在椅子上，脸上一副如丧考妣的神情。

　　林仲伦哭笑不得，上前劝解道："范处，没必要这么紧张吧！吃了败仗倒霉的又不光是咱们，瞧你那德行，不知道的还以为是嫂子跟人跑了呢。"

　　"跑？"范耀文的话音里带上了哭腔，"我倒真希望她能跟人跑喽，可你瞅瞅现在的东安城，往哪儿跑啊？"

031

林仲伦忧虑地点了点头，问道："按说像你这样的级别，政府如果要撤离，不会扔下你们不管吧？"

范耀文直接从椅子上蹦了起来，他快步走到门前反锁了房门，又来到林仲伦身边，喷着唾沫星子诉苦道："我这个级别？我还有级别？我算个屁啊！你以为我能像你们家老爷子？那可是国家的栋梁、党国的元勋！中央走到哪儿都不会少了你们家人的一根毫毛！可我呢？我还不如个臭虫！就算是撤退的时候能带上我，可你嫂子呢？还有你大侄子呢？光省政府这些官员有多少家眷，能带得过来嘛！"

林仲伦拧起眉头出主意："那你还等什么？现在时间还来得及，赶紧活动活动，给嫂子想想办法啊！找军部、省部的人通融一下，或许可以带上呢。"

范耀文捂着脸，重新颓废地跌坐在椅子上，将手拿开的时候，他的脸上竟然挂上了两行眼泪："没用了！咱是自家兄弟，我也不瞒你，撤退大名单我已经看了。政府里像我这个级别的官员家属，都不在撤退之列。我去找了几个老熟人，可他们都劝我不要着急，家眷会安排在下一批转移。可东安城眼看着就保不住了，下一批？鬼才相信还有下一批！"说完，他抬起一双泪眼安抚林仲伦："不过你放心，我看过转移名单，你们全家都是特别护送对象。"

"怎么会这样？"林仲伦无奈地摇头。

范耀文盯着林仲伦看了一会儿，突然眼里贼光一闪，猛地从椅子上蹦了起来，直接跪到了林仲伦的面前，惊慌地说道："仲伦兄弟，看在以往的情分上，拉兄弟一把吧！"

这突如其来的一跪把林仲伦吓了一跳，他赶忙伸手扶住了范耀文："范处，你这是干什么？快起来，快起来！"

范耀文一把推开了林仲伦的手，声泪俱下："仲伦兄弟，我求求你了，帮你嫂子和大侄子谋一条活路吧！"

林仲伦叫苦道："哎呀老范，你快起来！咱们该想辙就想辙，这事儿你求我有什么用？我又能有什么办法！"

范耀文瞪着一双流泪的金鱼眼，哀求道："有！兄弟，只要你肯帮忙，你肯定有办法！你回去跟你们家老爷子商量一下，撤退的时候带上我老婆吧，我求求你啦兄弟！"说着，他跪在地上"嘭嘭"磕起了响头。

林仲伦颇为无奈地说道："好了好了，你先起来再说，我尽量帮你想想办法。"

范耀文起身后紧紧地拉着林仲伦的手，起咒明誓道："兄弟，只要你帮了老哥哥这个忙，我给你当牛做马，下半辈子我范耀文就是你的人了！"

好容易安抚好了范耀文，林仲伦打开房门准备离开。一只脚门里一只脚门外时，他朝对面的房间看了一眼，回头问道："老范，卢处长今天没来？"

范耀文朝林仲伦招了招手，待林仲伦来到了身前，才神秘兮兮地说道："来了，一大早就让保密局的人带去问话了。"

林仲伦佯装惊愕，叫苦道："这是干吗呀？老卢那人能有什么问题？"

"呸！谁说不是呢！"范耀文气呼呼地叫骂，"保密局的那些'疯狗'，抓共产党没什么能耐，就对付自己人有本事！咱们机要处是什么地方？这里能有'通匪'的人？拿着鸡毛当令箭，净扯淡！"说完他瞅了瞅林仲伦，问道："怎么？他们没有找你谈话？"

林仲伦摇了摇头，苦笑一声说道："可能是人家嫌咱的级别不够吧。"

"别跟我扯这些。"范耀文亲昵地给了林仲伦一拳，恭维道，"你身后可杵着你家老爷子呢，谁吃了豹子胆，敢打你的主意！"

来到自己的办公室，林仲伦安静地坐了一会儿，窦立明和那些情报又浮现在他的脑海里。大战在即，那些情报资料在手里的每一分、每一秒都让他倍感煎熬。可是该如何考证那些情报的真实性呢？他理不出丝毫头绪。就在林仲伦焦头烂额又苦无对策的时候，有人敲响了房门。

林仲伦收拾好情绪，应了一声："请进。"话音刚落，又一个"林仲伦"闪身进了房间。

进门的这个"林仲伦"名叫冯冠生，他与林仲伦颇有几分相像，算是一个"稚嫩版"的林仲伦。

冯冠生，时年二十四岁，祖籍是山东省青阳市。他毕业于林培公曾任教的那所著名学府，也是林培公的得意门生。读书期间，冯冠生就是个典型的热血青年，在林培公门下的那几年经常出入林府，并且和林仲伦打得火热，所以称呼林仲伦为"师兄"。两年前，林培公调任东安城出任省教育厅厅长，冯冠生闻讯也赶到了东安城。

冯冠生之所以投奔恩师，可不是因为生计所迫。在商界提起"青阳府冯家"，可谓无人不知无人不晓。原因无他，那可是真正的豪商巨贾、大财阀。冯家是青阳市的名门望族，自清朝中期开始，冯氏家族就几乎垄断了北方的纺织生意，家族中的制丝厂、织布厂、印染厂，都是北方的业内龙头，"冯氏"商铺和银号更是遍及北方。可偏偏就是这样一个家财万贯的豪门之家，却出了冯冠生这么个"逆种"——冯冠生在家中排行老五，也是兄弟姐妹中最小的一个，上面有两个哥哥和两个姐姐，从小娇生惯养，就不必细说了。如今两个姐姐已经嫁人，两个哥哥也都循规蹈矩地回到家里接管了家族企业。家里本来打算让冯冠生大学毕业后也回家打理家族生意，可冯冠生偏是个"不走寻常路"的主儿，他声称"好男儿志在四方"，应该"立志拯救劳苦大众于水火"。自从到了东安城，冯冠生就极少回家，偶尔跟家里通个电话，也是因为"手头紧"需要钱。

冯冠生却并不是大多数人想象的那种纨绔子弟，而是一个很有思想、很有智慧的家伙。也许是因为容貌相似，冯冠生和师兄林仲伦可以算得上是一见如故。师兄渊博的学识是他所仰慕的，就连师兄的谈吐和衣着也成了他效仿的对象，几乎林仲伦所有的服饰，在冯冠生的公寓里都能找到同版同款。

五年前，冯冠生在林仲伦的指引下接触到了共产主义思想，共产党的思想和理论深深地触动了这个爱国青年的心灵。从那时起，冯冠生就坚定了一个信念：誓死追随共产党和师兄，站在无产者的行列，推翻腐朽的旧中国。眼下冯冠生的公开身份是省政府的工作人员、林仲伦的得力助手。

这几天东安城省政府里风声鹤唳、人心惶惶，却唯独乐坏了冯冠生，因为他知道，东安城就要解放了。师兄曾经答应过他：待东安城解放，自己可以公开身份的那一天，就要亲自做他和方秀兰的入党介绍人，介绍他们加入中国共产党。

方秀兰是冯冠生的未婚妻，一九二七年出生于其祖籍地哈尔滨，但她的母亲是东安人。

方秀兰的祖上世代经商，家道殷实，是哈尔滨当地的名门望族。在她五岁那一年，由于蒋委员长和张少帅的不抵抗政策，被誉为"欧亚大陆桥的明珠"的哈尔滨沦陷，自此被践踏在侵华日军的铁蹄之下。城中四处血腥恐怖，方秀兰的父亲委托一位友人，将尚且年幼的方秀兰送到了东安城，由其外婆和舅舅抚养。

方秀兰刚到东安城不久,哈尔滨便传来噩耗——方秀兰德高望重的祖父因断然拒绝了日寇和日伪政府的委任,被冠以"私通俄匪"的罪名,全家人被残忍杀害。自此,方秀兰幼小的心灵里埋下了仇恨的种子,她痛恨杀害她亲人、侵占她家园的倭贼。随着年龄的增长和学识的长进,她意识到昏庸腐败的国民党政府也是造成她家族蒙难的罪魁祸首之一。

后来方秀兰考入东安师范学校,在学长和老师们的引导下接触到了共产主义思想,自此她羸弱的身躯里便迸发出烈火一般的热忱。写激进社论、散发传单、召集集会、示威游行……每件事情她都积极参与,并逐渐成长为一名学生领袖。

抗战胜利后,国民党政府不顾黎民的疾苦再度挑起内战的烽火,举国震怒。东安城的几所高校联合起来,聚集了数千人到省政府门前举行"反战请愿"示威游行。国民党政府假意奉迎,声称所有事情都可以协商解决,要学生们选出代表进行所谓的"谈判"。可十几个学生代表刚进省政府就被警察抓捕并投进了监狱,方秀兰就在其中。

学生们被捕,方秀兰的老师心急如焚,便委托在省政府机要处任职的大学同学冯冠生设法搭救。而当时冯冠生初到东安城,在官场缺乏人脉,只能求师兄林仲伦帮忙。

林仲伦将学生遭扣押的消息告诉了父亲林培公,林培公闻讯大怒。林仲伦借机"煽风点火",力劝时任省教育厅厅长的父亲出山,力保学生。

当时东安城的警察局已然是焦头烂额:他们奉命抓了学生,却连个合适的罪名都没有!学生们只是"聚众"却并没有"滋事",聚众滋事的罪名显然不成立;学生代表被捕之时,学生们正在省政府外静坐绝食,总不能因为人家不吃饭就抓人。如果非要强加一个罪名,那也只能是"妨碍交通"了。

警方犯难，省政府的高官们更是如坐针毡：自从抓了学生代表，不但没有平息学生们的抗议热潮，反而有愈演愈烈之势，若是发生更大的骚乱，没人敢出面承担后果。可学生代表已经被收监，就此放人平息事端，面子上过不去；继续扣押，又无法承受来自民众和舆论的巨大压力……

就在警方和政府高官们骑虎难下之际，林培公出面力保学生。省政府就势来了个借坡下驴，送了林培公这个顺水人情。

为杜绝此后还有类似事件发生，林培公主动承担了"说服教育"的安抚工作，并与被捕的学生代表们召开了见面会。当时陪他出席会议的，正是他的得意门徒冯冠生。也就是在那次见面会上，冯冠生对青春靓丽的方秀兰一见钟情，就此得了相思病。

林仲伦在对方秀兰做了一番调查之后，默许冯冠生对其展开追求。

因为志同道合，所以惺惺相惜；因为互生爱恋，所以如胶似漆。一年后，冯冠生终于抱得美人归……

见冯冠生进门，林仲伦笑着一招手："来，过来坐。"

冯冠生在林仲伦办公桌前的椅子上坐了下来，朝门外一努嘴，幸灾乐祸地坏笑道："师兄，瞧见了吗？外面可全都乱套了。"

看着得意扬扬的冯冠生，林仲伦苦笑着摇了摇头。

冯冠生将脑袋凑了过来，低声问道："有外面的消息吗？总攻定在什么时候？"见林仲伦又笑着摇了摇头，冯冠生大失所望地跌坐回椅子上："他们可真沉得住气。"

林仲伦觉得有必要将他们眼前遇到的困难告诉冯冠生。他思忖片刻，问道："冠生，如果我们的身份暴露了，你该如何应对？"

冯冠生没料到师兄会突然问这样一个问题，他怔了一下，随即拍着胸脯大义凛然道："嗨，大不了就是一死呗。师兄你放心，如果真的被捕了，我什么都不会说。在我这里就四个字：慷慨赴死。不过师兄，咱可说好了，等东安城解放的时候，你得在我的墓碑上刻上'中国共产党党员——冯冠生同志之墓'！"说完，他得意仰着下巴，瞟了林仲伦一眼。

林仲伦朝师弟点了点头，笑问道："那如果是我被捕了呢？"

冯冠生一愣，苦着脸嗫嚅道："不……不能吧？"

林仲伦很严肃地问道："我是说如果，如果我被捕了，你该怎么应对？"

冯冠生低头沉思了良久，语气坚定地说道："如果你被捕了，那我就马上去找老师。哦，对了，我还得赶紧回去找我爹。你放心，不管花多少钱，我们就是倾家荡产，哪怕豁出命去，也要把你救出来。"

林仲伦摇了摇头，淡定地说道："我不需要你做这些。如果我被捕了，组织上肯定会设法营救。"他紧紧地握住冯冠生的手，表情肃穆而坚毅："冠生，如果我被捕了，我要你继续潜伏下来，去完成那些我没有完成的任务。你一定要记住，不要暴露身份，你要活着。"

冯冠生咬着嘴唇，使劲点了点头："师兄你放心，我记住了。"

林仲伦起身走到门前，打开房门后朝走廊里看了两眼，反身回到房间后，他将冯冠生拉到沙发前坐定，压低声音讲述了昨晚窦立明去林府拜访的经过……

冯冠生听完后异常兴奋："师兄，那咱还等什么，快把情报送出去啊！说不定'老家'的人迟迟不攻城，就是在等这份情报呢！"说完他摩拳擦掌地感叹："太好了，终于要解放了。"

许久，见林仲伦默不作声，冯冠生心生疑惑："怎么了师兄？有什么问题吗？"与此同时，他似乎从林仲伦的眼神中读懂了什么。

林仲伦苦涩地笑了笑，语气平和地问道："你有没有想过，如果那些情报和城防图是假的，咱们该怎么办？"

冯冠生略一思忖，倒吸了一口冷气："不……不能吧？"

林仲伦反问道："为什么不能？"

冯冠生挠着头想了想，吞吞吐吐地说道："咱们的同志千辛万苦、冒着生命危险送过来的情报，怎么会是假的呢？我觉得……反正我觉得不会。"

林仲伦微笑着看了看冯冠生，又问道："你有百分之百的把握肯定那些情报的真实性？"冯冠生默默地摇了摇头。林仲伦接着说道："冠生，情报到了咱们手里，咱们就要负完全的责任。是革命，就要有流血；是战争，就会有牺牲。如果没有那些情报，大军攻城势必有大量的人员伤亡。可如果'老家'得到的是一份假情报，那后果又将会是什么？"

冯冠生惊呆了，额头和鼻尖渗出了一层细汗。就在刚才，他似乎已经看到了我解放大军陷入国民党匪兵的重重包围，正在猛烈的炮火下喋血苦战，那面已经百孔千疮的战旗下，一个接一个的战士正含恨倒下……

林仲伦接着说道："所以，在确定情报的真实性之前，我是不会把它送出去的。"

冯冠生擦了一下额头的冷汗，茫然地问道："师兄，咱们……可咱们怎么确定那些情报是真的？"

林仲伦长出了一口气，无奈地摇了摇头。

冯冠生好像想到了什么，质疑道："师兄，不对呀！'牡丹'应该也是老同志了,他怎么会在不确定情报真实性的情况下,就把情报送到你手里?他能在这么危急的时候送出来情报,肯定就是真的。"

林仲伦盯着冯冠生看了一会儿,平静地问道:"窦立明,也就是'牡丹',他昨晚对我说过,党组织内部出了叛徒。可如果出问题的恰恰就是这个'牡丹'呢?"

冯冠生眨着眼睛傻在了那里,可他眼珠子一转,反驳道:"不对,如果'牡丹'是假的,那就说明你的身份已经暴露了,可是现在他们并没有对你……"说到这里,冯冠生恍然大悟:"我明白了,敌人是想通过咱们把假情报送出去。"

林仲伦苦笑一声:"如果真是这样,留给咱们的时间不多了。"

冯冠生"腾"一下从沙发上站了起来:"师兄,那你还等什么,你必须马上撤离东安城。我还没有暴露,你就把接下来的任务交给我吧。"

林仲伦笑着将冯冠生拉回到沙发上,语重心长地说道:"冠生,你忘了咱们的使命是什么?作为一名谍报人员,完成使命是我们的天职。所以在一切还没有确定之前,我不会离开自己的战斗岗位。"

冯冠生叫苦道:"可是,可是现在他们已经……"

林仲伦拍了拍冯冠生的肩头:"这就是咱们的使命、咱们的工作,别无选择,更没有退路可言。咱们的工作就是在诸多的'可能'中寻找'不可能'的蛛丝马迹,又要在诸多的'不可能'中寻找'可能'的突破。越是危急关头,就越能体现出咱们的价值。国外有个很成功的谍报人员,把咱们称作枪口下的演员、刀尖上的假面舞者。"

冯冠生默默地点着头,虽然依旧困惑,但他的眼神却足够坚毅。

"冠生，你应该为咱们的工作感到自豪，因为咱们是在为信仰、为人民战斗。咱们的信念是坚定的，咱们的使命是神圣的，最后的胜利必将属于咱们。但是，"林仲伦的眸子里闪过一丝慈爱的光，他将目光移向窗外，柔声说道，"随时随地，我们都要有为了使命而赴死的决心和准备，可同时我们更要有活下去的勇气。有时候，活着比死还需要勇气。不管将来我们遇到什么挫折，会身处怎样的危难险境，冠生，答应我，只要有机会，你就要活着，活下去。活着，也是一种胜利。"

为什么要突然对师弟说出这样一番话，是鼓励，还是暗示？林仲伦自己也说不清楚，他只是觉得师弟太年轻了，不应该死，即使是像"海棠"一样光芒万丈地倒下，那也是他不愿看到的。

中午，林仲伦离开省政府的时候，他没有在大门外的路边看到大陈的黄包车。

回到家里，林仲伦早上离开时的忙乱已经结束，林府又恢复了往日的安静。只是在路过大堂的时候，林仲伦看到墙边井然有序地堆着几排大箱子，他问管家："这些是什么？怎么都堆到这里来了？"

管家上前恭敬地应道："回少爷，这都是老爷的书，老爷吩咐先收拾在这里，出发的时候要一并带走。"

林仲伦苦笑着摇摇头：这世间有着太多的不公平，范耀文绞尽脑汁都想不出来能带上老婆、孩子逃离的方法，而自家的这位老爷子，竟要在撤离的时候带走成吨的书。

看着那些箱子，林仲伦想到了一个问题：他和党组织一直未能取得联系，国民党省部马上就要开始撤离，他该何去何从？是继续潜伏跟随国民党省部撤离，还是想办法留守东安城迎接解放？因为没有接到上级党组织的明确指示，他还真没了主意。

林仲伦回到卧房刚换好衣服，就有仆人敲响了房门："少爷，午饭已经备好了，老爷和太太都在餐厅等着您呢。"

林仲伦应了一声："知道了，马上就来。"可是他细一琢磨，歪着嘴笑了：太阳打西边出来了，老爷子从来都是在他的书房"用膳"，今天怎么舍得去餐厅了？

林仲伦懒散地走进了餐厅，父母已经坐在了餐桌旁。林培公依旧是一脸的肃穆，正襟危坐。

时年五十七岁的林培公，终日是一副"老学究"的古板派头，可年轻时他却是个玉树临风的才子。当年因忙于学术和政务，屡屡延误婚期，导致他直到三十岁时才得了林仲伦这个儿子。

林仲伦吊儿郎当地来到餐桌旁，嬉笑着调侃道："哟，咱家老爷子今儿是怎么了？您这是微服私访，下楼体恤民情来了？"

"扑哧"，几个伺候饭局的女仆被少爷的一句话逗得捂着嘴偷笑。

"嗯哼！"林培公夸张地清了清嗓子，仆人们赶忙收起笑容站直了身子。

"吃饭，吃饭。"林培公一边说着，一边拿起了筷子。

林仲伦的母亲不停地给儿子夹着菜："儿子，来，吃这个，多吃点儿。"

刚吃了几口饭，林培公又夸张地清了清嗓子。林仲伦知道，这是老爷子要开口说话的前奏。果然，林培公瞥了儿子一眼，装作若无其事地问道："你们那边的情况怎么样了？"

林仲伦低头吃着饭，明知故问道："我们那边？哪边？"

林培公一怔，没好气地说道："还能是哪边？你们政府那边！"

林仲伦放下筷子，一本正经地说道："我说老爷子，您这话本身就有问题。怎么就成了'你们政府'了？分明是'咱们政府'嘛。"

林培公气呼呼地一摆手："我不过问政事，我没有政府。"

林仲伦抓住了话柄，不依不饶地问道："您不过问政事，那您问'我们政府'的事情干吗？"

"你！"林培公被儿子的一句话噎在了那里。

林仲伦的母亲赶紧出来打圆场，对林仲伦嗔怪道："你这孩子，你爸问你话呢，好好说话。"

林仲伦向父亲简单介绍了一下省政府的情况，最后还不忘打趣道："老爷子，您不是天天看报纸嘛，那上面什么新闻都有，您可以足不出户便知晓天下事啊。"

"屁！"林培公激动地一拍桌子，眼镜都掉到了鼻子底下。餐桌上，一个老学究的嘴里竟然蹦出如此不雅之词，惹得周围几个仆人又开始捂着嘴偷笑开了。

林培公扶正了眼镜，义愤填膺地说道："现在的那些报纸，也就是骗骗三岁小孩子。如果真像报纸上说的那样，三年前共军就被剿灭了。可现如今呢？刚愎自用、昏庸无能！朝政和民心，不是凭着几条三寸不烂之舌就能骗来的！"

林仲伦凑到父亲面前，坏笑着问道："老爷子，那您跟我说句实话，国军和共军，您到底希望哪边赢？"

"嗯？"林老爷子愣了一下，随即露出了一个隐晦的微笑，重新拿起筷子说道，"不可说，不可说，吃饭、吃饭，吃饭不谈政事。"

林仲伦用一个手指有节奏地敲着桌面，一脸狡黠的坏笑："噢，我明白了。"

父子二人对视了一眼，哈哈大笑。

林仲伦突然想起来大堂里的那些箱子，问道："爸，我看您的那些书都已经收拾好了,知道咱们这次要往哪里转移吗?"

林培公用茶水漱了漱口,吐掉茶水后说出了两个字:"上海。"

林仲伦点了点头,忧心忡忡地问道:"爸,您从来没在南方生活过,真到了那边,能习惯吗?"

林培公干笑了两声,叹息道:"哼,像我们这样的人,身处乱世犹如流溪浮萍,人家往哪里流,咱们就要跟着往哪里去,有个落脚的地方就算不错喽,还谈什么习惯。"

一顿饭吃完,林仲伦起身正要离开,却被母亲唤住:"前段日子郭太太给你介绍的那位姑娘,你们还有过联系吗?"

林培公似乎对这个话题也很感兴趣,便抬头看向了儿子。

"郭太太?哪个郭太太?"林仲伦装傻。林培公扭头看向妻子。

"郭太太不重要,重要的是人家给你介绍的那位侯专员家的千金。"林太太说道,"昨晚侯小姐给我来过电话,说是给你织了一件毛衣,想约个时间,亲手送给你。"林培公又扭头看向了儿子。

林仲伦身形一瘫,仿佛被人抽走了全身的筋骨,叫苦道:"妈,这都什么时候了,您还有心情关心这些。那个侯小姐也真是的,外面兵荒马乱的,她竟然还有闲心织毛衣!"林培公又看向了妻子。

林太太登时冷下脸来:"什么时候?什么时候也不能不让人谈婚论嫁吧!兵荒马乱?兵荒马乱也不能不让人抱孙子!"

林培公又扭头看向儿子,却发现儿子正在用眼神向他求救。他赶忙将目光移回到妻子脸上,却发现妻子也正在看着自己,寻求声援。他很无措,赶忙垂下头搜寻着餐桌桌面,嘴里絮叨着:"我的眼镜呢?眼镜不见了,一定是在书房。"说罢起身要走。

林太太叫住了林培公:"先别走,总要表个态吧。"

林培公被定住了身形,嗫嚅道:"也不急于这一时。侯专员家不是也要去上海吗?那就等到了上海再说吧,啊?再说吧。"他突然摸到了鼻梁上的眼镜,甚是欢喜:"找到了,眼镜找到了,我正戴着呢。真是骑驴找驴,可笑,可笑。"说话间,他已经溜出了餐厅。

林仲伦对母亲复述了父亲的话:"那就等到了上海再说吧,啊?再说吧。"说完他也转身溜了。

林太太气恼地一抖手帕:"再也不要管你们家的事情!"

林仲伦已经二十七岁了,却孑然一身,他甚至从没谈过恋爱。他的条件太优秀,各项婚恋指标近乎满分,身边自然不乏追求者。而且在那些追求者中,也不乏高官千金和富贾娇娥。可他面对那些追求者,总是摆出一副拒人于千里之外的高冷。他并非不渴望爱情,只是不敢——身为一名隐身虎穴的谍报人员,他没有时间和精力分心于感情之事。更何况身边危机四伏,他早就做好了在下一秒深陷囹圄的准备。所以爱情于他而言,注定了是一件可望而不可即、伤人又害己的奢侈品。

当天下午,当林仲伦再次来到办公室的时候,冯冠生正带着两个小秘书在他的办公室里清理文件。林仲伦笑着问道:"还挺忙活,你们干吗呢?"

冯冠生直起身子,揉着后腰抱怨道:"还能干吗,瞎折腾呗!中午接到了上面的指示,所有重要文件都要集中管理。"他朝窗外一努嘴,阴阳怪气地说道:"瞧瞧吧,咱在这里累得像死狗,人家警卫处的人倒清闲,在后院里烤火玩儿呢。"

一个小秘书很严肃地戏谑道:"老冯,你可别瞎说,人家是在'集中管理'呢。"几个人不禁哑然失笑。

林仲伦凑到窗前一看,后院里摆着十几个燃烧的大汽油桶,一群警卫处的人正将成箱的文件往火里倒，偶尔有风吹过，飞灰夹杂着还在燃烧的纸片漫天飞舞，那些人被熏呛得一把鼻涕一把眼泪，加上那些灰黑的纸片做渲染，倒真有些奔丧的感觉。

冯冠生和几个人将文件都搬到了走廊里，便退了出去，办公室里总算安静了下来。

一想起藏在家里的城防图和那些情报，林仲伦不由得心乱如麻，他点上一支烟，踱到了窗前。突然，他警觉了起来——省政府围墙外的马路边，大陈的黄包车已经停靠在那里，而且还搭起了凉棚。这是他们约定好的暗号：有情况。

林仲伦快步走到办公桌前，将铁皮烟盒里的香烟尽数倒进了抽屉，然后反身从衣架上取下了风衣，拿着空烟盒匆匆走出了办公室。

刚出门，恰逢一个机要处的秘书迎头走来。那秘书很客气地跟林仲伦打着招呼："林秘书，要出去？"

林仲伦敲了敲手里的空烟盒，笑着应道："烟抽完了，下楼去买盒烟。"

小秘书殷勤地说道："这还用您亲自去？您快回去忙您的，我给您跑一趟。"林仲伦可是省政府的红人，省里不少高官都是他家老爷子的门生，连处长范耀文见了他都要矮三分。如此乱世，谁都知道"背靠大树好乘凉"的道理，所以这些小秘书都很巴结他。

林仲伦赶忙喊住那个正准备下楼的小秘书："别别，你快回来！"他指了指自己的办公室，诉苦道："他们在下面烧文件，搞得我屋子里乌烟瘴气，我正好借这个工夫下去透透气。"

路过小秘书身边，林仲伦亲昵地拍了拍他的肩膀："谢了兄弟。"

林仲伦一路和人打着招呼，下楼来到省政府的大院。一阵冷飕飕的凉风吹来,他打了个寒战,赶紧将手里的风衣披在了身上。刚走出大门前的岗哨,大陈便一脸谄笑、点头哈腰地迎了过来:"林少爷,您这是要出去?要车不?"

林仲伦戏谑道:"我就是过去买盒烟,怎么,你要拉我过马路?"

大陈挠着脑袋难为情地笑着,却尾随在林仲伦的身后并没有离开。林仲伦径直穿过马路,走进了省政府对面的小烟酒店。

这家小店虽然门脸不大,里面却别有洞天,洋酒、洋烟等奇缺的高档货这里应有尽有。因为省政府隔壁的那栋小楼里驻扎着美军派遣的一个"军事顾问团",那里的美国大兵从国内带来的洋酒、洋烟,经常送到这家小店来代卖,用以赚取外快。

林仲伦是这家小店的常客。店里的伙计一见老主顾拿着空烟盒进门,顿时眉开眼笑地招呼着:"哟,林秘书,还是'骆驼',是吧?"

林仲伦笑着点点头,那伙计已经双手将一盒美国"骆驼牌"香烟递了上来。林仲伦接过香烟,拆封之后将一根香烟叼进了嘴里,小伙计手里的火柴已经划着了。林仲伦将香烟凑过去点着,回头看了看跟在身后的大陈,很无奈地笑了笑,对小伙计吩咐道:"给他也拿一包。"

大陈满脸受宠若惊的表情,假惺惺地寒暄道:"哎哟,林少爷,这怎么好让您破费呢。"

小伙计一脸不屑地将烟丢给了大陈,嘴里骂骂咧咧地嘟囔道:"真他妈会蹭便宜。"瞧那样子,好像大陈是占了他的便宜似的。

林仲伦和大陈一前一后地走出了烟酒店。林仲伦头也没回,低声问道:"什么情况?"

大陈保持着那一脸的谄笑,点头哈腰地应道:"窦立明应该是自己人,今天中午他出事了。"

林仲伦一愣,将烟头扔在了地上,用脚狠狠地踩灭,低声说道:"在外面等我,我马上就出来。"

距离下班还有近两个小时,林仲伦回到了自己的办公室,稍作停留,他便打算离开。可就在这时,冯冠生闪身进了房间,朝林仲伦狡黠地一眨眼,然后从怀里掏出一个文件袋递了上来。

林仲伦接过袋子打开一看,笑了。冯冠生这小子是真够机灵,他竟然搞到了窦立明的档案。

档案资料的内容很详细:窦立明,男,一九一八年生人,籍贯河北沧州……南开学校毕业(一九四六年更名为国立南开大学,现天津南开大学),毕业的同年参军,并于同年加入国民党,一年后进入黄埔军校进修。现任东安城卫戍司令部作战室中校参谋。已婚,妻子比他小五岁,育有一个三岁的儿子……

从档案上看,窦立明的履历再正常不过,既没有与共产党有染的可疑记录,也没有在军统的培训经历。林仲伦盯着档案上窦立明英姿勃发的戎装照片看了一会儿,突然有了一种直觉:他应该是自己的同志。当然,直觉就是直觉,林仲伦断然不会因为这种直觉而妄下结论。

冯冠生收好档案后,凑近林仲伦耳语道:"刚刚机要室那边收到了'剿总'的加密电报,参谋总部的那些老爷预测解放军的总攻时间是三天后的傍晚。"机要室的几个话务员都是小姑娘,一见到冯冠生就像蜜蜂见到了花蜜,天天围在他的屁股后面转,他想得到这样的情报毫无难度。

林仲伦笑着拍了拍冯冠生的肩头,习惯性地叮嘱:"注意安全。"

说来很可笑,"剿总"的全称为国军华东区剿匪总司令部,都到这时候了,他们还厚颜无耻地挂着这块大招牌。真搞不懂,现在到底是谁在剿灭谁。

冯冠生离开之后,林仲伦也离开了办公室,来到处长室门口。处长室的房门虚掩着,林仲伦敲了敲门,将头探进了屋,高声抱怨:"范处,楼下那些人在烧文件,正对着我那窗口,那些烟尘直往我屋里灌,把我熏得头昏脑涨。下午要是没什么别的事情,我就先走一步了。"

林仲伦故意提高了声音,在这个楼层的人几乎全能听得到,这让范耀文感觉莫名其妙,他摆着手应道:"回去吧,回去吧,好好休息一下。"话刚说完,他突然想起了什么,起身朝林仲伦一招手,压低声音叮嘱,"仲伦,你可千万别忘了我的那个事情……"

林仲伦瞪了范耀文一眼,将右手的食指放到了唇边:"嘘……"

范耀文心领神会,双手抱拳给林仲伦作着揖,嘴上却高声说道:"明天准点上班,别迟到。"

林仲伦快步走出省政府大院,上了大陈的黄包车。大陈拉起车子上了马路,朝着林府的方向飞奔而去。

转过了几个街角,黄包车的速度慢了下来。林仲伦失去了往日的沉稳,急躁地问道:"到底出了什么事?"

大陈不紧不慢地拉着车子,讲述了他探听到的消息:就在当天中午,下班后的窦立明夹着公文包走出卫戍司令部的大楼,径直走向他的座驾——一辆美制的威利斯吉普车。他正要开门上车,几名便衣突然从不同方向挤靠到了他身边。说是"便衣",其实根本就不"便",黑衣、黑裤、黑风衣,头上还顶着黑礼帽。那辨识度也太高了,在省城连三岁孩子都知道他们是"狗子"——保密局便衣队的特务。那些特务对窦立明出示了证件。窦立明很恭敬地与特务们寒暄了几句，并主动将配枪和公文包交给了特务，然后顺从地跟着特务们走到停在大院里的两辆黑色轿车旁。一个特务伸手拉开了车门，面无表情地做了个"请"的动作。说时迟那时快，窦立明突然从身边那个特务的腰间夺下了枪，并一脚将那人踹倒在地。他手起枪响，一时之间"嘭嘭嘭"枪声大作，几个特务随着枪响应声倒地。可是特务们的枪声也在这时候响起，窦立明身中数枪，倒在了血泊里……

听到这里，林仲伦揉捏着鼻梁，抑制住内心巨大的痛楚，嗫嚅道："他牺牲了？"

大陈回答："凶多吉少。那些保密局的特务手忙脚乱地把他抬上了车，看情形，当时应该还活着。不过……"他停顿了一下，接着说道："中弹太多，伤得太重。"

林仲伦在心里默默地为窦立明祈祷，可是要祈祷什么，祈祷他能活下去？不，林仲伦此前曾去过保密局的刑讯室，在那里他亲眼见识过那些畜生折磨人的手段。难道要祈祷窦立明就此牺牲？不，也不是……

黄包车到了林府门前，林仲伦貌似轻松地下了车，只是一开口，他才发现自己的声音是哽咽的："大陈……"他不得不掩饰地咳嗽了几声："通知冯冠生，让他今晚到我这里来一趟。"

大陈点头哈腰地高声应道："好嘞，明早七点半，我一准儿来接您。林少爷您慢走。"

林仲伦回到家里，谈笑风生地与管家打过招呼，便上楼回了卧室。

在关上房门的一刹那，林仲伦的面部因极度的痛苦而扭曲，他抓着头发蹲在了地上。他已经尽力了，大口地喘息，竭力调整着呼吸，可是依然没用，大颗的眼泪"吧嗒吧嗒"滴落在他面前的地板上。泪眼蒙眬中，地板开始变得虚幻起来，窦立明正面带微笑对他说："再见，'蔷薇'同志，这些情报，拜托了。""窦立明，一九四三年入党，中共东安党支部地下党员，代号'牡丹'……"

再见了，亲爱的战友。林仲伦不能接受这样的现实，那是窦立明第一次以战友的身份与他相见，却也成了诀别。

林仲伦狠狠地抹去脸上的泪痕，起身来到书桌前，他打开地板上的那个暗格，将窦立明送来的情报全部取了出来，摊到了桌面上。他很清楚现在不是哭泣的时候，"杜鹃""海棠""牡丹"……一个又一个战友为了忠诚和信仰倒了下去，眼泪和悲恸无法改变任何事情，他要赶快投入工作，去继续战友们没有完成的使命。他暗下决心：明天，最晚明天，一定要将这些洒满战友鲜血的珍贵情报送出去。

夜幕降临，东安城笼罩在一片暮色之下，也许对于这座古城来说，这是黎明前最后的黑暗。还滞留在大街上的路人行色匆匆，还有不到半个小时就是晚上九点了，那是"宵禁"的时刻。大战在即，国民政府为了城中的治安设定了宵禁时间——夜间九点之后，任何人不得出门走动。

几天前的夜里还发生过这样一起惨案：有户人家的一家三口外出访友，忘记了宵禁的时间，在回家的路上遭遇了巡逻的宪兵。宪兵发现后让他们站住接受盘查，可那男主人头脑一时发热，他觉得只有几步路就到家了，于是便带着家人朝家门口跑去，岂料宪兵们蛮横地开了枪。一家三口就这样枉送了性命，那个小女孩才七岁……

今晚，夜幕下的街头出现了一对小情侣，两个人闲庭信步，相较于周围行人的惶恐和匆忙,他俩显得十分悠闲。这二人正是省政府机要处的秘书冯冠生和他的小爱人方秀兰。

冯冠生和方秀兰一点儿也不惧怕那些宪兵,两个人身上的装束就是一道黄金招牌:冯冠生一身名贵的西装,头上是一顶皮质的礼帽,一件皮风衣很随意地披在身上;尤其是他那吊儿郎当的走姿,让他浑身上下都散发着一种纨绔不羁的嚣张之气。方秀兰一头打着卷儿的秀发看似随意,懂行的人一眼就能看明白,那绝对是用进口护发产品精心护理过的;一袭墨绿锦缎的旗袍外是一件极其华贵的裘皮大衣,即使裘皮加身,却依然难掩那婀娜的身段;那身裘皮油光水滑、毛色闪亮,就算在光线暗淡的巷道里依然熠熠生辉,让人不禁怀疑即便那些宪兵们开了枪,子弹也只能在裘皮的"银毫"上打个滑儿。

不仅仅是因为身上的行头,冯冠生的名帖便是他的"护身符"——省政府机要处。在东安城除了保密局的"嫡系便衣",还真没什么人敢动"机要处"的人。

今晚为了去见林仲伦,冯冠生煞有介事地提了两盒上好的点心。假如遇到哪个不长眼的宪兵前来盘查,探望老师和师母不需要任何理由,更何况那位老师还是"党国"举足轻重的人物。

此时两个人走在大街上,方秀兰小鸟依人地挽着冯冠生的胳膊,时不时含情脉脉地和他对视一眼,冯冠生幸福得从发梢酥麻到脚后跟。

方秀兰的美是令人窒息的,本就天生丽质的她柳眉黛目、秀鼻樱唇,今晚又化了淡妆,越发显得娇艳欲滴。方秀兰的美是令人艳羡的,也是遭人嫉恨的——省政府里那些自诩天香国色的莺莺燕燕们,便对她的美貌恨之入骨。而这些仇恨,都源自方秀兰的未婚夫冯冠生。

省政府的姑娘们最中意的白马王子当数林仲伦,却无奈林仲伦太过"高冷"，姑娘们纷纷望而却步。恰在这时，一匹"小白马"出现了——冯冠生。冯冠生有着如林仲伦般英俊帅气的样貌，如林仲伦般优雅绅士的举止，比林仲伦有过之而无不及的幽默风趣，还有他背后富甲一方的家世……姑娘们疯狂了。

冯冠生似乎是个天生的情种。他与每个姑娘都眉来眼去，却又保持着距离；他与每个姑娘都有着说不清的小暧昧，却又若即若离；他时不时地给姑娘们奉上价值不菲的小礼物，导致每个姑娘都认为自己才是他最中意的伴侣。直到某天冯冠生携未婚妻出席了省政府的一场舞会，方秀兰惊艳全场。亲眼看到了方秀兰的身姿与容貌，姑娘们的眼神在瞬间完成了由嫉妒到咒怨的演变。

方秀兰的出现并没有熄灭姑娘们追逐冯冠生的热情，因为她们错误地认为自己还是有竞争机会的，从而导致冯冠生依旧谈笑风生地穿梭在姑娘们中间，左右逢源、如鱼得水……

一路无阻，冯冠生和方秀兰走进了林府，在管家的引领下来到林仲伦的书房。

林仲伦热情地招呼："快，快进来坐。"他又吩咐管家："赶紧给我沏壶好茶。"

冯冠生晃了晃手里的点心，嘿嘿一笑："好茶可以先备着，我得先带秀兰过去给老师和师母请个安。"

在父亲林培公的书房里寒暄片刻，林仲伦便带着二人回到了自己的书房。

林仲伦讲了窦立明遇害的消息，方秀兰听得泪水涟涟。一阵沉默之后，方秀兰擦净了眼泪，问道："林大哥，现在可以确定那些情报是真实的，咱们应该马上送出去。"

林仲伦还未开口，一直在一旁闭目沉思的冯冠生表了态:"不行,绝对不行。"

方秀兰一怔,问道:"为什么?难道这还不能证明'牡丹'同志的身份?"

冯冠生摇了摇头:"不光不能证明,我反而更怀疑他了。"林仲伦给了冯冠生一个鼓励的眼神,示意他继续说下去。冯冠生会意后接着说道:"你们不觉得这一切都太巧合了吗?昨天窦立明刚表露身份给师兄送来情报,今天他就出事了。而且,他遇害的地点竟然就在卫戍司令部的大门口。这么显眼的位置,分明就是想告诉所有的人,窦立明就是共产党。这一切发生得太突然了,恰恰是在我们迫切想确定他身份的时候。这不对,我不相信这样的巧合。"

方秀兰恍然大悟,惊讶地问道:"冠生,难道你怀疑这是敌人的……"

三个人异口同声地说出了三个字:"苦肉计!"

林仲伦朝冯冠生露出一个赞许的微笑,他很宽慰,因为冯冠生真的成熟了。

方秀兰也朝冯冠生笑了笑,好像是在夸他:你可真棒!

林仲伦收起笑容,语重心长地说道:"冠生分析得很对,与我的想法不谋而合。你俩要记住,作为一名谍报人员,我们的危险无处不在。遇到突发事件,要尽可能地保持冷静的思考,全面考虑问题。我们可以藐视危险,但绝不能轻视敌人。"

冯冠生和方秀兰点头应道:"嗯,我们记住了。"

冯冠生看着林仲伦,苦笑着说道:"师兄,如果窦立明是'假牡丹',那是不是也就进一步证明,你的身份已经暴露了?"

方秀兰闻言一怔,愣愣地看向了林仲伦。

林仲伦笑了笑:"是啊,虽然我没有在窦立明面前表露身份,但是敌人能拿着城防图直接来找我,并能说出我和'杜鹃'

的代号，这说明他们绝不仅仅是在试探我。"

书房里一时间陷入了沉默。林仲伦和冯冠生都低垂着头想着心事，方秀兰则手足无措地看着眼前的两个男人。片刻之后，林仲伦抬头说道："还有一种可能，窦立明就是'牡丹'，并且他没有叛变。"他作了解释："窦立明预感到他的身份已经暴露，他曾经对我说起过，他发现最近自己的身边多了很多可疑的人，他只能冒险将情报送到了我这里。如此说来，他的遇害也就不是巧合了。"

冯冠生和方秀兰认真地听着，不住地点头。

林仲伦又说道："要想解开这些谜团，还有一个办法，也是唯一的办法。"

冯冠生皱着眉头思考了一会儿，试探着问道："师兄，你是说，那个团长？"

林仲伦很坚定地说道："对！时间紧迫，咱们必须正面接触一下卫戍部队二三九团的团长贾作奎。"

冯冠生"腾"地站了起来："师兄，你不能暴露身份，这次让我去吧。"

林仲伦朝冯冠生感激地笑了笑，说道："不，这次我必须亲自去。"

冯冠生急了："不行，这太冒险了，我不同意！"

林仲伦淡定地笑着，劝说道："冠生，这不算什么冒险，你坐下听我说。"

待到冯冠生重新坐下，林仲伦说道："咱们首先来说第一种假设，窦立明就是'牡丹'，那就说明我的身份没有暴露，所以我可以继续潜伏下来，继续为党工作。你俩的任务就是要把情报送出城外，交到'老家'的人手里。"他停顿了一下，继续说道："还有第二种假设，窦立明有问题，那只能说明我已经暴露。"说完他苦笑着一摊手："也就是说，你们两个人的身份极有可能也暴露了。"

方秀兰显得格外紧张。冯冠生笑着握住了她的手，安慰道："别怕，听师兄说完。"

林仲伦说道："如果真是这样，贾作奎也许会当场扣押我，但是你俩还有机会出城。敌人既然大费周章地安排了这出戏，那就肯定会接着演下去。毫无疑问，他们需要有人将图纸送出去，到那时候，这些假情报恰恰就会成为你们的护身符。"

"可是林大哥，那你怎么办？"方秀兰急切地问道，眼里已经含上了泪水。

林仲伦露出了一个貌似洒脱的微笑，却无言以对。

刚才林仲伦说到了"出城"，这倒让冯冠生想起了一件事，他挠着头说道："照这么说的话，窦立明还真有可能是咱们的同志。"

"当然有这种可能，而且可能性很大。"林仲伦迟疑了一下，问道，"你为什么这么说？"

冯冠生说道："今天下午咱们处里接到了通知，全城戒严，从今天下午开始，东、南、西三面的城门全部封锁，只留下北门可以出入，但是出城必须要有省政府和卫戍司令部联合签发的'特别通行证'，并且所有车辆一律禁止出城。"

林仲伦疑惑道："还有这种事儿？什么时候接到的通知，我怎么不知道？"

冯冠生回答道："你下午不是先走了嘛，你刚走一会儿，那个通知就到了。"

林仲伦眉头紧蹙，闭上了眼睛，显然，这个新情况是他始料未及的。

冯冠生又说道："师兄，咱们可不可以这样分析，窦立明就是'牡丹',军统的人已经识破了他的身份,他们企图顺藤摸瓜,一举抓获与窦立明接头的人。但是跟踪了一段时间之后,却没有发现他有接头的行为。眼下大战在即,敌人害怕夜长梦多出闪失,所以才突然对窦立明实施了抓捕。也许他们怀疑窦立明有机会接触城防资料,所以才出现了下午'全城戒严'的通告,以防止情报出城。"

林仲伦睁开眼,咬着嘴唇点了点头:"你的分析很有道理。"略一思忖,他下定了决心:"冠生,咱们姑且抛开这些问题,一切按咱们刚才说好的计划进行。今天太晚了,你和秀兰就别回去了。明天一早,你们带着情报回去收拾一下,等我的消息。明早我先去二三九团接触一下那个贾作奎。记住时间,上午十点半。如果十点半我还没有回来,你们千万不要等我,马上带着情报出城,听清楚了吗?"

冯冠生和方秀兰对视了一眼,很坚定地点头:"听清楚了。"

林仲伦接着说道:"明天出城以后,你们火速赶往城郊的城阳镇,镇上有一家'城阳布庄'。与你们接头的人是布庄的掌柜。接头暗号是:东家办喜事,要几匹上好的红布。他们会问:什么时候要?你们回答:家里已经万事齐备,就等红布了,什么时候有红布,什么时候成亲。他们会再问:红布上还需要有什么花色吗?你们回答:是上好的料子就行,不过,如果有蔷薇图案的,那就更好了。"

冯冠生和方秀兰很认真地听完,又各自在嘴里默默地念叨了一遍,方秀兰说道:"林大哥你放心,我们都记住了。"

冯冠生也郑重起誓:"师兄请放心,我们保证完成任务!"

林仲伦看着眼前两个他最信任的人,长舒了一口气,叮嘱道:"还有一件事,一定要记住,在东安城解放以前,千万不要再回来。"

方秀兰焦急地问道:"林大哥,那你怎么办?"

林仲伦笑了笑,回答道:"如果明天我没有回来,你们要告诉'家里人',东安城的地下党组织出了叛徒。依照我的判断,有可能是'杜鹃',也可能是'牡丹'。那些情报让'家里人'酌情处理。如果明天我回来了,那就能确保情报的真实性,请'家里人'按照城防图重新部署攻城方案。至于我本人……"他略一思忖:"我会继续潜伏,请党组织尽快派人与我联系。"

冯冠生质疑道:"可是师兄,如果那个贾作奎也是保密局的特务,那也是敌人设计好的圈套呢?"

冯冠生能提出这样的疑问,林仲伦倍感宽慰:两年多的历练,冯冠生已经成长为一名合格的谍报人员。林仲伦赞许地朝他点了点头:"敌人已经做足了戏,他们甚至不惜灭掉窦立明让我们相信他就是'牡丹',他们应该不会想到'蔷薇'会暴露身份正面接触贾作奎。即使他们早有准备,我也会在贾作奎的应对上发现蛛丝马迹。如果真是那样,我会尽量与他们周旋,给你们的出城争取时间。"

话题太过沉重,三个人又陷入了沉默,每个人的大脑也在飞速思考着。

一个新的问题摆在了林仲伦的面前:如何出城?他问道:"冠生,你刚才说必须要有通行证才能出城,咱们'省部机要处'的证件不行吗?"

冯冠生叫苦道:"肯定不行。不光咱们的证件不行,卫戍司令部的证件也不管用,之前签发的所有通行证从今天起全部作废了。"

林仲伦皱起了眉头,问道:"不对呀,你刚才说所有车辆全部禁止出城,那省政府的要员如果要转移撤退,怎么出城?"

冯冠生回答道:"前天我就探听到了消息,这次大规模撤退的用车全部由卫戍司令部的运输处统一调拨安排，好像车队已经在城外集结完毕，估计马上就会开始撤退。"

林仲伦陷入了沉思：他本以为有了"机要处"的证件，冯冠生就可以轻松出城，可突然出现的"特别通行证"让他的计划落了空。难道要混入撤退的车队将情报送出去？这也是一个办法，但是总攻时间迫在眉睫，等溃逃车队出城再送情报显然为时已晚。该如何解决这个完全不在计划之中的难题呢？

临时特别通行证，省部和卫戍司令部联合签发，运输处，即将撤退的车队……林仲伦脑子里灵光一闪，他突然想到了一个人。房间里的落地座钟显示已经夜里十一点多了，他稍稍迟疑了一下，便走到书桌前拿起了电话听筒。

电话接通之后，响铃很久才有人接了起来："喂？谁？"那声音略带颤音，透着无比的心虚和胆怯。

林仲伦很随意地笑了笑，应道："范处，是我，仲伦。"

"哎呀，仲伦，你可吓死我了。"范耀文似乎真的被吓着了，揶揄道，"这大半夜的，我以为又是保密局的那帮杂碎抽风呢。"

林仲伦寒暄着表达了歉意："范处，这么晚了还打扰你，真不好意思，你和嫂子已经休息了吧？"

范耀文的语气轻松了很多，抱怨道："倒是想睡，可也得能睡着啊。你快说，什么事儿？"

林仲伦很隐晦地说道："咱们商量的那件事，有眉目了。"

范耀文感激道："哎哟仲伦，我的好兄弟，我们全家谢谢您了！我……"

还未等范耀文表述完他的感激之情，林仲伦的语气一转："不过……"

范耀文登时慌了："啊？不过什么？兄弟，这都什么时候了，有话就直说。不管什么条件您尽管开口，只要是我能办到的……"

"范处，"林仲伦笑着打断了范耀文，嗔怪道，"我的老哥哥，咱们是什么交情，我和你还用得着谈条件？只是，今晚我的两个人要出城，却在城门被拦了回来，守城的官兵说是要什么'特别通行证'，这事儿你知道吗？"

"嗨，那是肯定的，现在城门那边查得很严。上头下了死命令，任何人出城……嗯？"范耀文的语气一顿，狐疑地问道，"仲伦，都这么晚了，你的人要出城干什么？"

林仲伦叹了口气，抱怨道："还不是为了嫂子的事儿！老爷子那里我已经商量好了，可是如果我嫂子和大侄子要跟着我们一起走，必须到运输处那边重新登记。老范，咱这一走，可就不知道啥时候能回来了。我寻思嫂子随身肯定会带些行李细软，所以就打算给嫂子和侄子单独安排一辆车。可我家的管家告诉我，这次撤退的用车由卫戍司令部统一调派。今晚我想派两个人先到城外的运输处去打个招呼，可没想到连城门都没出去，两人又回来了。"

范耀文感激涕零："仲伦，你嫂子的事情让你多费心了，老哥哥我在这里给你磕头啦！"说罢他胸有成竹地说道："放心，通行证的事情包在我身上，需要几张，您只管说话。"

林仲伦犹豫了一下，很含糊地说道："其实……一张就够了，不过我这里还有一个能和运输处说上话的人，我想让他一起过去，尽量把事情做得稳妥一些。"

范耀文一口应了下来："没问题！我现在身边就有一张，天一亮我就让卫戍司令部的人再送一张过来，明天一早你到我办公室去取，怎么样？"

范耀文绝非吹嘘，省政府机要处和卫戍司令部机要处往来密切，别人搞不到的通行证，对范耀文来说并不是什么难事。

也正是出于这种考虑，林仲伦才把这件事情"委派"给了他。

挂了电话，林仲伦对冯冠生说道："明天一早，你先去范耀文那里取两张'特别通行证'。"

"行！"冯冠生接下了任务。

林仲伦从书架上取下来一个密码箱，打开了里面设计巧妙的暗格，然后将城防图和情报放了进去。他将密码箱郑重地交到了冯冠生的手里："冠生同志，秀兰同志，这副重担就托付给你们了。"

冯冠生双手接过了密码箱。

林仲伦看了看冯冠生，又看了看方秀兰，三个人的手紧紧地握在了一起……

清晨用过早饭，林仲伦就要出发了。临出门前，他叮嘱跟在身边的冯冠生和方秀兰："等我走远了你们再离开，冠生去范耀文那里取了证件之后，马上回家等我的消息。注意一点，范耀文那小子很多疑，在他面前尽量少说话。"

冯冠生点头应道："放心吧师兄，我对付他没问题。"

方秀兰的鼻子一酸，泪水已经在眼眶里打转了："林大哥！你一定要回来。"

"嗯！"林仲伦应一声，露出了一个坚毅的微笑。

望着林仲伦离去的背影，冯冠生强忍住眼泪，伸手将抽泣的方秀兰揽进了怀里。

林仲伦走出家门，伸着懒腰做了两次深呼吸。过了一夜，东安城的气温似乎又降低了不少，刚才吸进肚子里的两口凉气令他倍感清爽。望着眼前的东安城，林仲伦感慨万千：是啊，寒冬总会过去，用不了几天，东安城将迎来属于自己的崭新的"春天"。

"少爷，今天您可够早的！"随着话音，大陈已经带着一脸谄笑,将黄包车停到了林府门前。

坐上了大陈的黄包车,林仲伦吩咐道:"走着,去城南的泉城中学。"

大陈佯装为林仲伦整理座椅,低声提醒:"学校早就停课了,那里现在进驻了军队。"林仲伦默默点了点头。大陈一怔:"要去二三九团?"林仲伦又点了点头。

"得嘞,您坐好了!"大陈拉起黄包车,一路小跑,低声汇报,"田园茶庄有情况,今早又开始'报平安'了。"

林仲伦一惊,随即平静地说道:"不要理会,一定是保密局那帮人搞的鬼。"

大陈回答道:"我也是这么想的。"

林仲伦的心情很沉重,田园茶庄就是'海棠'小组,他们的联络暗号再次出现只能说明一个问题:地下党内部确实出了叛徒。

大陈拉着黄包车离开老租界,朝城南奔去。可是他刚跑进一条街道,脚步却慢了下来。

林仲伦举头张望,发现前方正发生骚乱——几伙士兵正砸开临街商铺的门锁,疯抢里面的货物,造成很多百姓围观。他很吃惊,问大陈:"什么情况?"

大陈回答:"昨晚城里又进了军队,到处砸抢。"

"兵痞!"林仲伦暗骂了一句,又问道,"店主呢?为什么不出来制止?"

大陈解释:"他们砸抢的都是那些锁了门、贴了封条的店面,那些店主前段日子就逃出城了,没人管。"

林仲伦看了看时间,商量道:"那就换条路吧?"

大陈摇了摇头:"到处是疯狗,哪条路都一样,城里现在全乱了。您坐稳了。"说完,大陈拉起车朝人群冲去,口中高喊:"借过,借过,留神身上沾着油!"

再过两条街就到泉城中学了。林仲伦低声嘱咐大陈:"我一会儿进学校见二三九团的团长贾作奎,你找个尽量远离校门的地方等我。记住,如果我十点之前还没有出来,千万不要等我。你马上去冯冠生家,接上他们,然后护送他们出城。"

大陈回头看了林仲伦一眼,默默点了点头。

大陈是老地下党,沉稳老练,虽然和林仲伦的合作只有两年多的时间,但是他们之间已有了足够的默契,有时候甚至根本不需要语言的交流,一个眼神的对视,彼此便能心有灵犀地感知到对方的意图。

泉城中学的校门上依旧挂着学校的牌匾,可是校门前增加了重重防御沙包和路障,围墙也被铁丝网包裹了起来。校门两侧的岗亭前架设了机枪,一群荷枪实弹的士兵正在巡逻。

林仲伦来到学校门前,向岗亭里的士兵说明了来意,并递上了他的名帖。

一个哨兵头目接过名帖,转身跑进了校门。

林仲伦点上一支香烟,回头朝大陈看了一眼。大陈会意,拉起黄包车朝远处跑去。

片刻之后,那个去通报的哨兵头目重新出现在校园里,远远地挥手,招呼道:"旅座有请,放行!"

林仲伦走进校园,跟那哨兵头目寒暄:"有劳了。"

哨兵头目带着林仲伦绕过校园里的几排教室,来到一幢挂着"二三九团团部"牌匾的大屋子前。他停下脚步,隔着房门喊道:"报告旅座,林秘书到!"

门缝里传出来一个瓮声瓮气的声音:"嗯,进来吧。"

哨兵头目侧着身子推开房门,林仲伦朝哨兵头目颔首致谢,然后抬脚走了进去。一股烟熏火燎的浑浊味道扑面而来，险些将他顶一跟头。

满屋子的乌烟瘴气。如果不是事先知道这是二三九团的团部，林仲伦还以为自己进了土匪窝子：屋子中央是一张宽大的八仙桌，一群衣衫不整的"土匪"懒散地围坐在八仙桌周围，此时正斜着眼瞅过来；"土匪"们打着酒嗝，涨红着大脸，看架势还真没少喝；八仙桌上，鸡鸭鱼肉摆了满满一桌，桌下是几个已经开了封口的酒坛子，林仲伦的名帖就在桌子上的一角，此时已经被某道佳肴洒漏的菜汤淹没了。

大清早就开始喝酒，这习俗可真不多见。有人开口了，为首的那人是个体格健壮、袒露胸膛的大光头，他仰坐在一张太师椅上，打着酒嗝道出了一套蹩脚的官腔："你就是林大秘书？大驾光临有失远迎，不知莅临草庙有何公干哪？"由于语调太过懒散，以至于让好好的一句话显得颇为不敬。

面对如此场景，又遭遇如此开场白，林仲伦颇觉尴尬。他恭敬地颔首："请问，您就是二三九团的贾作奎团长？"

"大光头"尚未开口，坐在他旁边的一个"土匪"高声嚷道："啥团长？啥团长？"他夸张地摇晃着大拇指炫耀："俺大哥现在是旅长啦！"

众"土匪"纷纷起哄：

"找团长，你走错地方啦！"

"对，俺们大哥现在是旅长啦！"

……

"大光头"摆了摆手，示意手下诸人安静，他瞄着林仲伦问道："俺就是贾作奎，怎么着？有何见教？"话音里充满了挑衅的味道。

林仲伦看了看贾作奎周围那些人，欲言又止地笑了笑。

贾作奎微微一怔,好像明白了林仲伦的意思,大咧咧地嚷道:"这里没外人,都是咱自家的弟兄,有啥话你就直说,用不着藏着掖着。"

见林仲伦面带微笑,依旧默默无语地站在那里,贾作奎无奈地挥了挥手,吩咐道:"你们几个,先出去!"说完他又嘱咐:"都他妈别走远啦,一会儿回来咱们接着喝!"

"土匪"们懒洋洋地站起身,斜瞅着林仲伦走出了房间,一个个嘴里还骂骂咧咧,也不知在絮叨着什么。

贾作奎瞅了瞅留在身边的两个人,对林仲伦说道:"这两个人是俺的亲随,有啥话你就说吧。"

林仲伦上前一步,笑着一抱拳:"贾旅长,实不相瞒,小弟此次前来,是受作战部的窦参谋所托,找您有要事相商。"

"哦,原来是老窦的朋友。"贾作奎做恍然大悟状,指了指身前的一把空椅子,亲热地寒暄,"你早说嘛,来来来,林秘书,坐下说话。"

林仲伦谢坐之后,屁股还没来得及在椅子上坐稳,贾作奎身边那两个人突然恶虎一般地蹿到了他的身侧。猝不及防的林仲伦尚未做出任何反抗,甚至根本来不及反应,已被人反锁着胳膊摁在了地上。其中一人从他的腰间摸出了手枪,并手脚麻利地退出了弹匣和枪膛里的子弹,回头低声说道:"大哥,这孙子带着家伙,还顶着火儿呢!"

贾作奎这才慵懒地站起身,来到了林仲伦的身边。他蹲下身子,用一支手枪顶住了林仲伦的脑袋,然后将一张喷着酒气的大嘴凑到了他耳边,恶狠狠地说道:"孙子,说吧,一共来了多少人?不说实话,老子现在就开了你的'瓢儿'!"

林仲伦的脸被死死摁在地上,他的双臂被那两个人拧得生疼,这姿势颇为不雅,也着实让人难堪。他努力挤出了一个自以为从容的微笑，应道："贾旅长，别紧张，只有我一个人。"

这时候，门突然被人推开了，一张略带紧张的脸探了进来："大哥，外面都查了，不像有尾巴。"贾作奎一挥手，那人退了出去，并随手掩上了房门。

与此同时，林仲伦听到门外传来一声低吼："通知弟兄们，进入战备，注意警戒！"毫无疑问，这伙"匪徒"看似懒散，实则训练有素、军纪严明。

贾作奎用枪敲着林仲伦的脑袋，很不屑地嘲讽道："行啊小子，敢一个人跑来摸老子的底，看来你是真活腻味了。"

林仲伦的左脸由于与地面过度亲密接触，已经有些麻木，而且由于颈部被控制，呼吸也变得越来越困难。他吃力地说道："贾旅长，请相信我，真的是老窦让我来找你接头的！"

贾作奎哈哈一笑："你他妈耍孙子呢。老窦昨天中午就出事儿了，你以为老子不知道？"

林仲伦解释道："贾旅长，请你务必相信我。老窦在出事前跟我有过联络，他好像预感到要有麻烦，说如果他遭遇不测，就让我直接来与你联系。"

贾作奎挠了挠光头，好像一时有些拿不定主意。身边的一个人说道："大哥，别听他瞎叨叨，干脆直接废掉了事，省得夜长梦多，留着他迟早是个祸害！"

贾作奎摆了摆手，低声问道："你咋证明你是老窦的人？"

林仲伦苦笑着应道："我真的无法证明！但我想问问你，如果我是保密局或者卫戍司令部派来的探子，你们还有机会在这里喝酒吗？"贾作奎迟疑着，没有答话。林仲伦接着问道："贾旅长，我再问你一句，你觉得老窦会出卖你吗？"

贾作奎犹豫了片刻，似乎下定了决心，一声低吼："松手！"

"大哥，你别相信他的鬼话，他……"那人的话还没有说完,贾作奎低声说道:"少废话!放开他,俺信得过老窦!"

活动着已经酸麻的手腕,林仲伦从地上爬了起来,窘迫地拍着脸上和身上的泥土。

贾作奎一直狐疑地盯着林仲伦,问道:"老窦他……他都跟你说啥了?"

林仲伦笑着说道:"他没有说太多,只是告诉我在总攻的时候,你们团会在战场起义,在你们驻防的南城门迎接大军进城。"

贾作奎难为情地笑了笑,问道:"你,你真是共产党的人?"

林仲伦微笑着点了点头。贾作奎双手抱拳道:"林秘书,都怪贾某有眼无珠,多有冒犯,得罪了。"

林仲伦表现出了应有的大度,抱拳回礼道:"贾旅长千万别那么说,警惕是好事,人常说:小心驶得万年船嘛。"

贾作奎不阴不阳地笑了笑,又问道:"林秘书,既然你已经知道了,还来俺这儿干啥?"

林仲伦解释道:"我来这里的目的,首先是确定你们起义的时间;其次,我想查实一下那张城防图是否可靠。"

"啥?城防图?"贾作奎愣愣地问道,"啥城防图?"

林仲伦一怔,询问道:"窦立明同志在他出事前将一份东安城防图交给了我,你不知道这件事?"

贾作奎一脸茫然地摇着头:"没听说过。林秘书,这个俺还真帮不上你,跟你说实话,老窦根本没跟俺提过这茬儿。"

此刻贾作奎的反应和表现,让林仲伦确信窦立明就是"牡丹"。他在庆幸的同时,也为失去那样一个可敬可爱的战友而深感悲恸。他望着贾作奎问道:"贾旅长,我们的总攻时间还没有确定,你们如何确定起义的时间?"

贾作奎"哈哈"一笑,很爽朗地说道:"那还确定个屁啊!你们的大炮一响,老子保证让南城门开锅!"他的声音太过豪爽，在房间里回荡着甚至有些震耳，林仲伦警惕地朝门口张望了两眼。贾作奎看到后又是一通大笑："没事儿，小林子你别紧张，在这个院子里，全是跟咱老贾换过命的弟兄。"

小林子，这个称谓似乎有些不敬，却又让林仲伦倍感亲昵。

掐着腰，仰头望着房梁，贾作奎怅然若失地自嘲道："唉，老子从小就爱看大戏，最恨的就是戏里那些唱白脸的奸贼和叛党。没想到临到最后，老子也要当叛徒啦，啊？"说完，他挠着光头无奈地笑了。

"贾旅长，你可不能这么说。"林仲伦为其纠正，"你这可不是叛变，你们这是'弃暗投明'，是大义之举。你们的起义是为了人民，为了普天下的劳苦大众早日解放，为了能……"

"得得得，"贾作奎不耐烦地摆着手，"别跟俺扯这些没用的，老子听不懂。"他凑到林仲伦面前，叹息道："其实老窦活着的时候，也爱跟俺絮叨这些，当初俺嫌他烦，可如今再想听他念叨念叨，这人说没就没了。俺是个粗人，不认识几个大字，也听不懂那些大道理，可俺就听懂了他的一句话：人人平等、户户有田。"话说到这里，他一挥粗壮的胳膊："人人平等、户户有田，老子就稀罕这个！"说完他歪头问林仲伦："知道当初俺为啥当兵吗？"

林仲伦一时接不上话，只能摇了摇头，因为他对贾作奎确实不甚了解。

贾作奎抓起酒碗灌了一口酒，然后打着酒嗝晃了晃脑袋，突然抬头问道："咱刚才说到哪儿了？"

林仲伦一愣，赶忙回话："你问我，你当时为什么要当兵。"

贾作奎有些迷糊，扭头看向身边的一个弟兄。那弟兄为林仲伦做了证实："是，你是这么问的，你刚才还说了'人人平等、户户有田'。"

"对，户户有田！"贾作奎一拍桌子，"当初俺家就是没田，那时候穷，死穷。地主欺负俺家，就因为天旱没交齐租子，俺爹愣是让地主家的狗奴才给活活打死了。好歹有街坊邻居帮衬，才埋了俺爹。俺娘就带着俺去县城告状，可结果呢？他妈的，衙门的老爷和地主是一伙儿的，俺和俺娘被押到地主家做奴才，说是还俺爹欠下的债。"

贾作奎的面部抽搐了几下，他抹了把脸，跌坐在椅子上："进地主家才一天，俺娘就上了吊。在那里帮工的下人偷偷告诉俺，俺娘是被地主给糟蹋了。她是个烈女子，受不了那个憋屈，就自寻了死路。到现在俺还记得俺娘的模样，她可真俊。"

"狗日的世道，两条人命就这么没了，那个家就这么散了。"贾作奎激动了起来，"要是俺家有田，俺爹能被那些畜生打死？要是人人平等，衙门敢那么欺负俺？让老子给仇家干活、放牛，去他娘的！别看老子当初岁数小，可胆子大，老子赶着地主家的一群牛当见面礼，上山投了'杆子'（土匪）！"

林仲伦默默地听着。

贾作奎笑了笑，接着说道："后来俺们得了招安，跟了韩大帅（韩复榘），再后来小日本鬼子就来了。那时候老子还是个小班长，打小鬼子可不含糊。每次开仗老子都是冲在队伍的最前头，是真豁出命去跟小鬼子拼哪。咋样？老子打一仗升一级、打一仗升一级，现在是团长啦！"

身边的兄弟提醒道："大哥，你现在可是旅长啦！"

贾作奎很不耐烦地骂了那人一句："给我闭上臭嘴，谁让你插话啦！"说完，他敲着桌子对林仲伦嚷道："可是平等了吗？平等了吗？老子带着弟兄们，把头掖在裤腰带上跟小鬼子拼命，得啥平等了？就因为咱不是他娘的王牌军，不是他娘的嫡系部队，老子和弟兄们穿着最薄的棉袄、吃着最差的军粮、拿着最低的军饷。可就这样,他们还昧着良心克扣。老子为了打小鬼子,不跟他们计较。衣服薄了,只要冻不死就成;干的吃不饱,咱就糊弄点儿稀的;军饷更是他娘的扯淡,咱打小鬼子就不是图那几个铜板!可到最后咋样?小鬼子打跑了,他们要闹哪样儿?"

说话间,贾作奎抓起酒碗就要往嘴里送,可是他一愣,原来他的碗里没酒了。他从桌子上随便抄起来一碗酒,也不管是谁的,猛地一仰脖子灌了进去。这酒喝得着实生猛,他顺手将碗丢到了桌面上,抹着嘴角说道:"这些孙子枪口一掉,要老子打共产党。共产党是谁,老子和共产党的队伍并着膀子打了几年小鬼子,共产党打起小鬼子那可是没一个孬种!在战场上,共产党救过老子的命!这咋说翻脸就翻脸呢,这咋翻脸比他娘的脱裤子都快呢!"

林仲伦激动地附和:"是啊,国民党公然挑起内战,他们置民众的疾苦于不顾,他们……"

"别扯啦!"还没等林仲伦将激情抒发完,贾作奎再一次挥手打断了他,"老子就认一件事:打小鬼子,就是好汉!救过老子的命,那就是亲弟兄!想让老子对亲弟兄下黑手,俺骂他祖宗!"他从身后的抽屉里拿出了一卷纸,用纸卷拍打着桌子吼道:"眼下要开仗了,他们想起老子了。给老子升官,给老子加饷,哄老子给他们当炮灰,让老子对救过咱命的亲弟兄下黑手!"嚷罢,他将手里的那张委任状狠狠地摔到了地上,一声怒喝:"俺去他娘的!"他一脚将委任状踢出了很远,却因为用力过猛趔趄了一下身子。

蹒跚着站稳了脚跟,贾作奎又抄起了一个海碗。一个弟兄眼疾手快地捧起了酒坛子,很殷勤地凑了上去:"大哥,满上!"

林仲伦生怕贾作奎喝醉酒误了事,而且此时的贾作奎已经有了明显的醉意,他刚才说的那些话里似乎就夹杂了不少醉话。林仲伦赶忙上前劝阻:"贾旅长,咱们还是先谈一谈起义的事情吧。"

"起义?"贾作奎瞪起一双喝红的牛眼,"不是都说过了嘛,还说啥?你放心,咱老贾说话算数,吐个唾沫是个钉!到时候你就瞧好吧!"

林仲伦面露难色,问道:"你们起义的时候总要有什么标识吧?就是身上有什么标识,也好让我们的人确认。"

"标……标啥识?"贾作奎一头雾水,样子很"呆萌"。

林仲伦一眼看到了太师椅椅背上的那条白毛巾,他拿起来解释道:"你看,就是让贵团的官兵在起义的时候,每个人在胳膊上绑上一条白毛巾,或者有什么其他的标记,让我们的人见到后就知道你们是起义的队伍,这样可以最大限度地避免误伤。"

贾作奎一把扯过了那条毛巾,顺手丢到了身后,一脸不屑地说道:"打起仗来热火朝天的,谁还顾得上胳膊上有没有毛巾,不要这个!"

这家伙也太不给面子了!林仲伦尴尬地说道:"可同样都是'国军'的军服,你总要让我们能分辨出你们是起义的队伍吧?"

贾作奎眼珠子转了转,又大笑了起来。

这大笑似乎太没有由头,就在林仲伦感觉莫名其妙之际,贾作奎一拍他闪亮的光头,嚷道:"光头,咋样?今天下午,全团的弟兄全剃光头。这大冷的天儿,光头不多见吧?"

这主意还真不错。林仲伦笑着问道:"贾旅长,这种天气不戴军帽,光着头会不会太冷了?"

贾作奎"哈哈"一笑,戏谑道:"命都不要了,还怕冷?"说完他吩咐身边的两个弟兄:"回头传令下去,让弟兄们全部剃光头。哦,对了,等造反的时候,让弟兄们把衣服都反着穿。"

说完，他颇为得意地瞄着林仲伦："咋样，这法子行吧？"

林仲伦拍手称赞："太好了！光头、反穿军衣，辨识度越高越能降低误伤！"

"误伤？"贾作奎咧着嘴苦笑，"恐怕不会有啥误伤。"

"没有误伤？"林仲伦颇为不解。

贾作奎长叹一声："兄弟，回去告诉你们的人，等你们打下了东安城，让他们到战场的死人堆里多扒拉扒拉，遇着反穿着军服的光脑袋，那可都是咱老贾的弟兄。劳烦你们多费费心，给好好埋了，咱老贾在这里谢过了。"说罢，他拱手作揖。

林仲伦点头答应，却突然觉得贾作奎好像话里有话，他疑惑道："贾旅长，你们不是驻防南城门附近的区域吗？那可是东安城的最后一道防线，那里应该不会有太多战事吧？"

"哈哈……"贾作奎又是一阵肆无忌惮的大笑，"这可是一场大仗！这么热闹的大排场，哪里能少了咱老贾的买卖！"

贾作奎兴冲冲地伸手将林仲伦拉到了墙边的一面地图前，指着地图朗声说道："你瞅瞅，这里就是南城门，也是老子的防区。从老子的正面阵地到你们的队伍之间，最少有三个全美制装备的整编王牌师。注意，俺说的是最少！"他转头问道："知道突破这几道防御，你们要豁出多少老本儿吗？"林仲伦对战事不甚了解，只能傻傻地摇了摇头。贾作奎将林仲伦上下一打量："瞧你白白净净的像个书生，没打过仗吧？"

林仲伦面露愧色，实话实说："确实没有。"

贾作奎颇为得意地说道："你没打过仗，那你肯定不懂。像这种大阵仗的阵地攻防战，攻守的伤亡比例最少也是二比一！也就是说，你们要攻破一个师的防御，至少要付出两个师的代价。俺说的，还是在装备火力平等的情况下。"

这伤亡也太大了！林仲伦不禁咋舌。

贾作奎接着介绍道:"这次他们可是下了血本。阵地上全是钢筋水泥的防御工事,还修筑了大量火力点和暗堡,你们啃不动啊!"他眼中凶光一闪:"可如果俺带着弟兄们从这里向前突进,那情况可就大不一样了。工事的防御主体,都是枪口朝前,他们根本不会料到俺会从背后发起攻击!不是咱老贾吹牛,老子的一个团,最少也能拼掉他一个王牌师!"

说到这里,贾作奎竟挠着光头幸灾乐祸地大笑了起来:"哈哈,到那时候可就热闹喽!让那些'嫡系王牌'也尝尝咱杂牌军的厉害!"他转头斜眼一瞅林仲伦,霸气地说道:"兄弟你放心,老子手下的弟兄都不是孬种,打起仗来那是绝不含糊。咱能给你拼多少,就拼多少!"

林仲伦震惊了,他的喉头一紧,声音也随之哽咽了起来:"贾大哥,如果这样,你们的损失太大了!"

贾作奎咧嘴一笑,问道:"兄弟,老窦可是从没把咱当外人,你拿咱老贾当自己人不?"林仲伦红着眼圈点了点头。贾作奎接着说道:"那就好。俺看你是个读书人,这个账你一算就明白。俺灭掉他一个师要打光一个团,你们想灭掉他一个师,至少要损失两个师!你自己拨拨算盘,俺的一个团给你们省下了足足两个整编师。这买卖,你们可赚大发啦!"

林仲伦的鼻子已经彻底酸透了。

贾作奎瞅了瞅林仲伦,又瞅了两眼地图,语气平缓了下来:"既然是一家人了,那就别说两家话。你们不是总把'人人平等'挂在嘴上吗?那咱这回就来个人人平等。都是爹娘生的,脑袋就一个。战场上哪有不死人的,满盘算下来,咱可是省下了一个半师呢。"

林仲伦听得很清楚,贾作奎刚才说的是"咱"。

时间已经接近十点,林仲伦必须离开了。在与贾作奎道别后，他抑制不住冲动，猛地转身，狠狠地拥抱了这个满身酒气的粗野汉子。

贾作奎吃了一惊，他轻轻拍了拍林仲伦的后背，声音也有些变调："兄弟，兄弟，别整这些没用的，咱老贾吃不惯这套，你……"话没有说完，可林仲伦已经感觉到了贾作奎蛮力的拥抱。

林仲伦走到门口时，贾作奎喊住了他："兄弟，记住你们说过的那些话，'人人平等、户户有田'，是汉子就得说到做到！回头等你们得了天下，这些话可得兑现！要不然，老子和这帮弟兄就是屈死的，就是让你们给糊弄死的，老子做鬼也不会放过你们！"

林仲伦没有回答，转过头时，他已是泪流满面。挺直了腰板，军礼是最好的承诺……

走出泉城中学校门的时候，已经没有什么词汇可以用来形容林仲伦此刻的心情。他在心里重新定义了东安城即将迎来的解放：无疑，这将是一个伟大的胜利。因为在这个胜利的背后，有着太多太多伟大的付出。这一刻，他想到了英国首相丘吉尔曾经说过的一句话：从来没有这么少的人，对这么多的人做出过这么大的贡献……

一转头，大陈的黄包车已经来到了面前。林仲伦腼腆地朝大陈笑了笑，大陈憨笑着叹息了一声。只有他们两个人知道，这一笑、一声叹息之间，包含着多少内容。

也许是怕冯冠生和方秀兰着急，大陈将车子拉得飞快。二十分钟后，黄包车来到了一排小洋房的门前。

冯冠生绝对算是个"腐化分子"，敌后工作的严酷丝毫没有降低他对"高品位生活"的追求。在来东安城后不久，冯冠生就租下了这一整栋小洋楼，并将里面装饰一新。这里曾经是法国人在东安城的租界，至今这里还住着很多外国人。

租下了这里的房子之后,冯冠生雇用了两个仆人和两个厨师(开始只有一个鲁菜厨子,后来又找来一个川菜厨子)。林仲伦曾私下取笑他:"就你这种腐化的生活做派,怎么跟无产者联合起来?"

冯冠生对此很不以为然:"怎么?我这是先体验一下共产主义的生活。"看来这家伙对"共产主义的生活"还是有误解的。

林仲伦下了黄包车,朝大陈点了点头。

大陈明白,这是要让他守在这里。他将黄包车停靠在路边,然后蹲在车前若无其事地卷起了旱烟,破草帽下一双闪亮的眼睛警惕地观察着周围的风吹草动。

林仲伦刚走到门前,房门就突然打开了,他几乎是被一双手扯进了屋里。

冯冠生紧紧地拥抱着林仲伦,急得方秀兰在身后直跺脚。三个人都激动不已,短短两个多小时的分离,他们却觉得仿佛为彼此已守候了百年。

冯冠生和方秀兰将林仲伦带到了二楼的书房,关上了房门。林仲伦这才注意到两个人的装束都发生了变化:方秀兰素着一张俏脸,原来那些奢华的绫罗时装已经换成了一件质朴的素色长棉袍;冯冠生也一改他往日的时髦华服和油头粉面,身穿一件藏青色的中式棉袍。

"师兄,快说说,那边到底什么情况?"一进门,冯冠生就急切地问道。

"确诊了,没问题,窦立明是我们的同志!"林仲伦坚定地一挥拳头。

方秀兰兴奋地握着小拳头,欢叫一声:"太好了!这么说,咱们的身份都没有暴露。"

林仲伦笑着点了点头，嘱咐道："你们记好了，总攻开始的时候，贾作奎的二三九团会在南城门起义，他们的标识是光头、反穿军衣。他们会从他们的防区向外突进，接应我们的攻城部队。你们尤其是要提醒'老家'的人，炮火延伸一定不要打到城门的防区，以免造成误伤。"

冯冠生和方秀兰很仔细地听着，不住地点头。

林仲伦又问道："冠生，你那边的情况怎么样？"

"放心吧。"冯冠生从怀里掏出来两张通行证，在林仲伦的眼前晃了晃，"范大处长不负重托，证件已经搞到了。他还让我转告你，出城的时候可以去找卫戍部队一个姓陆的排长，他今天负责北城门的警戒，只要拿着证件提范耀文的名字，就能直接放行。"

时间紧迫，他们已经没有太多时间了，林仲伦问道："你们都准备好了？"

冯冠生指了指那个林仲伦昨晚交给他的密码箱，说道："没有什么可准备的，就是它了。"

林仲伦问道："你们连简单的行李也没有准备？"

冯冠生"呵呵"一笑，解释道："为了不引起敌人的怀疑，我和秀兰什么都没带。"说着，他展开双臂原地转了一圈，俏皮地问道："怎么样师兄，现在我算是一个彻头彻尾的无产者了吧？"

三个人轻松地笑了起来。渐渐地，笑容在林仲伦的脸上淡了下来："冯冠生同志，方秀兰同志，到了我们说再见的时候了。"

方秀兰的小鼻子一皱，强忍着泪水，低声道："林大哥，我们什么时候才能再见到你？"

林仲伦苦涩地笑了笑："很快，等到解放的那一天。"

冯冠生问道："是咱东安城解放的时候？"

林仲伦摇了摇头："不，等到全国解放的那一天。"见两个人还愣在那里,他解释道:"党组织还没有给我指示,我想我会随国民党大部先撤往上海。不过你们放心,距离咱们下次重逢,不会太久了。"

真的要分别了吗?三个人又紧紧地抱在了一起,分开时,他们的眼圈都已经红了。冯冠生哽咽道:"师兄,我想……我想跟你要一样东西。"

"你说。"

冯冠生抹一把泪水,朝林仲伦的上衣口袋指了指。林仲伦会意,将一支派克钢笔从上衣兜取了下来。

这支钢笔,是林仲伦上大学那年父亲送给他的礼物,这么多年过去了,他一直带在身上。此时,他将那支钢笔郑重地交到了冯冠生的手里:"拿着,算是我给你们俩的纪念。"

冯冠生看了看方秀兰,此时方秀兰的脸上已经挂满了泪痕,她从身后的书桌上拿起一个小锦盒,抹着眼泪说道:"林大哥,这是我和冠生送给你的小礼物。"

林仲伦接过来打开一看,是一支崭新的派克金笔,他打趣道:"这么贵重,我今天可是占你们的大便宜啦!"话一出口,他眼前突然浮现出贾作奎兴奋的笑脸,还有那句"这买卖,你们可赚大发啦"。

将冯冠生和方秀兰送到门外,目送两人恋恋不舍地登上了大陈的黄包车,林仲伦忍着眼泪用力挥了挥手:"再见,一路珍重!"

冯冠生朝林仲伦晃了晃他紧握的拳头:"师兄,再见!"

方秀兰抹着眼泪道别:"林大哥,你一定要保重,我们等你!"

目送大陈的黄包车渐行渐远,林仲伦在心里默默地祝福着这对可爱的小情侣。他慢慢地走下台阶,走进那片深秋的萧瑟里,此时他突然想起了父亲说过的一个词——流溪浮萍。

第三章
留守医院

病房中，乔占峰又翻看了一下《信仰》后面的章节，他发现，林仲伦在后续章节里讲述的都是大陈的英雄事迹。也就是说，冯冠生和方秀兰的故事就此出现了一个断层。

此次到莱县之前，乔占峰曾简略翻看过杜永胜老将军撰写的《我的征战岁月》，那里面有冯冠生和方秀兰将情报与城防图送到华东野战军总部之后的章节。结合林仲伦《信仰》一书中的讲述，冯冠生和方秀兰两个人应该是很顺利地出了城，然后去了城阳镇的布庄接头。可到底出现了什么样的意外，竟让方秀兰用那样一种特殊方式将情报直接送到了华东野战军总部，乔占峰为此大感不解。

门外传来轻轻的敲门声，乔占峰回头看去，门缝里露出一张甜美的笑脸："乔书记，没打扰您吧？我来给病人换药。"是医院的小护士。

乔占峰招了招手，轻声说道："不打扰不打扰，你们的工作要紧。"

两个护士进来给方秀兰老人摘除了吊针，乔占峰看了看

表：已经是下午三点多了。他嘱咐两个小护士照顾好老人，便起身离开了病房。

也许是听到了房门的响动，秘书小田从隔壁房间里探出了脑袋："乔书记，您要出去？"

乔占峰笑着摆了摆手，指了指楼下。

小田知道乔书记是想下楼去走走，于是赶忙跟了上来。

莱县人民医院一共由四栋楼组成：一栋四层的门诊楼，一栋四层的住院楼和一栋新建的二十层综合大楼，而医院的最深处，就是乔占峰等人所在的这栋疗养楼。疗养楼一共有三层，周围的环境十分安静，设施也很齐备。楼下就是一个小花园，与前面住院大楼相连接的是一条悠长的林荫小路。这条路让乔占峰不禁想起自己在大学校园里经常走过的那条小路。如今走在这里，他仿佛一下子年轻了许多，脚下的步伐也随之轻盈起来。

安静地走了一会儿，乔占峰扭头问道："小田，明天咱们都有什么安排？"

小田疾走两步跟了上来，说道："乔书记，明天上午开发区有一家合资企业要挂牌，上午十点咱们应该代表市里过去参加奠基和剪彩仪式；下午四点有一个老龄委组织的离退休老干部座谈会，您有一个讲话；晚上要和他们一起在市委食堂聚餐，聚餐的安排随机，可以取消。"

乔占峰停下脚步，仰头看天思忖了一下，说道："上午那个剪彩仪式，你马上帮我协调协调，看看其他几位市领导谁有时间，可以代我出席一下。至于下午那个……"

这个离退休老干部的座谈会确实让乔占峰有些为难。座谈会按例一年两次，作为市里的"一把手"，如果不能出席的话，确实有些过意不去。当然，最主要的是老干部们会不高兴。犹豫了片刻，乔占峰苦笑着说道："下午的座谈会，明早看情况再说吧。"

小田很认真地在小本子上做了记录，抬头问道："乔书记，您的意思是咱们今晚就不回去了，是吧？"

"不回去了。"乔占峰深吸一口新鲜空气，"今天咱们也偷偷懒，在这里住一晚。"

小田赶忙叮嘱道："乔书记，那您可千万别忘了给阿姨去电话。要不，我现在就给您拨过去？"

乔占峰摆了摆手，说道："忘不了，一会儿回去，我自己给她打。"

可能是因为莱县非重工业县，污染相对较轻，乔占峰觉得这里的空气比青阳市要清爽许多，所以他今天散步多走了一会儿，回到疗养楼的时候已经下午四点了。

方秀兰老人病房门前，有个人正焦急地来回踱步。乔占峰老远就认出来，是大柳村的村主任柳德福。乔占峰走过去，轻声问道："小柳，没休息一会儿？"

柳德福叹口气，叫苦道："阿婆到现在还没醒呢，俺哪里能坐得住啊。"

乔占峰示意他噤声，然后试探着推开了病房的门，踮脚走了进去。果然，方秀兰老人还在昏睡，这让乔占峰不禁有些担心。他问陪护的小护士："老人家一直没醒？"

小护士摇了摇头，见乔占峰一脸忧虑，赶忙轻声解释道："乔书记，您别担心，老人家的身体没有问题，血压和心率都很正常。她现在只是在熟睡，您回去休息一会儿吧，这里有我们呢。"

乔占峰朝护士感激地笑了笑，便轻手轻脚地退出了病房。他让柳德福先回房间休息，便来到了方秀兰老人隔壁的那个房间。

　　这个房间的设施很齐备，根本不像病房，倒更像是宾馆的标准间。房间里有两张床铺，靠近房门的一张床上有躺过的痕迹，看来小田刚才在这里休息过。

　　乔占峰在另一张床的床边坐了下来，他还真有些累了。

　　小田走进了房间，询问道："乔书记，您中午还没有吃饭呢，我让他们给您准备一些吃的吧？"

　　乔占峰摆了摆手："别给医院里添麻烦，一会儿就该吃晚饭了。"

　　小田看了看手表，应了一声坐到了床边。

　　乔占峰躺了一会儿，却怎么也睡不着，他对小田说道："你去隔壁把那两本书给我拿来。注意，千万别惊动了老人。"

　　很快，小田把两本书取了回来。乔占峰起身接过林仲伦的那本《信仰》，小田则抱着杜永胜的那本《我的征战岁月》倒在了床上。乔占峰打开书，接着下午看完的章节继续往下读……

第四章
刺杀"花匠"

　　林仲伦回到省政府的时候，大院里停放着几排大型军用卡车，大队士兵从楼里抬出各种大大小小的档案箱，正往车上搬运。走进办公大楼，楼内的景象让林仲伦禁不住想笑：比昨天还要萧瑟，大多数房间已经被搬得空空荡荡。

　　林仲伦吹着口哨走上三楼，刚到楼梯口，范耀文便迎了上来。

　　这么冷的天，范耀文竟顶着一头白毛汗。来到林仲伦身前，范耀文表情难看地低声问道："仲伦，你可算是来了。明天上午省部全部撤退，你嫂子那事情……"话没说完，他竟带出了哭腔。

　　林仲伦胸有成竹地劝慰道："放心吧，我的范大处长，我已经安排好了，明天你安心随省部撤离，我会带上嫂子和你的宝贝儿子。"

　　范耀文狠狠地抿着嘴唇，用力拍了两下林仲伦的肩膀："来日方长，啥也不说了兄弟，患难见真情哪。"

　　林仲伦到自己的办公室转了一圈，很快就到了下班时间。出门的时候他又遇到了范耀文，范耀文悄悄告诉他："仲伦，下午你就不要来了,反正也没什么事情,在家里好好收拾一下行李。"

谢过了范耀文的好意,林仲伦走出了省政府大楼。大陈的黄包车没像往常一样停在路边,这完全在他的预料之中。

林仲伦没有叫其他黄包车。想到即将离开这座城市,他想一个人在大街上走走,也算是对这座古城的告别吧。

回到家中,管家禀报林仲伦:"少爷,保密局方面来消息了,明天一早咱们就离开东安城。府上已经收拾妥当,您还有什么特殊安排吗?"

林仲伦想了想,问道:"其他人怎么安排的?"

管家回话:"劳烦少爷挂念。有两个城里的下人想留下,老爷已经应允了。我和其他下人都愿意随您和老爷、太太一道去上海。"

林仲伦又问道:"知道具体的撤离路线吗?"

管家应道:"回少爷,咱们明早会乘车从北门出城,然后取道青阳,在青阳码头上船后,一路上有美国人的炮舰护送。"

林仲伦点点头:"我这里没什么事,你去忙吧。"

管家寒暄着告退,林仲伦直接去了林培公的书房。

书房里,林培公正手持一本古书仰倒在太师椅上。林仲伦进门的时候还以为他在看书,可走近一看才发现,老爷子已经睡着了。

或许是听到了响动,林培公一个激灵醒了过来:"哦,是仲伦啊,有什么事情吗?"

林仲伦取笑道:"困了就回房去好好睡,蜷在这里遭这份罪,干吗呀。"

林培公延续了一贯的嘴硬:"谁说我睡着了?我这是在思

考问题。"

没有人会流着哈喇子、打着呼噜思考吧？林仲伦心想。若是平时，他肯定要抢白老爷子几句，可是今天不行，他还有事要求老爷子帮忙。

林仲伦凑了过去，嬉笑道："老爷子，找您商量点事儿。"

林培公盯着林仲伦看了一会儿，警觉地问道："你又要干什么？"

"别那么紧张。"林仲伦轻描淡写道，"明天咱不是就要离开东安城了嘛，我听说有两个下人不跟着一起走。正好，我想带上两个人。"

林培公松了一口气："哦，是这种事，你……"他突然觉得事情有些不对劲，于是狐疑地打量着林仲伦："你要带两个人？两个什么人？"

林仲伦回答："一个女人和一个孩子。"

林培公若有所悟地应了一声，却随即瞪圆了眼，指着林仲伦的鼻子怒斥道："你，你小子在外面……"

林仲伦一挥手打断了老爷子的话头，苦着脸解释道："您老人家想什么美事儿呢，是我们范处长范耀文的老婆和孩子。这次转移，他的家眷不在转移名单里，平时他对我挺照顾的，我想帮他这个忙。"

"吓了我一跳，我还以为你……"林培公难为情地笑了笑，"这种事情，找你妈妈商量就好了。"

老爷子的回答完全在林仲伦的意料之中。林仲伦太了解自己的父亲了：像这种事情，你找他商量，他都会推到自己的母亲或者管家的身上；但是，如果你不找他商量，那结果就完全不一样了，到时候老爷子会鼻子不是鼻子、脸不是脸地斥责："这么大的事情，也不事先和我商量，你们还把我这个一家之主放在眼里吗？"

吃过午饭，林仲伦回到了卧室，在窗前站了一会儿，他突然看到了大陈的黄包车。谢天谢地，凉棚没有搭起来就说明一切正常，同时也是在告诉林仲伦：冯冠生和方秀兰已经安全出城了。

一直紧绷的神经在那一刻松懈了下来，已经两天没有合眼的林仲伦感觉到一阵前所未有的困乏。他真的太累了，头刚挨着枕头，便沉沉地睡了过去……

也不知道睡了多久，蒙眬中，林仲伦好像听到有人在敲门，睁开眼扭头一看时间，他赶紧翻身下床。他觉得只是小憩了一会儿，没想到这一闭眼竟然睡了三个多小时。

打开房门，管家杵在门前，恭敬地请示："少爷，没打扰您休息吧？是这样，府前门外拉车的那个陈师傅，说是有要事见您，您见吗？"

林仲伦有些疑惑：自己和大陈合作已有两年多了，大陈登门进府这还是头一次。难道是有什么突发状况？林仲伦猛然意识到，一定是上级党组织派人来接头了。他心里一阵狂喜，吩咐道："快快快，你带他去我的书房，我马上就过去。"

林仲伦迅速穿戴整齐，急匆匆赶往书房时，管家正带着大陈走上楼梯。可令林仲伦诧异的是，大陈并没有带什么人来。

书房之中，两位亲密的战友相视一笑。他们笑得都有些难为情，也让对方笑得更难为情。也难怪会如此，相识相伴两年有余，像现在这样面对面地坐下，两个人还是第一次。

林仲伦给大陈倒上一杯新茶，问道："大陈，这么着急见面，是有重要的事吗？"

大陈点了点头："林少爷，我……"

第四章 刺杀"花匠"

085

林仲伦笑道:"在这里就不要叫我少爷了,又没有外人,你就叫我仲伦吧。"

大陈也笑道:"仲伦,我……"可话一出口,连他本人都觉着拗口。他憨笑着挠了挠头:"算了,我还是叫您少爷吧,叫习惯了。"

两个人情不自禁地相视一笑。大陈收起笑容道:"林少爷,我这次来,主要是为了向您汇报田园茶庄的情况。"

林仲伦吃惊地问道:"怎么?田园茶庄又出事儿了?"

大陈点点头,神色黯淡了下来:"'海棠'小组里出了叛徒。"

林仲伦思忖片刻,说道:"东安城的地下党组织里肯定有叛徒,但是我们还不能确定就是'海棠'的人。"

之所以这么说,林仲伦是有依据的:虽然大陈和"海棠"保持着单线联系,但因为"海棠"是情报交通站,所以还有其他几个特工小组也在同时与"海棠"保持着单线联系。"海棠"的安全信号是窗台上的那盆花卉,大陈知道这个暗号,同样其他几个小组的人也知道。所以田园茶庄安全信号的再次出现,只能证明出了叛徒,但却并不能确认一定是"海棠"小组的人。

大陈的眼里泛起一丝寒光,语气很坚定:"不,我敢肯定,绝对是'海棠'的人。"

接下来,大陈对林仲伦讲起了今天发生在田园茶庄的事情……

今晨黎明时分,大陈就看到了田园茶庄阁楼的窗户上又出现了那盆花卉。机警的大陈当然知道,这一定是保密局的特务搞的鬼把戏,同时他也意识到地下党组织内部出现了叛徒。

大陈及时将这一情况向林仲伦作了汇报,并接到了护送冯冠生和方秀兰出城的任务。

中午,在目送冯冠生、方秀兰安全出城之后,大陈拖着黄包车准备去省政府门前等候林仲伦，可就在路过松江路的时候，他改变了主意。

今天田园茶庄的门前似乎比以往"热闹"了许多，大陈将黄包车停到距离茶庄较远的路边佯装等客人，观察起了茶庄门前的情况。很快，他就发现了问题：从前在街角擦皮鞋的几个孩子不见了，取而代之的是几个贼眉鼠眼的年轻人；茶庄对面的水果摊，依旧是个小姑娘在张罗着生意，却已不再是从前的那个小姑娘；几个捧着香烟盒子、瓜子篮的人在街边徘徊，却听不到他们的叫卖声，而且那些人的目光阴冷地游离在路人的脸上……

大陈刚在路边观察不久，就出事了：两个身穿长衫的年轻人出现在茶庄的路口，二人在耳语一番之后，其中一个人来到茶庄对面的水果摊前，另一个人则来到路边的擦鞋摊，擦起了皮鞋。那个去买水果的年轻人指点着田园茶庄的方向，好像在跟那姑娘询问着什么，就在这时，路上的几个"行人"漫不经心地朝其中一个年轻人围拢了过去。当年轻人觉察到危险时已经晚了，几个"行人"迅速上前制伏了他。与此同时，那个正在擦皮鞋的年轻人也被几个人按倒在地。紧接着，两辆黑色轿车从茶庄旁的岔路口冲了出来，两个被捕的年轻人被塞进了轿车。车子扬长而去，松江路上又恢复了平静……

茶庄周围危机四伏！大陈意识到了问题的严重性，觉得自己必须马上离开这个是非之地。可他刚起身拉起黄包车，又出事了：一个商人打扮的汉子也来到了田园茶庄门前，可是那个人迟疑了一下，在朝茶庄内张望了两眼之后，他倒退了两步转身想要离开。就在这短短的一瞬间，从茶庄里突然冲出一群荷枪实弹的特务……

依照这些情况，大陈给林仲伦作了分析："少爷您看，这些人并没有进入茶庄，也不可能在水果摊和擦鞋摊的那些人面前暴露身份，可他们还是被捕了。尤其是那个商人，他根本没有进入茶庄，甚至跟任何人都没有对话交流，可他还是被捕了。这只能说明一个问题——他们是被人辨认出来的。"

大陈的分析很有道理，林仲伦默默地听着，陷入了沉思。

大陈接着说道："少爷，咱们来打个比方，假如我被捕叛变了革命，我能出卖您，也可以出卖'海棠'，但除此之外，我不认识其他小组的同志，因为我与他们根本没有任何联系。可在那么短的时间内，就有三个同志被捕，所以我敢断定，肯定是'海棠'小组出了叛徒。并且，这个叛徒现在就在田园茶庄里。"

没错，只有"海棠"小组的人与各个特工小组都有联系。

可林仲伦忍不住提出一个疑问："大陈，这几天你经过茶庄很多次，可是他们并没有认出你。"

大陈解释道："我最近两天经过那里的时候，距离茶庄都比较远。还有个主要原因，以前我每次去茶庄接头，都会把自己乔装打扮成商人的模样，所以不在近距离辨认，他们认不出我。"

林仲伦叹了口气，说道："眼下大战在即，应该是情报往来最频繁的时候。各小组手里的情报急于发回'老家'，他们也在迫切等待'老家'的指示。'海棠'在这个时候出现叛徒，对我们地下党组织的危害简直可以说是灭顶之灾，我们必须想办法把这个情况尽快向'老家'汇报。"

大陈摇了摇头，痛心疾首地说道："已经来不及了。等咱们联系上'老家'的人，东安城的地下党组织恐怕早已血流成河了。"

林仲伦眉头紧蹙，苦思良策。

大陈继续说道："我们不知道，就在刚才，又会有多少同志被捕。并且谁也不能保证，他们每一个人在被捕后都能坚贞不屈。"他的话像一把冰冷的刀子，扎在林仲伦心口那个最软的地方。

大陈接着说道："少爷，其实我今天是来向您汇报工作的，也是来向您辞行的。"

"辞行？"林仲伦怀疑自己听错了，因为他竟从大陈的话语里听出了笑意。

而大陈果然是在憨笑："明天您就该离开东安城去上海了，在那里，您会有新的任务和新的搭档。我祝愿我的老战友在新的征程，一路凯歌。"

"谢谢，谢谢！"林仲伦在道谢之后问道，"那你呢？你会继续留在东安城？"

大陈点了点头，又摇了摇头："我马上就要离开了，我又有了新的任务。"

林仲伦惊喜地问道："你联系到了上级组织？"大陈苦笑着摇了摇头。林仲伦从他的笑容里意识到了什么："你……你刚才说要离开？现在城门被封锁，全城都在戒严，你要去哪儿？"

果然不出林仲伦所料，大陈很坚定地说出了四个字："田园茶庄。"尽管一切都在林仲伦的意料之中，但是他依然没能掩饰住惊讶。

大陈腼腆地笑着："在一起合作了两年多，如今马上就要分开了，说句心里话，我是真舍不得您。仲伦同志，如果我在之前的工作中有什么做得不够好的地方，您多担待吧。"

"不不不，你做得很好。"林仲伦有些心慌地说道，"大陈，咱们应该坐下来好好计划一下，也许会有更稳妥的解决办法。"

大陈摇了摇头，坚定地说道："掩护和配合您的工作，是组织上交给我的任务，如今这个任务我也算是完成了。可是维护党组织的安全，也是我的职责。作为一名党员，我有义务终止党组织正在遭受的侵害。"

此时的林仲伦是无奈的，他觉得自己有必要阻止大陈的"鲁莽"，可却又毫无理由。

大陈似乎已下定了决心："'海棠'知道的事情太多了，或许这个叛徒还掌握着咱们电台通信的密电码。如果明天他也被转移到了上海，党组织在今后遭受的损失简直无法估量。并且，'海棠'小组的其他成员也无法含笑九泉。这个畜生，他是咱们东安城地下党组织的耻辱！"

大陈喝了一口茶水，站起身来。林仲伦望着眼前的战友，感觉一双无形的大手正在揉搓着自己的五脏六腑，他的胸口因为那种剧烈的痛楚而阵阵抽搐。

大陈憨笑着说道："仲伦同志，我们的时间不多了。现在趁他还在茶庄，就让我去结束这一切吧。"

林仲伦默默地走上前去，两个亲密的战友紧紧地拥抱在了一起。林仲伦想道一声"珍重"，可是他却说不出口。这是属于林仲伦和大陈之间的第一次拥抱，却也成了最后一次。这次拥抱预示着希望和胜利，却也意味着永别。

就在大陈走出房门的一刹那，林仲伦问道："大陈，你……你的全名是什么？"这是一个多么令人尴尬的问题，毕竟他们已经共事两年有余。

大陈停下脚步，转过头来回答："其实我就不姓陈，要说起来，咱们还是本家呢。我也姓林，我叫林焕生。"说完他又腼腆地笑了："其实叫什么名字不打紧，我就是'大陈'，我会永远以这个代号为荣。因为……因为我曾经是'蔷薇'的叶子。"

楼下,大陈拖起他的黄包车奔跑了起来,他的脚步看起来是那样轻松,可站在窗前的林仲伦的心情却无比沉重。大陈的身影已经消失在了街角,林仲伦失神地凝望着大陈消失的方向,在窗前伫立很久。他的心里,有一种之前从未有过的感受,他觉得自己就像一只离群的雏雁,正飞越一片极度悲戚无垠的荒凉。

大约半个小时后,松江路方向传来一声爆炸的巨响。

林仲伦倚着窗棂慢慢滑倒,瘫坐在地。他闭上了眼,大颗泪珠滚滚从脸庞滑落……

日后解密的一份国民党军统资料,印证了"大陈"林焕生同志的推测:国民党保密局的反谍报机关利用先进的侦听设备搜索到了"海棠"的电波,并由此锁定了"海棠"的位置。在保密局特工实施抓捕的过程中,遭到了"海棠"的殊死抵抗。在最后的紧要关头,"海棠"炸毁了电台。但是却有一名"海棠"幸存了下来,在严刑拷打下叛变"反水"。根据这个叛徒的供述,保密局成立了名为"花匠"的特别行动小组(因为当时东安城地下党多以花卉的名称作为代号,所以军统给这个反谍报特务小组取名"花匠")。

"花匠"小组押着叛徒秘密进驻田园茶庄,他们在第一天便"战绩"斐然:通过叛徒的辨认,他们成功抓获了中共东安地下党组织的六名谍报人员。但是好景不长,就在当天傍晚,一名黄包车车夫持枪闯入茶庄,在身中数弹之后引爆了身上的炸药。反水的"海棠"被当场炸死,暗藏在茶庄内的十余名"花匠"全部"以身殉国","花匠"特别行动小组就此湮灭……

第二天清晨，国民党东安省政府开始了大规模的败逃转移。在负责护送林府的车辆中，多了两对母子。一对母子，是国民党东安省政府机要处处长范耀文的老婆和孩子；而另一对母子，则是"牡丹"窦立明烈士的妻儿。

没有人让林仲伦那样做，林仲伦本人也不知道是否应该那样做。带上窦立明烈士的妻儿，注定会给他带来很多计划之外的麻烦，甚至会将他置身于极度的危险之中。但是他实在无法说服自己将那对无依无靠的孤儿寡母滞留在即将战火纷飞的东安城。而这，或许也是林仲伦在他的谍报生涯中唯一的一次"感情用事"。

第五章
小店聚餐

《信仰》一书中描述的情节,深深地触动了乔占峰。他的眼中涌起一团水雾,以致书上的字变得模糊起来。

正兀自感怀,突如其来的电话铃声吓了乔占峰一跳,是那部私人手机。乔占峰放下了手中的书,从床边的矮柜上拿起了手机。手机屏幕上显示的名字是"隽梅"。文隽梅,是他的妻子。

乔占峰这才想起忘了给妻子去电话,他懊悔地轻拍一下腿。小田从另一张床铺上坐起身,朝乔占峰幸灾乐祸地伸了伸舌头。乔占峰苦笑着接起了电话:"我刚想给你去电话,你的电话就来了。你瞧,咱们还是那么有默契,这真是心有灵犀。"

文隽梅嗔怪道:"少耍贫嘴,每次给你打电话的时候你都这么说,你什么时候主动给家里来过电话。"

这倒是个真事,乔占峰心知理亏,可他又生怕被小田听到,便捂着话筒讨饶道:"下回下回,下回我一定主动'请示汇报'。"

房间的空间太小,一直躲在旁边偷听的小田开始捂着嘴偷笑。

文隽梅的声音里有了些许的笑意,问道:"油嘴滑舌,几点回家吃饭?"

乔占峰一看时间，已是傍晚六点，赶忙应道："我还在莱县呢，今晚恐怕……"

"乔占峰。"文隽梅直呼丈夫的大名，语气骤然冷了下来，"你这工作忙的，还想夜不归宿了？"

乔占峰叫苦道："是真的遇到了一些事情，今晚真回不去了，回头我再跟你解释。"

文隽梅倒也算通情达理："那你按时吃饭，要不然下次再胃疼可没人管你。"

乔占峰忙不迭地道谢："谢谢，谢谢夫人挂念。我会的，有小田在这里呢。"

"对了，占峰，"文隽梅想起来另一件事，"晟晟明天中午带女朋友回来，这是他的女朋友第一次来咱家吃饭，中午前你可一定要赶回来。"

晟晟，是乔占峰和文隽梅的儿子，今年刚满二十六岁，因为是在省城东安上的大学，所以大学毕业后就留在了省城工作，平时每半个月才能回家一次。

乔占峰回忆了一下，质疑道："隽梅，不对呀，我记得晟晟的女朋友……好像来过咱们家吧？"

文隽梅责怪道："你可真是个好爸爸，儿子的事你就从来没有上心过。那都是什么时候的事儿了，这回是晟晟的新女朋友。"

乔占峰叫苦道："隽梅，有时间你也得多说说他，他才二十六岁，这都换了几个女朋友了。"

这回可让文隽梅抓住了话茬，她阴阳怪气地说道："乔占峰，我也不是你的初恋啊。怎么这时候你倒想教育我儿子啦。"

乔占峰哭笑不得："隽梅，咱们老夫老妻的，都这一把年纪了，你还有完没完。"

文隽梅"哧哧"地笑着:"好了好了,跟你开玩笑呢,明天中午尽量赶回来。哦,对了,如果有时间的话,就去大哥那里看看。"

"哦,看时间吧。"乔占峰又敷衍了两句,就挂了电话。

文隽梅的老家就在莱县,不过她的父母几年前已经过世,在莱县除了一个亲哥哥文隽松,也没什么别的直系亲属。

放下手机,乔占峰苦笑着摇了摇头。初恋?乔占峰上大学的时候确实有过一个初恋女友,当时也算得上是爱得死去活来,可是天公不作美,毕业的时候两个人没能分配到一起,自此各奔东西。和所有"异地恋"一样,他们刚开始有频繁的书信往来,然后信件逐渐减少,最后也就不了了之,彻底断了联系。对于乔占峰来说,那段恋情是刻骨铭心的。后来乔占峰遇到了文隽梅,两人从相识到热恋,结婚也就成了顺理成章的事。可就在刚结婚不久的一天,乔占峰在一次同学聚会上喝醉了酒(当时那个初恋女友因公未能参加聚会),不知怎的突然就想起了那段初恋往事;更倒霉的是,回家后他竟然把文隽梅当成了倾诉对象,说到动情之处还抹了两把眼泪。这可让文隽梅抓住了把柄,二三十年过去了,文隽梅仍耿耿于怀。不过乔占峰知道,文隽梅现在再提起那些事,只是夫妻间的玩笑而已。

也许是因为刚看过书的缘故,乔占峰不禁想到了一个问题:晟晟今年已经二十六岁,比书中的林仲伦小一岁,可比起冯冠生和方秀兰还年长几岁。都是岁数相仿的年轻人,林仲伦二十六岁时已经是老地下党员,为共和国的诞生立下了赫赫功勋,可晟晟呢?在乔占峰的眼里,他一直只是个没有长大的孩子。

乔占峰拿起书,正准备接着看下去,房门被敲响了。

小田翻身下床,打开房门。曹大元乐呵呵地站在门口,提醒道:"乔书记,该吃饭了。"

乔占峰和小田将房间简单一收拾，便随曹大元下了楼。

曹大元一边下楼，一边殷勤地请示："乔书记，您也辛苦一天了，今晚我们县委常委的几个同志准备了一桌便宴，人也不多，都是县委领导班子成员，大部分人您都已经见过了。一会儿饭桌上，您是不是给我们讲几句？"

乔占峰越听越觉得别扭，逐渐放慢了脚步。待曹大元把话说完，他干脆把脚步停了下来，责备道："老曹啊，我都跟你说过了，我这次是以个人的名义到莱县，你怎么非要搞得这么复杂。"

曹大元一怔，摊着双手辩解道："不复杂呀，我说了是便宴。再说了，人也不多，就咱几个人，而且……"

没等曹大元"而且"完，乔占峰转头就走："小田，晚饭咱们自己找地方吃。"

曹大元真急了，迈着小粗腿就追了上来，拦在乔占峰的身前，哭丧着脸叫苦道："乔书记，您这也太为难我了吧！您到我们这里来一趟，我总不能让您在医院里吃病号饭吧？"

看着曹大元可怜兮兮的样子，乔占峰忍不住想笑。其实曹大元说得也有道理，可是像那种冠冕堂皇的场合，乔占峰实在不屑于应酬。

正当三个人站在那里想着各自的主意，一个年轻人带着柳德福及一些随行人员有说有笑地出了小楼。见到乔占峰等人，那个年轻人上前招呼道："乔书记。"

乔占峰认出来了，年轻人是曹大元的秘书，可是叫什么名字他一时还想不起来，便问道："你们这是要去哪儿？"

曹大元的秘书回答道："我们曹书记安排我带着他们出去吃晚饭。"

乔占峰来了兴致，问道："这附近有口味好一点儿的小饭店吗？"

"有。"曹大元的秘书笑着回答，一指不远处医院后院墙上的那道小栅栏门，"从那儿出去，后面的大街上就有一家很不错的小菜馆，我正准备带他们过去呢。"

乔占峰兴奋地一挥手："走，咱们一起去尝尝。"

众人有说有笑地走出很远，曹大元才回过神来，他一拍屁股挥手嚷道："等等我，我也去。"说罢紧迈着小碎步就追了上去。

那个秘书还真没说错，小菜馆的店面不大，却干净整洁，店里唯一一个雅间还空着。菜的种类也挺多，展示柜里琳琅满目。可是要看菜单的话就有些复杂了，有川菜、鲁菜、东北菜，竟然还有新疆菜，看来这小店的厨子会"全活儿"。

乔占峰招呼道："大家都积极一点儿，每个人都要点一道菜。今天大家都很辛苦，今晚咱们好好吃一顿，我请客。"

曹大元一听乔书记要请客，抬了抬手臂想要说点儿什么，可他偷偷瞄了乔占峰一眼，愣是把原来想说的话又硬生生地给咽了回去。

大家听说今天是乔书记自掏腰包，点菜的时候都显得十分谨慎，尽挑了些便宜的小菜。唯独柳德福眼睛死盯着展示柜里的一个大盘子，问服务员："师傅，这是个啥菜？"

众人看向柳德福的眼神顿时变得鄙夷了起来，因为大盘子上分明写着"烤全兔"。服务员很恭敬地回答："先生，这是我们饭店的特色菜，烤全兔。"

众人又将鄙夷的眼神转移到了那名服务员的身上：除了炸花生米和拌咸菜丝，他介绍每一道"贵菜"的时候都说是他们店里的"特色菜"。

柳德福眯着眼睛想了想，问道："有炖的吗？"

服务员很耐心地回答:"对不起先生,这个真没有。您就来个烤全兔吧,这道菜'真'是我们这里的特色菜。"这解释貌似很多余,难道本店其他"特色菜"都是假的?

柳德福倒是豪爽:"嗯嗯,那就来一个。"

众人点完了菜,服务员将菜单交给乔占峰审阅。乔占峰接过菜单一看,好嘛,除了柳德福点的一道烤全兔,其余全是"青草系"的菜名,这么多人根本吃不饱。乔占峰当即剥夺了小田点菜的权利,要了一道"新疆大盘鸡"和一道"土豆炖牛腩"。

在县城里,周末出来用餐的人并不多,所以菜上得也很快,众人也没有喝酒,便说笑着吃了起来。别看小店的"菜系"纷杂,口味还真不错。

没一会儿,"硬菜"上来了:烤全兔。也许是店家知道今天来了贵客,这只烤全兔比展示柜里陈列的样品还要肥硕,上桌的时候还在铁架子上"滋滋"地冒油,满屋飘香。

服务员刚将烤全兔摆到桌子上,说时迟那时快,柳德福以迅雷不及掩耳之势,上手就扯下了那兔子的一条后腿,将兔子腿放到眼前的碟子后,他甩着两只被烫疼的手龇牙咧嘴。

众人瞪过去的眼神里写满同一句话:活该,烫死你算了!

柳德福似乎对周围的鄙夷熟视无睹,他美滋滋地看着眼前"抢"来的战利品,大手一挥:"服务员,打包,打包!"

随行诸人对柳德福的鄙视已经到了无以复加的地步:柳德福你作为莱县大柳村的村主任,好歹也算是一级领导干部。乔书记来一趟莱县,你不请客,不尽地主之谊,厚颜无耻地连吃带蹭也就罢了,最后竟然还要打包消夜。这"吃不了兜着走",原来还可以这么解释。

柳德福看了看众人,似乎也感觉到自己的行为不妥,便指着那只兔子腿红着脸解释道:"是给阿婆带的,阿婆爱吃这个。"

原来是这样！一部分人恍然大悟，善意地朝柳德福笑了笑；可另一部分人的目光却变得更加鄙夷了：一个快八十岁的老太太能啃得动烤兔子腿？拿瞎话糊弄谁呢！

饭后，乔占峰拿着钱包来到了前台，却被店主告知已经有人结过账了。乔占峰看了看身后的曹大元，曹大元仰头看向了天花板，趾高气扬地说道："别看我，不是我。"

乔占峰朝身后诸人望去，有个人灰溜溜地低下了头——是曹大元的秘书。好在花钱不多，乔占峰也没有过多计较，他亲热地拍了拍曹大元的肩膀："那我就代大伙儿谢谢曹书记了。"

离开饭店，众人顺着原路返回了医院的疗养小楼。已经到了楼下，曹大元似乎仍然贼心不死，上前商量道："乔书记，我知道一家茶馆很不错，就在这附近，要不……"

乔占峰"呵呵"一笑，婉拒道："改日吧，今天太晚了，你也早些回去休息。"

面对如此不卑不亢的拒绝，曹大元也不好再说什么，寒暄着道了别，便扭着他的胖屁股，带着他的秘书离开了。

刚上楼，乔占峰就发现方秀兰老人的那间病房的房门开着，有灯光透了出来。难道老人家已经醒了？乔占峰快步走到病房门前，果然，有个护士正在给老人喂着稀粥。

"冯妈妈，您醒了。"乔占峰进门后亲热地打了招呼。

方秀兰老人此时已经换上了病号服，面色也红润了许多。见乔占峰进门，她有些拘谨地寒暄道："乔书记，麻烦你了，快请坐。"

乔占峰刚在老人的病床旁坐定，柳德福就出现在了病房门口。他摇晃着手里从饭店打包的饭盒，神采飞扬地问道："阿婆，猜猜这是啥？"那样子得意极了。

说话间，柳德福已经来到了病床前，神秘兮兮地打开了饭盒。方秀兰老人凑过去一闻，惊喜地说道："哎呀，是兔子肉？快，快给俺尝尝。"

柳德福像变戏法一样从兜里掏出一把小剪刀，很耐心地忙活了起来。很快，饭盒里便垒起了一堆细碎的肉末。柳德福接过护士手里的粥碗，将一些肉末倒在稀粥上，伸手给老人喂了一勺。

老人家细细品尝后，赞不绝口："嗯嗯，真香，真香。这天底下最好吃的就是兔子肉了。"她的神情是那样满足，就像一个如愿吃到糖果的孩子。

一碗粥喝完，老人示意吃饱了，护士便端着托盘离开了病房。

方秀兰老人看着乔占峰，腼腆地说道："乔书记，你咋带俺来这么好的地方。"

柳德福抢着说道："阿婆，这可是咱县城最大、最好的医院，您现在住的可是大干部才能住的房子，是乔书记亲自给您安排的呢。"

方秀兰老人环视了一下周围环境，赞叹道："是真高级，这得花多少钱哪。"

柳德福又抢着说道："放心吧，我听医院里的人说了，都是公家花钱，您就安心住下吧。"

方秀兰老人白了柳德福一眼，嗔怪道："这孩子，净瞎说。那公家的钱就不是钱啦？"说罢，她扭头跟乔占峰商量："乔书记，你还是让俺回去吧，别在这里浪费公家的钱。"

乔占峰笑道："冯妈妈，这个我说了可不算，咱得听医生的。您老要先把身体养好，人家医院才肯让您走。还有，在您面前我可不是什么书记，您叫我的名字吧，就叫我占峰。"

方秀兰老人抿嘴笑着，点了点头。

看着方秀兰老人那略带羞涩的笑容,乔占峰此刻已经不再怀疑林仲伦在书中对她美貌的描述,虽已近耄耋之年,可她的五官依旧是那么清秀,她似乎刚梳过头,已经花白的头发梳理得一丝不苟。

片刻的沉默之后,方秀兰老人开口问道:"占峰啊,俺听你说,你们找到了林大哥?"

乔占峰点点头:"是,是,冯妈妈。他老人家现在在美国,他可一直惦记着您呢。"

两行清泪从老人的眼角滑落了下来,她感慨道:"唉,在哪儿都好,活着就好,活着就好啊。"

柳德福赶忙帮老人拭去了眼泪。乔占峰安慰道:"冯妈妈,您安心在这里住着,我明天就向省委汇报,想办法联系林仲伦同志,把找到您的消息告诉他。"

方秀兰老人笑着点了点头,又商量道:"你可别让俺住在这儿,俺想回家,你就让德福送俺回去吧。"

乔占峰继续安抚道:"冯妈妈,这种地方就是给您这样的老革命准备的,不花钱。您就安心住下吧。"

柳德福在旁边帮腔:"就是就是,这里多好啊,俺们想来这里享福,人家还不让呢。"

方秀兰老人似乎很坚持:"俺在这里住得不踏实,你们还是让俺回去吧,啊?"

乔占峰笑着问道:"冯妈妈,家里还有什么让您放心不下的事情吗?如果有,您只管说出来,我们来想办法解决。"

方秀兰老人看了看周围的几个人,羞涩地低下了头,嗫嚅道:"俺……俺一天不和冠生说说话,就觉得这心里不痛快。"

冠生?难道是冯冠生?乔占峰怔住了:"冯妈妈,他……他不是已经过世了吗?"

方秀兰老人点了点头。柳德福低声解释道:"冯阿公就埋在阿婆家的房子后面,阿婆每天都要过去和他说说话。"

方秀兰老人害羞地笑着,叹息道:"俺也就是没事的时候啊,喜欢过去和他念叨念叨,这么些年了,习惯了。"

众人都沉默了,即使像秘书小田那样的年轻人,此刻也读懂了什么是真正的"爱情"。乔占峰拉住方秀兰老人的手,劝慰道:"冯妈妈,咱们在这里安心再住一天,到时候看您身体恢复的情况。只要医生说您没问题,那咱们就回家,行吗?"

方秀兰老人想了一下,腼腆地笑着,点了点头。

乔占峰柔声问道:"冯妈妈,您还记得当年东安城解放前,您和冯冠生同志将城防图送出城的经过吗?"

"记得,当然记得。"方秀兰老人说道,"那咋能忘了,俺只要一闭上眼,那些事情就在眼前呢。"

乔占峰欣喜地问道:"太好了,那您能给我们讲一讲当时的那些事吗?"

方秀兰老人扭头看了看周围的人,轻叹了一声,害羞地说道:"都是些陈芝麻烂谷子的事了,还说它干啥。"

乔占峰握了握老人的手,恳求道:"冯妈妈,您就跟我们说一说吧,有些事情我们还需要进一步核实,然后还要如实呈报给上级。"

方秀兰老人轻轻念叨着:"出城的那天,出城的那天……"她的神情好像陷入了回忆。

小田歪头看了乔占峰一眼,打开了手里的袖珍录音机,并取出了那个他随身携带的小本子,做好了记录准备。

时间,随着方秀兰老人的记忆,回到了东安城解放前的那个中午……

第六章
舍命出城

大陈拉着冯冠生和方秀兰，黄包车一路朝东安城北门飞奔而去。就在马上靠近北城门的时候，冯冠生突然发出一声低呼："有情况！大陈师傅，快，快停一下。"

大陈急忙收脚放慢车速，回头疑惑地看了一眼冯冠生。冯冠生环视了一下周围环境，然后朝路边的一家茶馆努了努嘴。大陈会意，将黄包车停靠了过去。

下车后，冯冠生带着方秀兰走进了茶馆。大陈将黄包车停在路边，也跟了进去。

冯冠生要了一壶茶水，在一个靠近窗户的座位上坐了下来。

大陈凑过来低声问道："怎么了？"

冯冠生一直透过窗户盯着城门口的那些国民党官兵，像是自言自语："好像有些不对劲。"

大陈也瞭望了过去：城门口的行人寥寥无几，一群荷枪实弹的官兵在那里转悠着，重重路障附近停着几辆军用的美式吉普车，还有几辆三轮摩托车。看起来盘查和戒备都很森严，可他却并没发现有什么特别之处。

冯冠生抿了一口茶水，幽幽地说道："东安城卫戍部队的着装是灰黄的土布军服，可你瞅瞅这些人，穿的是什么？"

大陈恍然大悟：这些士兵的身上都是崭新的美制军服，头上顶的是钢盔，手里拿的也是美制的卡宾枪。再一看他们的座驾，美国吉普、三轮摩托，这可是正宗国军王牌部队的配置。大陈深吸了一口冷气，默默朝冯冠生竖起了大拇指。

大陈决定来个投石问路。他离开茶馆，去路边拉起了自己的黄包车，一溜小跑到了城门口。放下车子，他点头哈腰地和一个士兵套起了近乎："长官辛苦！长官辛苦！"

那个士兵斜瞅了大陈一眼，然后不耐烦地一摆手："把你的破车拉到一边儿去，别他妈的在这里挡着路！"

"得嘞，这就好，这就好。"大陈将车子朝一旁挪了挪，一脸谄笑地又凑了上去，"长官，抽支烟？"

那士兵不屑地瞥了大陈一眼，却突然眼睛一亮："呀嚯，骆驼？行啊，没想到你小子还有这种高档货。"说完，他伸手接过来一支烟在鼻子前闻了闻，刚叼到嘴上，大陈手里的火柴已经划着了。

大陈倒是很大方，"嘿嘿"憨笑着将整盒烟递了过去："我哪里有钱买这个，是一个坐车的老客留下的，长官要是喜欢，那您就拿着。"

"这，这不太好吧？"那士兵嘴上拒绝着，却早就把烟接了过去，还抽出一支扔给了他身边的一个士兵。

大陈赔着笑脸商量道："长官，有两位老客包了我的车，给的价钱还挺合适，您看能不能通融一下，让我出趟城？您放心，晚上关城门之前，我一准儿回来。"

那士兵很为难地一咧嘴，叫苦道："哎哟老哥，这事儿小弟我还真帮不上忙。上峰有令，没有通行证，连只蚂蚱都别想出城。"边说边很不舍地掏出了那盒骆驼香烟:"要不,这烟你还是……"

大陈一把将香烟推到了士兵的怀里:"嗨,我抽这个还真不习惯。没法子,天生穷命!"说着,他掏出旱烟卷了起来。

那士兵美滋滋地将烟重新塞回口袋:"老哥,那就谢啦。"

大陈点上了烟卷,叹着气诉苦道:"唉,看来还是没有福气挣这份钱哪。就怕出岔子,昨天我和这里的那个陆排长都打好招呼了,谁承想,今天竟出了这事儿。"

那个士兵看来还是个热心肠,凑上前劝道:"老哥,这事儿你也别怪你的那个兄弟,就是他在这里也没辙。若是放在以前,这点小事儿睁只眼闭只眼也就让你过去了,可这回不行,上头动真格的了。"说着,他炫耀地拍了拍胳膊上的臂章:"瞧见没?师部宪兵队,上午特意把我们调防过来设卡的。"

大陈和那个士兵又闲聊了几句,就拖着车子回到了茶馆门前。

这次大陈没有进门,他在窗户外边蹲了下来,隔着窗户问道:"棘手,怎么办?"

冯冠生低声说道:"别急,再等等看。"

就在这时,一辆挂着"青天白日旗"的黑色轿车席卷着一股尘烟到了北门前。几个驻守城门的宪兵来到路障前,伸手将车拦了下来。

车门一开,一个少校军官从车里钻了出来,骂骂咧咧地喊道:"瞎了你们的狗眼!我们师长的车你们也敢拦,赶快把路障给我挪开!"

"啊呸!"那士兵朝地上狠啐了一口,不甘示弱地回骂道,"你他妈的才瞎了狗眼!想出城?行啊,把通行证拿出来,全部下车接受检查!"

"反了你们了!"那少校火冒三丈,卷起衣袖冲上去理论,

"兔崽子，有种你把刚才的话再说一遍！你骂谁呢！"

"唰唰唰"，把守城门的几个宪兵同时把子弹上膛，旁边摩托车车斗上的机枪也同时掉转了枪口。

守城的宪兵带着一脸坏笑，挑衅道："就骂你了，你想怎么着？"说着，他用枪口指了指地上的警戒线："孙子，有种你就再往前走两步，来，走两步！你敢过这条白线试试，信不信老子当场把你打成马蜂窝！"

那少校指着宪兵，气得手直哆嗦："行！小子，你有种，咱们走着瞧！"

"行了行了。"娇嗲的女人声音从车里传了出来，"又不是没有证件，和他们这种人犯不上置气。"

那少校隔着车窗接过了通行证，走到了士兵们面前，耀武扬威地说道："睁开你们的狗眼看看，这是什么！"

宪兵看了看证件，白了那少校一眼，然后绕过他，摇摇晃晃地来到了车边，嬉笑着说道："对不起了太太，想出城可以，不过今天您可得自己走着出去啦。"

那女人的声音顿时尖厉了起来："你们什么意思？又不是没给你们证件！"

那宪兵可不管这一套，吊儿郎当地说道："上峰有令，所有车辆禁止出城。你再怎么叫唤也没用。要出城，赶紧下车接受检查；不想出城，就赶紧回家歇着。"

那少校军官叫骂着上了车，车子掉转车头，又返回了城区。

冯冠生看了看身边的密码箱，就在他决心铤而走险的时候，又有几个商人模样的人到了哨卡前。

检查过证件之后，宪兵对那些人提醒道："箱子就不要往外带了。"

那几个商人据理力争："凭什么？我们可是有证件的，为什么不让带箱子出城？谁规定了不许带箱子出城？"

宪兵们不耐烦地嚷道："吵什么、吵什么！我说的！怎么啦？老子的话就是规定！"

为了出城，那几个人只好忍气吞声地将箱子放到了一边。一个宪兵过去拿起箱子，丢进了三轮摩托车的车斗里，其他几个士兵上前对那几个人开始搜身。

搜查太严格了，有人藏在衣领里的两根金条竟然也被搜了出来。宪兵对那人嘲讽道："藏得倒严实，以为我们搜不出来？拿着，我们又不是搜这些东西！"说完，竟将金条又塞到了那人手里。

那人低头朝手里一看，登时急了："明明是两根，你……"

那宪兵举起枪一瞪眼："你还出不出城了？哪来那么多废话！"他的枪口一指不远处的一辆军用吉普车："去那边！"

那人只能自认倒霉，和其他人一起被驱赶到了吉普车后面。

冯冠生闭着眼睛，脑子开始飞速运转：装有城防图和绝密情报的卷轴，长度近三十厘米，直径近四厘米，无论如何也无法折叠成金条般大小，更何况那金条已经被搜了出来。突然，他想到了一个办法：卷轴，也许可以展开后缠在身上。但是当他看到那几个商人拿着棉衣、系着衬衣扣子从吉普车后面走出来的时候，他彻底绝望了——这里的搜身也太彻底了！

时间一分一秒地过去，此时已经是下午一点了，冯冠生心急如焚。怎么办？回去找师兄再想办法？不，就算是师兄在这里，短时间内他也不会有更好的办法。并且，时间！时间！时间！冯冠生恨不得化成一只飞鸟，带着情报飞出城去。

方秀兰突然站了起来，拿起密码箱轻轻说了一声："等我。"便朝一个小雅间走去。

冯冠生狐疑地看着未婚妻的背影，他不知道方秀兰会有什么好主意。

时间紧迫，大陈也失去了往日的沉稳，在窗外低声说道："还有一个办法，我开枪打死几个，假装要冲卡，争取能把他们引开，你们俩趁乱混出城。"

"不行，这个想法太冒险了。"大陈的提议被冯冠生断然否决。这些情报太重要了，他们不能心存一丝侥幸，稍有闪失，三个人的牺牲无足轻重，可那背后还有几百万条性命。并且，守城宪兵的吉普车和摩托车就在城门旁，他们显然早有防范，就算冲卡成功逃出城门，又能逃出多远呢？

就在这时，小雅间的门"吱呀"一声打开，方秀兰提着密码箱出现在了门口，朝冯冠生坚毅地点了点头。

冯冠生颇为不解，正一头雾水时，方秀兰已快步过来，抓起他的手就朝茶馆外走。直到此时冯冠生才回过神来，他一把扯住方秀兰，在她耳边小声问道："你要干什么？"

方秀兰的回答很镇定："时间紧迫，东西我已经藏好了，咱们必须马上出城。"说话间，她已经走出了茶馆，疾步朝城门走去。

冯冠生想要喊住方秀兰，可是来不及了，他们已经暴露在了守城宪兵的视线之中，此时若想回头，势必引起宪兵们的警觉。可是方秀兰到底把情报藏在哪里，冯冠生的心里着实没底。眼下的情形已经让他没有时间再去细细考虑，只能硬着头皮追了上去。

"站住！证件！"宪兵们喊话的同时，几支乌黑的枪口已经对准了方秀兰。

"在这儿呢，在这儿呢！"冯冠生扬着手里的证件，满面春风地来到了宪兵们面前。他一边递上证件，一边扭头嗔怪方秀兰:"你急什么呀!"

方秀兰朝着冯冠生难为情地笑了笑。

"哟呵,是省部机要处的。"宪兵将证件还给了冯冠生,很礼貌地一颔首,然后指着不远处的一辆吉普车,"对不住了长官,上峰有令,您这边委屈一下。"

"明白明白,都是为了公事嘛。"冯冠生一边说着,一边顺从地朝那辆大吉普走去。他回头的时候,看到另一辆大吉普车里正走下两名国民党女军官——女人也要搜身,冯冠生不禁为方秀兰捏了一把冷汗。

这些人检查得很细致,虽然衣服没有完全脱净,但是掀着衣服,身上的每一寸皮肤都被搜查到了。万幸,当冯冠生系着扣子从吉普车后走出来的时候,方秀兰已经在城门口等他了。

一个宪兵朝冯冠生凑了过来,挺客气地商量道:"长官,瞧您也是个明事理的人,多余的话我也就不说了,您把皮箱先留在这儿,成吗?"

冯冠生偷瞄了方秀兰一眼,很为难地说道:"可那箱子我得……"

他的话还没说完,方秀兰走过来和颜悦色地劝说道:"算了算了,反正也没什么急用的东西。"说完,她嘱咐那个宪兵,"这位长官,那箱子就拜托给你了,我们下午回来取。"

那个宪兵乐呵呵地一哈腰:"您放心,东西放在我们这儿,丢不了。"

冯冠生和方秀兰出城的时候回头看了一眼,此时大陈站在茶馆前的路边,正朝他们看。他们彼此遥望了几眼,在心里默念着:再见了,亲爱的战友,等到解放的那一天,再见……

终于出城了。冯冠生抑制着心中澎湃的喜悦,在远离城门之后悄声问道:"还在吗?"

方秀兰抿嘴笑着,朝他使劲一点头:"嗯。"

冯冠生深深吸了一口气,他仿佛已经在微凉的空气中嗅到了自由和胜利的味道,那感觉沁人心脾。接下来他们的任务,就是火速赶往城阳镇的布庄。两个人在几乎没有行人的公路上,疾步朝城阳镇的方向赶去。

可是走着走着,冯冠生发现方秀兰越走越慢。她步履艰难,好像已经走不动了。冯冠生不得不攥着方秀兰的手,拖着她前行,并鼓励道:"秀兰,坚持一下,再加把劲儿,咱们马上就到了。"

"不行了冠生,我……我可能要……要不好了。"方秀兰的声音听起来是那样羸弱。

冯冠生顿感不妙,他扭头看去——这还是他的秀兰吗?刚才因为急着赶路,他一直没有发现,方秀兰僵直着身体,满头大汗;她的面色惨白,往日樱红的朱唇已经完全失去了血色;此时她眼神迷离着,头向后微微仰起,看样子随时都有可能昏厥过去。

冯冠生一把扶住了方秀兰摇摇晃晃的身体,惊恐万分地低声唤道:"秀兰、秀兰,你不要吓我,你这是怎么了,秀兰?"

方秀兰竭力挤出一丝微笑,抬手指了指自己的下腹,吃力地说道:"冠生,快,快,不要管我,拿上情报,快去找'老家'的人。"

冯冠生来不及多想,他一把抱起方秀兰,钻进了路边的小树林。

当冯冠生扯开方秀兰身上的棉袍的时候,他的脑子"嗡"一声炸了:血,殷红的血,方秀兰下身的棉裤已经完全被血浸透。他慌了,不顾一切地褪下了方秀兰的棉裤。他被彻底吓傻了——那份城防图的卷轴，从方秀兰的身体里只露出了短短的一截……

谁听到过"撕心"的声音？那一刻，冯冠生真真切切地听到了他的心被撕裂的巨响。他哭号着撕扯着头发，发了疯一样用头撞着身旁的一棵树干。一只颤巍巍的小手突然扯住了他的衣襟，轻轻拽了一下。他惊慌地抹去眼泪看了过去，是他的秀兰。

方秀兰颤抖着嘴角，哀求道："冠生，疼，快，我不行了，快帮我拿出来，你……去完成任务。"

冯冠生的脸上满是泪水，他伏在方秀兰的身上号啕大哭："秀兰，你怎么这么傻，你怎么这么傻呀！"

方秀兰的意识又陷入了模糊，嘴里一直梦呓般地重复着："冠生，疼，疼……冠生，疼……"

冯冠生何尝不知道他的秀兰在疼，他也想尽快将那该死的卷轴取出来，可刚才他已经试过了，那个卷轴被死死地嵌住，他稍一触碰，方秀兰的身体就会因剧痛而抽搐不止。如果此时将卷轴强行拔出来，那无异于直接要了秀兰的命。

平时方秀兰有个小病小痛，冯冠生都会嘘寒问暖、倍加呵护，可如今她竟然已在他的面前奄奄一息。取出卷轴？不，他做不到，他无法狠下心亲手结束爱人的生命。

没有时间了，冯冠生必须做出抉择。他抹着眼泪将方秀兰背了起来——就是爬，他也要驮着他的秀兰爬到城阳镇。

顺着公路蹒跚前行，刚走出不远，冯冠生就觉得后背已经完全湿透。是他的汗，还是秀兰的血？冯冠生不敢去想，他的眼前只有路，他的脑子里只有一个念头：去城阳镇。那里有接应他的战友，那里有医院，那里有能救秀兰的医生。

一路颠簸让方秀兰恢复了一些意识，她附在冯冠生的耳边，

第六章 舍命出城

111

气若游丝地哀求:"冠生,快,快放……放我下来,危险,你……带上情报,快走。"

冯冠生的眼泪就一直没有停过,他怒视着前方,用决绝的口吻下令:"方秀兰同志,我命令你,请你一定要坚持住!我不会丢下你,我也绝不允许你丢下我!"眼睛一闭,冯冠生发出一声凄惨的哀号:"秀兰,我求求你啦!"

冯冠生很清楚,背负着秀兰在空旷的公路上前行目标太大,为了避免在路上再遇到盘查,他只能选择走公路旁的山路。

两个小时的艰难跋涉,筋疲力尽的冯冠生将方秀兰放倒在一座小土坡上,他呆呆地望着眼前那一大片冒着青烟的瓦砾:这就是城阳镇吗?这就是该死的城阳镇?

"啊!"

"啊!!"

"啊!!!"

冯冠生绝望地扯着头发,对着远处的那片废墟发出一声声撕心裂肺的号叫。可是没有人回应他,就连方秀兰也没有理他——大约半个小时前,她就没有再发出任何声音。

冯冠生疯了!他昂着头,用一双冒血的大眼瞪向天空,狂啸着挥舞起了拳头……他想骂人!他想打人!他想杀人!他从未像此刻一样痛恨战争,不只是战争,他痛恨这个世界上一切的一切!他想撕碎这个世界去给他的秀兰陪葬,当然,也包括他自己。

就在这时,方秀兰在昏迷中发出了一声痛苦的呻吟。

方秀兰没有死。冯冠生从疯魔中冷静了下来,方秀兰的那声呻吟重新点燃了他对胜利的所有期盼。对,找组织、找队伍,总攻部队应该在东安城的西边。冯冠生咬紧牙关,重新背起了方秀兰,朝着夕阳落下的地方艰难地走去……

第七章
病房认亲

"等俺醒来的时候,已经躺在咱华野纵队的医院里了,后来一问冠生才知道,俺昏睡了整整四天,东安城已经解放了。"方秀兰老人说到这里时,难为情地掩着嘴笑了,"你们说,俺那个时候有多能睡啊。"

老人家说起那段往事,语气是那么平淡,仿佛说的是别人的故事,而她自己只是一个旁观者,一个讲故事的人。

小田一直在很仔细地做着记录,听到此时早已满面泪水。乔占峰的声音也哽咽了:"冯妈妈,您的身体也就是在那时候……"

方秀兰老人苦笑着点了点头:"嗯,医生告诉俺,多亏俺年轻身体好,所以才侥幸过了鬼门关,他们还说俺福大命大,只是……只是不能有自己的孩子了。"

乔占峰的眼泪也掉了下来,他慌忙抬手擦去,哽咽地问道:"冯妈妈,那您……您后悔过吗?"

"后悔,咋能不后悔呢。"方秀兰老人叹息道,"那时候就是太年轻,脑子里只想着怎么能把情报送出去,其他的根本没多想，事后想起来……唉！"老人家长叹一声，接着说道："可实在没有法子。俺就是觉得对不起俺家冠生，你说他那么喜欢孩子的一个人，俺也没能给他生个一儿半女，俺真是亏欠了他。俺就琢磨着，这老天爷要是开眼，下辈子还让俺给他做媳妇儿，俺好好养着身子，他想要多少俺就给他生多少。"说到这里，老人突然捂着嘴笑了，偷偷问乔占峰："俺刚才说的那些话，不算是封建迷信吧？"

乔占峰已经说不出话了，只是噙着眼泪摇了摇头。

病房里，是一片低低的啜泣声，空气里弥漫着一股令人心痛、窒息的压抑感。许久，方秀兰老人又说话了："占峰，真的要谢谢你。"

"谢我？"乔占峰抬起泪眼。

方秀兰老人笑着解释道："俺一个孤老婆子，这辈子也没人叫俺一声'妈'。你一个大领导干部，今天一叫俺啊，哎呀，俺这心里，说不上是啥滋味儿，可美了。"

乔占峰动情地说道："冯妈妈，从今天开始，我就是您的儿子，我们都是您和冯爸爸的孩子。"

方秀兰老人欣喜道："那敢情好！俺可真有福分，如果冠生还在，该有多好。"

房间里的每个人都在抹着眼泪，小田已经趴在病床边泣不成声。这时候，一个小护士突然推门进来，望着屋里众人惊愕地问道："你们……你们怎么了？没什么事儿吧？"

众人赶忙擦去眼泪，尴尬地堆起笑脸。

小护士走到病榻旁，跟乔占峰低声商量道："乔书记，时候不早了，老人家该休息了。"

乔占峰站起身："对对对，护士同志说得对。冯妈妈的身体要紧，大伙儿也都忙了一天，赶紧回去休息。"

众人告辞，回了各自的房间。

回到房间后，小田坐在床边还在抹眼泪。乔占峰叹了口气，问道："受教育了吧？"

小田使劲点点头，哽咽道："太受教育了，乔书记。今天要不是亲眼见到冯阿婆，听她亲口说出这些事，我真不敢相信，战争岁月里还真有这样的事、这样的人。"

乔占峰感慨道："是啊，不光是你，我今天也被深深触动了。这才是真正的共产党人啊！"

时候确实不早了，乔占峰和小田简单洗漱后，便各自上了床。

乔占峰从桌子上拿起杜永胜的那本《我的征战岁月》。小田见自己原来看的书被抢走，只好捧起那本《信仰》，独自看了起来……

第八章
浴血东安

《我的征战岁月》一书的作者杜永胜，在解放东安城时还叫杜三伢，"杜永胜"这个名字，是东安城解放后一位老首长给他取的新名字。解放东安城的那一年，杜三伢刚满十九岁，别看他岁数小，又长着一张娃娃脸，当时他可是已经参军五年的"老革命"了。

杜三伢的老家在河北，十四岁就参加了革命。因为特别机灵，杜三伢刚参军不久就被当时的独立团团长相中，跟在团长的身边当了警卫员。后来因为独立团战功显赫，团长成了师长，所以他也从"团长警卫员"升任为"师长警卫员"。两年后杜三伢主动要求下连队，准备到战斗一线去施展身手。师长批准了他的请求。十九岁那年，杜三伢已经是师部直属侦察连的侦察排排长了。

眼下部队正准备攻打东安城，杜三伢也没闲着。那天他乔装一番，带着侦察排的三个战士离开了驻地，他们准备从战场的侧面迂回到东安城的周边碰碰运气，看能不能逮几个"舌头"回来。如果能擒住一两个"跑单"的国民党军官，那可就赚大发了。

可当杜三伢沿着山路靠近城阳镇时,他傻眼了。两天前他来过这里,当时的城阳镇还是一派平常景象,可如今这里已经成了一片废墟。杜三伢不禁有些纳闷:还没开战呢,这里是咋了?这镇子像是遭受过猛烈炮击一般。

等摸进镇子,杜三伢总算是看明白了,城阳镇根本不是被炮火摧毁的,而是被人为焚毁的。国民党反动派实在太狠了,为了死守孤城,也是为了防止解放大军用镇子的建筑做掩体,他们驱散了这里的百姓,并将整个镇子付之一炬。

敌人既然已经焚烧到了这里,那就说明敌人的防御工事已经距此不远了。杜三伢不敢继续冒险前行,垂头丧气地带着三个战士准备原路返回。

就在他们准备横穿一条公路的时候,发现了两个人——准确地说,应该是一个人背着另一个人。从这两个人的行进方向判断,他们好像要去解放区。杜三伢示意战士们不要出声,他们沿着山路潜行,跟踪着公路上的两个人。

一阵山风吹来,杜三伢觉得事情不妙,他拱着鼻子在空气中嗅了嗅,没错,是血腥味。

杜三伢的鼻子灵得很,他在屋子里一拱鼻子,就能找出师长藏的酒。对于血腥的味道,他更有把握,绝对不会闻错。眼看着离敌人的防区越来越远,杜三伢觉得到了他们现身的时候了。他朝三个战士一挥手,四个人冲上了公路。

大汗淋漓的冯冠生背着方秀兰在公路上艰难前行,身上的方秀兰越来越沉,他的脚步已经挪不动了。严重透支的体力让他的视线开始变得模糊,他不知道自己还能坚持多久,此时他只知道一件事:绝不能丢下秀兰,即使……是她的尸体。

第八章 浴血东安

"站住，干什么的！"一声断喝从身后响起。

冯冠生的身子微微一怔，又接着向前走。他的脑子已经变得迟钝了：国军？解放军？在这片区域里都有可能遇到。可即使遇到了解放军又能怎样？师兄有交代，在移交城防图之前，除了布庄老板，在任何人面前也不能暴露身份。

"再不站住就开枪啦！"话音刚落，冯冠生的身后果然传来一阵子弹上膛的声音。开枪？冯冠生笑了，那就开枪吧。不管遇到的是谁，就算是保密局的特务，他也没有体力逃脱了。

冯冠生又朝前挪了几步，慢慢蹲下了身子。他不是想停下来接受盘查，而是实在走不动了。

一转头，是一支乌黑冰冷的枪口；一抬头，是一张稚气未脱的脸。冯冠生一指倒在身边的方秀兰，苦涩地笑了笑，哀求道："救救她，求你们了。"

杜三伢看着两个人那满身的血迹有些发蒙，尤其是那个女人，她下身的棉袍已经完全被血染透了。杜三伢的第一个反应就是：难产。

杜三伢很小的时候，曾经见过他的婶子难产，那满炕的血污和满屋子弥漫的血腥味，把年幼的杜三伢吓傻了，当时的惨景至今仍历历在目。此时他只是有些纳闷：这个孕妇的肚子似乎太平坦了一些。

杜三伢来不及多想，回身冲三名战士一身低吼："还愣着干啥！"

三名战士反身冲进小树林，片刻之后，他们扛回了两条小树干。

到底是侦察连的精英：缴获的日本"三八"式刺刀在他们的手里翻飞，小树干飞快地变成了两条光洁的长杆；三个战士又解下了各自的绑腿，穿插在两条长杆之间。很快，一副简易的担架就做成了。

方秀兰被放到了担架上,杜三伢指挥两名战士抬起担架:"快,急行军,去师部卫生院!"他回头命令另一名战士:"你,警戒断后!"

几个人在马路上飞奔,冯冠生此时有了一丝欣慰:从行进的方向上看,他断定遇到的是自己人。

一个小时之后,天已经黑透了,他们终于赶到了独立师的师部卫生院。方秀兰被抬进了手术室,杜三伢则把冯冠生带到另外一个房间。杜三伢此时才开口问道:"说!你是什么人,到城阳镇去干什么!"

冯冠生已经累得虚脱了,他抬头看了看眼前这个"孩子",只说了几个字:"我要见你们的首长。"

"首长?"杜三伢讥讽道,"你以为首长是你想见就能见的?说,你到底是什么人!"

冯冠生摇了摇头,还是那句话:"我要见你们的首长。"

杜三伢大喝一声:"笑话!别以为你不开口,我就不知道你的底细!"他狠狠一拍桌子上的那几张证件:"冯冠生!是谁派你潜入我们防区的!你的目的是什么!"

"哼,别问了。"冯冠生冷笑一声,"在见到你们首长之前,我什么也不会说的。"

杜三伢正要发作,房门"嘭"的一声被撞开了,有个战士急火火地冲进来,嚷道:"快!排长,快来!"

屋里的两个人都愣了一下,杜三伢吃惊的是他正在审讯对方,那家伙冒冒失失地跑进来干什么;冯冠生吃惊的是,眼前的这个"孩子"竟然是个排长。

杜三伢跟着那名战士来到病房,一进门就问:"怎么样?生了吗?"

"生了。"那个医生淡定地指了指桌子上已经摊开的卷轴,"就是这个,你自己看吧。"

"乖乖!"杜三伢发出一声惊呼。难怪那女人的肚子那么平坦,原来她"生"下来的是一卷图画。可当他看清画轴上方的几个字时,他的脑子里有一道惊雷炸响——东安城防图!他的腿一软,险些一屁股坐到地上。

杜三伢拿着那幅血迹斑斑的卷轴冲进了关押冯冠生的房间,厉声问道:"快说,这是什么!你要把这个送到哪儿,送给谁!"

冯冠生一见城防图,"腾"地跳了起来:"秀兰!秀兰呢?她现在怎么样了?"

因为刚才见到"宝图"太过激动,杜三伢还真忘了询问那个女人的情况,他拿着卷轴继续逼问:"赶快交代,你到底要把这张图交给谁?!"

冯冠生咆哮道:"除了给你们,我还能送给谁!快告诉我,我妻子怎么样啦!"

杜三伢逼视着冯冠生,又问道:"你怎么证明这张图是真的?"

冯冠生疯了,挥舞着拳头叫嚣:"我没法证明!我证明不了!我要见你们的首长,现在就要见,现在!"

杜三伢已经意识到了事态的严重性,可以确定的是,眼前的这个人只可能有两种身份:一是国民党特工,用一份假的城防图来假意投诚;二是自己人,潜伏在国民党内部的我党地下人员。

事不宜迟,杜三伢出门就拨通了师部的电话。回来的时候,他询问了那名"产妇"的病情,医生摇了摇头,很遗憾地告诉他:"生殖系统被严重破坏,并且失血过多,我们已经无能为力。"

另一个房间里,冯冠生仰面倒在地上,呆呆地望着顶棚,那一刻他觉得自己已经死了。

也不知过了多久,一阵杂乱的脚步声传来,一群人涌了进来。

"师长,就是他。"是那个"孩子排长"的声音。

冯冠生知道是有首长来了,木然地坐直了身体。

师长问冯冠生:"这张城防图是你带出来的?"

冯冠生默默地点了点头。

师长又问道:"你是潜伏在东安城的地下党员?"

冯冠生点了点头,又摇了摇头。他突然觉得很可笑:自己到底算什么?他已经为这个党工作了两年有余,可他并不是党员;并且除了师兄林仲伦和大陈,竟然没人能证明他是"自己人"。

师长又问道:"你是怎么得到这张图的?"

冯冠生抬起头回答道:"是你们的一个同志让我带出来的。"

师长的眼中一亮,追问道:"他叫什么名字?他的代号是什么?"

冯冠生环视了一下房间里的那些人。他不能说,即使知道他们都是自己人,他也不能说出师兄的代号和身份。他沮丧地摇了摇头:"不,这个……我不能说。"

杜三伢又不耐烦了:"你这个也不能说,那个也不能说,那你怎么证明你的身份和这张图的真假!"

冯冠生用手指头狠命戳着自己的头,戳着自己的胸口:"你们杀了我吧!你们枪毙我吧!我用我的命证明,够不够?够不够!"

"你!"杜三伢恨不能上前踹这个家伙两脚。

师长伸手拦住杜三伢,语气温和地说道:"你不要太激动,好好想一想,那个同志把图交给你的时候,说了些什么,他让你把图交给谁?"

121

经这么一提醒，冯冠生清醒了许多。他从地上爬起来："对，他让我到城阳镇，把图交给'城阳布庄'的人。"

师长默默点了点头，然后转身准备离去。

冯冠生上前一把拉住了师长的胳膊，"扑通"一声跪在了他的面前，声泪俱下："长官，我的妻子怎么样了？我求求你们，救救她吧！"

师长一愣，看向杜三伢。杜三伢心虚地摇了摇头。师长回身对冯冠生安慰道："同志，请你放心，我们一定会尽力的。"

从房间出来，师长低声问杜三伢："他的妻子是什么情况？关押在哪儿？"

杜三伢带着师长来到了病房，师长急切地问医生："那个女同志的情况怎么样？"

医生如实回答："报告首长，送来的时候就已经完全没有意识了，而且失血太多，恐怕……"

师长叹了一口气，吩咐道："想尽一切办法，哪怕只有一线生机，你们也要把她抢救过来。"

医生摇摇头，沮丧地说道："希望太渺茫了。并且，咱们这里的血液储备很有限，眼看就要打大仗……"

"什么？"师长瞪圆了眼睛，"你是说，你还没有给她输血？"

医生辩解道："从她目前的情况看，就算输了血，恐怕也是浪费……"

"胡闹！"师长闻听此言，额头青筋暴起，大声命令道，"赶快输血，马上组织抢救！血不够就把师部的警卫连、侦察连全部给我调过来抽血！从我开始！我命令你，不惜一切代价，一定要让她活下来！"

抢救室顿时忙碌了起来。

杜三伢和师长来到了院子里，杜三伢凑上前："师长，消消火，我还从来没见你动这么大火气。"

师长摇了摇头，遥望着东安城的方向，轻声说道："她是英雄，不能让她死，她必须活着，我要让她活着看到东安城的解放。"

冯冠生颓废地瘫坐在房间角落里，此前他曾经想过自己某一天会身陷国民党反动派的囚笼，却没想到如今竟会被"自己人"关押。就在刚才，他将耳朵紧贴到墙上，想听一听外面的声音，可他什么也没有听到。他在心里默默地祈祷：秀兰，答应我活着吧，求你了……

院子里传来一声尖厉的刹车声，紧接着，一个身穿长棉袍的中年人和师长在几名战士的簇拥下进入了房间。师长看了看冯冠生，朝"长棉袍"递去一个询问的眼神。"长棉袍"盯着冯冠生看了好一会儿，朝师长摇了摇头。

冯冠生抬头也看了"长棉袍"几眼，他确信这个人自己从来没有见过。

师长一挥手，几名战士退了出去。房间里只剩下了冯冠生、师长、"长棉袍"和杜三伢了。

一阵难言的沉默之后，"长棉袍"幽幽地问道："先生，您要买布吗？"

是暗号！冯冠生一愣，直接从地上站了起来，答道："东家办喜事，要几匹上好的红布！"

"长棉袍"的眼里一亮，继续问道："要得很急吗？什么时候用？"

冯冠生强忍住眼泪，哽咽着回答："家里已经万事齐备，就等红布了，什么时候有红布，什么时候成亲。"

第八章　浴血东安

"长棉袍"的眼圈已开始泛红,他颤抖着嘴唇问道:"请问,红布上还需要有什么花色吗?"

冯冠生使劲点着头,泪水夺眶而出:"是上好的料子就行,如果有蔷薇图案的,那就更好了。"

"长棉袍"一把将冯冠生紧紧地搂进怀里,哽咽道:"'蔷薇'同志,你辛苦了,欢迎你回家。"

……

师部将"蔷薇"送来的那张"东安城防图"火速送到了华东野战军总部。总部连夜召开紧急会议,根据"东安城防图"重新调整了总攻部署,并命令杜三伢所在的师部马上将方秀兰同志转移到后方的华东野战军总医院。冯冠生也一同来到后方,从那天开始,他寸步不离地守护着一直处在深度昏迷中的方秀兰。

为了防止敌人临时调整防御部署,我华东野战军按照原定的攻击时间,对东安城发起了总攻。攻击发起前,野战军的炮兵们可是过足了瘾,司令员在下达的作战命令中有这样一句话:"啃硬骨头就不要小家子气,铆足了劲儿干吧!把你们攒的那些家当全给我泼出去!"

那天,总攻前的炮击足足持续了将近一个小时,精确的情报加上精准的炮火打击,对敌人来说简直就是灭顶之灾。国民党守军的重炮阵地上,在他们尚未辨清炮弹来袭的方向时,便遭受了毁灭性的打击,而这在炮战史上几乎是前所未有的。

在炮兵对战中,一般有"首发试射"的口令,也就是试探性的攻击,然后根据试射的效果调整弹道和标尺,进行齐射打击。有经验的被攻击方完全可以根据试射炮弹的来袭方向,判断出敌方炮群的准确位置,并予以精准还击。可这次的情况与

第八章 浴血东安

以往截然不同：在我解放大军得到的那张"东安城防图"上，"牡丹"窦立明同志详尽而清晰地标明了敌军几处重炮阵地的方位和坐标，各阵地配属的火炮型号、口径、射程、数量等更是无一疏漏地标注在图上。我军重炮部队根据那张"神图"，根本无须试探，众炮齐发并且几乎都是首发必中。我军铺天盖地的弹雨从天而降，对敌方重炮阵地实施了毁灭性的炮火覆盖。

战后，一名被俘获的"国军"炮兵旅长说过这样一句话："你们的第一轮炮击还没结束，我就知道，东安城完了，守不住了。"

炮击的间歇，我华东野战军的地面攻势即将展开。步兵将士们在战壕里听着隆隆的炮声，早就开始摩拳擦掌了。就在距离原定冲锋时间还有半个小时的时候，各团级指挥所突然收到了一份紧急通知：密切注意东安城南门动态，有国民党守军起义！标识为光头、反穿军衣，以免误伤！

那天夜里七点整，步兵的攻击开始了。令我军指战员感到困惑的是，驻守东安城南部的那些传说中的国民党王牌精锐，在战场上的表现让人大跌眼镜。他们的作战指挥毫无章法可言，完全就像一群没有头的苍蝇。解放大军还未到跟前，他们已经钻出了各自的防御掩体，开始了有组织但无方向的逃窜。甚至有一个营的精锐部队在战场上跑错了方向，被我进攻部队整编制地"解放"了。

后来审讯那位被俘的"国军"营长，他竟然给他的败逃找了一个冠冕堂皇而又令人费解的理由："电话都打不通，与后方指挥部和邻近阵地的友军彻底失去了联系，这仗还怎么打？"他甚至还理直气壮地说："驻防在我前面的友邻部队全开溜了，他们能跑，我凭啥就不能跑？难不成只许他们逃命，老子就得伸着脖子等死？"

负责审讯的军官厉声呵斥道："胡说八道！如果要逃跑，

逃跑的方向也应该是你们的后方,也就是东安城!可你们怎么朝我们的阵地冲过来了?说,你们有什么企图!"

"快别提啦!"那个"国军"营长哭丧着脸叫苦,"我们又不傻!开始的时候,我们是往东安城的方向撤!可刚跑出去没多远,一大群友军从对面朝我们的方向蹿了过来。我派手下的弟兄去打探,可他们说南城门已经被你们占领,前线的师部指挥所也被你们给连锅端了!我当时就蒙了,也没见你们打过来,南城门咋就没了呢?可那些友军总不可能骗我吧,我就这么稀里糊涂跟着跑,后来晕头转向就……就被贵军给解放了。"

"国军"那个被俘的营长所言非虚,向南部发起攻击的我华东野战军指战员也发现了这个问题:当时国民党军队在南线的防御体系全乱套了,溃不成军!我攻击部队一路上几乎没有遇到什么有力抵抗,势如破竹地攻进了东安城。尤其让他们感到不解的是,当先头部队攻击至南门城墙下的时候,那里的国民党守军已经是人仰马翻、尸横遍野了。

对于国民党守军来说,天塌了!东安城的防御指挥中枢——总司令部,就在城内距离南城门不远的位置,他们做梦也没有想到,战斗刚打响了两个多小时,自诩"固若金汤"的东安城就已经被突破,解放军犹如神兵天降般出现在了他们总司令部的大门前。

事已至此,"国军"的军界精英们很清楚大势已去,所有的抵抗都变成了徒劳。

我攻城部队在城内稍作调整之后,便从背后对其他三个方向的国民党守军发起了冲锋。

国民党在东安城东、西、北三个方向的守军还在纳闷:南边打得挺热闹,咱们这里怎么就没有动静呢?正纳闷时,有动静了!可他们做梦也没想到,那动静竟是从身后响起的。晕头转向的守军们惊慌地掉转了枪口，还有一部分人在叫骂："别打啦！是自己人！"

各阵地守将纷纷致电总指挥部，可接电话的却是一名解放军战士："放下武器！马上投降！东安城已被我华东野战军解放了！"

刚开战就被解放了，开什么玩笑！"国军"守将们放下电话就拿起了望远镜，可看到的却是东安城上的红旗飘扬。

就像国民党东安城卫戍部队二三九团团长贾作奎说的那样：这一仗，咱们赚大发啦！可是很遗憾，人们却并没有在战场上再看到他的身影。

在战后清理战场的过程中，有战士在东安城内一条巷道里找到了贾作奎团长的遗体。光着膀子的贾作奎手挂一挺轻机枪，斜靠住巷道的墙壁，虎目圆睁的他身上遍布着数十个弹孔，却依旧保持着冲锋的姿态。在他的附近又找到了二十多具光头的尸体，和他们的团长一样，他们一个个怒目而视，仿佛只要团长一声令下，他们随时都可以再发起一次冲锋。

经过对战场的清理和对遗体的辨认，人们很遗憾地发现，正如贾作奎团长所预料的那样：二三九团的起义将士没有一个孬种，全部英勇阵亡！二三九团在编的一千一百二十七名官兵，全团阵亡，无一生还……悲壮，二三九团！

这是一件很令人惊诧的事情：贾作奎团长和那些起义将士的尸体为什么会出现在城内？当时这里到底发生了什么？经过战后对战俘的审讯，这些谜团被一一解开……

总攻当晚，我华东野战军的炮击刚刚开始，贾作奎便对他手下的兄弟下达了战斗指令："反啦！"

贾作奎不按套路出牌的造反彪悍而又蛮横，随着南城门的几声轰天巨响，成捆成束的电话线被全部炸断。贾作奎在开战

第八章 浴血东安

伊始，便切断了城中指挥部与南部防御阵地的所有联系。也正是由于他这剑走偏锋的神来之笔，"国军"的整个东安城南线的防御体系在瞬间乱成了一锅粥。

久经沙场的贾作奎足智多谋。在命令二营和三营对城外防御阵地发起攻击之前，他将两个营长叫到了指挥所，面授机宜：电话线已被炸断，他让两个营长带着队伍冒充军部的通信部队，打着"排查通信故障"的旗号，直取城外前线的师部指挥所。

事实证明，贾作奎的这一招"剑走偏锋"再次灵验！至此，"国军"南部前线的作战指挥系统才算彻底瘫痪。东安城已经乱成一锅粥的南线防御，又被贾作奎撒上了一层锅底灰，彻底无法开饭了。

驻守南部的那些国民党王牌师的精锐们，刚从解放军猛烈的炮火中探出头来，背后如狼似虎的二三九团便劈头盖脸地掩杀而来。自相残杀？很多守军还没回过神儿来，就做了二三九团的枪下冤魂。

城中"剿总"指挥部见与城外阵地失去了联系，匆忙派出一支宪兵部队勘察沿途的电话线路，并试图将总指挥部的作战指令带去前线。但是这支"查线部队"却在城门处遭到了二三九团一营的绝命阻击。宪兵部队不明就里，匆忙组织了两次反击，反击未果后便仓皇退回城中。

事已至此，贾作奎索性一不做，二不休，亲自带着两个排冲进了城里，并成功解决了国民党一个精锐师师部的指挥所。就在他准备趁乱向"剿总"发动攻势的时候，却遭遇到了国民党军队的围追堵截，陷入重围。

在战前，贾作奎早有预言：二三九团必将全军覆没！贾作奎戎马半生，打过多少仗连他自己都数不过来，他何曾不知道这一战自己将面临什么。从地图上看，由于二三九团的起义，整个东安城的南线防御成了一个巨大的多层"三明治"：最外层，是我华东野战军的攻城部队；第二层，是几个错落分布的国民党王牌精锐师；第三层，便是二三九团的卫戍部队；贾作奎的身后，又是大部国民党守军。贾作奎和我攻城部队，成功将第二层"国军"的王牌师们挤成了"夹心"状；而与此同时，二三九团也被第二层"国军"和城内的守军包成了"夹心"状。一个没有配备任何重武器的卫戍团，在如此重压之下能坚持多久，贾作奎心知肚明……

对于东安城的解放，我们应该感谢的人太多了。无疑，"牡丹"窦立明烈士是这场辉煌胜利的首要功臣；二三九团团长贾作奎和他手下的一千一百二十七名勇士，厥功至伟；同时，还有隐蔽战线的"杜鹃""海棠""蔷薇"……当然，还有咱们的女英雄方秀兰。

就在东安城解放的第三天，方秀兰醒了过来。在这之前，医生告诉冯冠生：方秀兰彻底失去了做母亲的机会，并且还有可能留下一些很严重的后遗症。冯冠生可不管那些，只要他的秀兰能活着，其他的一切都不重要。

方秀兰醒来的时候，冯冠生正坐在她的病榻旁酣睡。方秀兰抽出了被冯冠生紧攥着的手，怜爱地轻抚着爱人的短发。冯冠生一个激灵醒了过来，在确认眼前的一切不是梦境后，他欣喜若狂地高喊："醒了，醒了！大夫，快来啊，秀兰醒了！"

许多大夫和护士听到喊声都涌进了病房，大伙儿的脸上都挂着祝福的笑容。杜三伢也在这个时候蹿了出来，最近这两天，他每天都来医院探望这个美丽的"英雄姐姐"。在同志们的眼中，方秀兰是解放东安城的"第一大功臣"。方秀兰病房里那一大束鲜花，就是杜三伢从东安城一个"大官府邸"的温室花房里"缴获"的。

为了给这对恋人更多单独在一起的机会，大伙儿退了出去。

病房里，冯冠生和方秀兰深情地凝视着对方，怎么看也看不够。许久，冯冠生开口说道："秀兰，咱们的东安城解放了。"

方秀兰羞赧地点点头："我知道。"

冯冠生愣了一下，笑着问道："谁告诉你的？你不会是做梦看到的吧？"

方秀兰害羞地笑着："我不告诉你，反正我都知道。"

冯冠生揉摸着爱人俊美的脸庞，可那张脸上的喜悦却渐渐暗淡了下来。方秀兰嗫嚅地问："冠生，我……我真的不能生孩子了，是吗？"

冯冠生惊愕地环视了一下四周，怎么会？不可能，难道是在他刚才睡着的时候有人告诉秀兰了？不不，不会的，他和医院的那些同志们都说好了，要暂时瞒着秀兰。可她为什么会那么问？冯冠生强装出一脸轻松的样子，敷衍道："别瞎说，好好休息。"

方秀兰很固执地追问："回答我，不许撒谎。"

冯冠生默默地看着方秀兰，无言以对。事已至此，他不知道该不该继续隐瞒下去。

方秀兰紧咬住了嘴唇："我都听到了，虽然我睁不开眼，可你们说的话我都能听到。他们说我不能生孩子了，是真的吗？"

冯冠生俯身过去亲吻着爱人，动情地说道："我不要孩子，我只要你，只要你。"

方秀兰泪流满面，她回吻着她的冠生，委屈地问道："那就是你还要我，是吗？就算我不能给你生孩子了，你还是要我，是吗？"

冯冠生的眼泪也决堤了，他刮着方秀兰的小鼻子，哽咽道："你怎么那么傻呀？我的小傻瓜，有了你，我还要什么孩子，你就是我的孩子。"

根据杜永胜老将军在《我的征战岁月》里的讲述，伤愈后的方秀兰在离开医院不久就与冯冠生举行了婚礼。当时婚礼的场面很隆重，华东野战军的很多首长都出席了婚礼。冯冠生和方秀兰在婚礼上如愿以偿地加入了中国共产党，只是他俩当时还觉得很遗憾，因为"林大哥"没能成为他们的入党介绍人。

撰写《我的征战岁月》一书时，杜永胜老将军始终很疑惑：那个冯冠生和方秀兰经常挂在嘴上的"林大哥"到底是什么人？

东安城解放以后，华东野战军内部进行了很大的调整。冯冠生和方秀兰就是在那个时候参军的，不过却与杜三伢不在一个师，他俩在另一个师的师部宣传科工作。据说不久之后，他们就随大部队渡江南下。自此，杜三伢失去了与冯冠生、方秀兰夫妇的联系，但是他们两个人的英雄事迹却一直感动着、激励着杜三伢，直至今日……

第九章
爱心早餐

清晨,乔占峰早早就起床了,这是他多年以来养成的习惯——无论多晚睡下,早上五点准时醒来,几乎分秒不差。去卫生间一番洗漱,当他再次回到房间的时候,小田也已经起身,并整理好了床铺。

乔占峰走出房间,来到隔壁却发现方秀兰老人的床铺是空着的,他的心里不由得一紧:老人难道自己偷偷跑回家了?恰巧有个小护士从身旁经过,乔占峰连忙询问道:"小同志,这个病房里的老人……"

小护士笑脸回答:"老人家在楼下散步呢。"

乔占峰赶到楼下。小花园里,方秀兰老人正和一个小护士说笑着。令乔占峰感到欣慰的是,曹大元和他的秘书竟然也在。几个人互相打过招呼,又坐在花坛边闲聊了一会儿,便有护士来喊他们:该吃早餐了。

疗养楼的一楼有间小餐厅。早餐是自助性质的,花式和菜品都很丰盛,但是乔占峰却从那些盛装食品的金属托盘上发现了端倪:上面赫然有"凯越大酒店"的字样。乔占峰知道这家酒店，之前陪妻子文隽梅回莱县省亲时他们曾经入住过那里。"凯越大酒店"是三星级宾馆，在莱县也算是个高档场所。如今那家餐厅的托盘竟然出现在这里，乔占峰在心里一声苦笑：这个曹大元啊。

柳德福端着一个碟子和一个小碗从厨房里走了出来，在方秀兰老人的身边坐定。乔占峰往那碟子里一看，碟子里是被切得细碎的火腿，小碗里是很嫩的鸡蛋羹。

乔占峰的心里生出了许多感动。其实昨天晚上他就发现了，柳德福这个耿直汉子对方秀兰老人的那份细心与孝心，绝对不是想装就能装出来的。而方秀兰老人看向柳德福的那种慈爱又满意的眼神，也充分印证了这一点。

正吃着早饭，小田的手机响了起来，他匆忙接起了电话："喂，您好，哦哦，是邓司令员啊，您好您好……乔书记他……"小田一边含糊其词地拖延着时间，一边朝乔占峰眨着眼。

乔占峰无可奈何地笑了笑，接过小田手里的电话，热情寒暄道："邓司令员，您好您好，我是乔占峰，您老人家最近好吗？"

邓司令员在电话里说道："小乔啊，是这样的，下午的那个座谈会呢，我们几位老同志有几点建议，希望我能作为代表在会上提一提。当然了，我想提前和你打个招呼，咱们先议一议。"

乔占峰恭敬地回话："邓司令员，下午您该讲什么就讲什么，您和老同志们的建议对我们来说，就是宝贵的财富。我们一定会重视并妥善解决。不过实在抱歉，我现在在外地有个重要会议，下午恐怕赶不回去了，不过没关系，会有其他的市领导……"

"嘟嘟嘟……"人家已经把电话挂断了。

乔占峰放下已是一片忙音的话机，苦笑着摇了摇头。

这个他们口中的"邓司令员"名叫邓兆先，今年已经八十岁高龄了，是个老革命，也是共和国的老功臣。邓兆先原来是某军区的司令员，离休之后住进了青阳市干休所，是那帮离退休老干部的"领导"。他经常带领干休所那帮老干部到市里反映"情况"，每次乔占峰遇到他都会头疼，可又着实招惹不起。眼下的情况已经很清楚了，邓老爷子肯定是听说乔占峰无法参加座谈会，又生气了。

吃过早餐，护士扶方秀兰老人回了病房，开始为她做例行的保健按摩。

乔占峰和小田也进了她的病房。

闲聊了一会儿家常，乔占峰将话题引入了正题："冯妈妈，您和冯冠生同志不是去南方工作了吗？为什么又回到了青阳，并且……"后面的话他不知道该怎么问，他本来打算问"怎么会被误会成特务"，可是他觉得那个词汇太过敏感，没有说出口。

方秀兰老人长叹一口气，讲起了陈年往事……

第十章
身份成疑

东安城解放了,冯冠生和方秀兰结婚、入党、参军,沉浸在幸福中的这对新人觉得过上了蜜一样的生活。

等到方秀兰的身体完全康复,冯冠生曾陪她一起回到东安城寻找她的亲人。可是,他们查访了新政府的户籍登记和当地的老住户,方秀兰的家人竟如同人间蒸发了一般,生不见人死不见尸。让他们意想不到的是,大陈也失踪了。与此同时,冯冠生的老家青阳市也解放了,财大气粗的老冯家一家几十口已经随"国军"撤退去了南方。

无法与家人团聚,小两口成了彼此唯一的亲人。但他们依旧很亢奋,因为他们有了党、有了组织。不久之后,他们就奉命随大部队渡江南下,二人同在"华野"某师师部从事宣传和后勤保障工作。

终于投入了党组织的怀抱,小两口的工作热情空前高涨,前线频频传来的捷报更是令人欢欣鼓舞。第二年春天,上海宣告解放,这座被誉为"东方明珠"的大都市终于回到了人民的怀抱。

冯冠生亲自前往上海查找林仲伦的下落，后来他辗转探听到，林仲伦已随"国军"败退台湾。

何时才能见到师兄？难道真的像师兄临别时说的那样，"等到全国解放的那一天"吗？

一九四九年十月一日，对于每个中国人、对于这个世界来说，都是令人欢欣鼓舞的一天。

"同胞们，中华人民共和国中央人民政府今天成立了！""人民万岁！人民万岁！"……广播里传来了伟大领袖毛主席在天安门城楼上慷慨激昂的讲话，冯冠生和方秀兰在广播箱前早已不能自持，两人泪流满面，高喊着："毛主席万岁！中国共产党万岁！……"他们紧紧地拥抱在一起。在那个幸福的时刻，他们想到了很多："蔷薇"林仲伦、"杜鹃"、"海棠"小组、"牡丹"窦立明、大陈、贾作奎，还有二三九团那一千一百二十七名将士……

方秀兰在冯冠生的怀里失声痛哭："冠生，我想去北京，我想去天安门，我想去见毛主席！"

冯冠生松开了方秀兰，激动地拍着挂在身上的奖章和军功章，鼓励道："会的，肯定会的。以后我一定要带你去北京，咱们去看天安门的国旗。咱们还能见到毛主席，毛主席见了你肯定会说：'哟，这就是解放咱们东安城的女功臣吧，我早就听说过你了。'"

方秀兰抹着眼泪笑了，在那个瞬间，她好像真的看到了那激动人心的一幕。

全国基本解放了，举国欢腾。但是接下来共产党人却要面对一个更大的考验——重建家园。国民党政府败退之后，留下的是一片百孔千疮的焦土。国内所有的重工业几乎被破坏殆尽，工商业体系也遭受了严重破坏，摆在共产党人面前的，是一个彻头彻尾的"烂摊子"。

新中国百废待兴，地方建设也需要大量的干部。冯冠生和方秀兰响应党的号召，离开部队回到了冯冠生的籍贯所在地——青阳市。

其实他们完全可以留在条件相对好一些的南方都市，之所以选择回青阳市，除了因为这里是冯冠生的老家，还有个主要原因：方秀兰自从那次"送情报"大病一场后留下了病根，每到天气不好或者潮气比较重的时候，她的下腹和两条腿就酸痛难耐，严重的时候甚至无法行走。南方连绵的"梅雨"季节对她来说简直就是灾难。冯冠生为了方秀兰的身体着想，毅然决然地带着妻子回到了气候相对干燥一些的北方。

冯冠生和方秀兰被安排进了青阳市教育局，冯冠生还担任了副局长职务，可方秀兰却婉拒了组织上安排的领导职务，积极要求去教育的第一线。由于方秀兰的坚持，最后她被安排到了青阳市一中，成了一名普通的初中教师。其实方秀兰之所以要求当教师，也是出于某种私心——她比冯冠生还要喜欢孩子。

新的环境、新的岗位、新的心情，正当两个人准备用全新的面貌迎接新生活的时候，一件不太好的事情发生了。某天下班后吃晚饭时，方秀兰发现冯冠生一言不发，只顾低头吃饭，一副心事重重的样子。她问道："冠生，你今天是怎么了？从回家到现在也没听你说过话，出什么事了？"

冯冠生掩饰地笑了笑，没有言语。

冯秀兰追问道："快说，到底怎么了？别想骗我，你再不说我就生气了。"

冯冠生这才抬起头，问道："秀兰，你觉得我师兄会叛变吗？"

方秀兰登时哭笑不得："林大哥？我看你真是疯了。我就

第十章 身份成疑

是相信你会叛变革命，也不相信他会叛变革命。"冯冠生笑着点了点头。方秀兰追问："你怎么突然问起这个，是有林大哥的消息了？"

冯冠生摇了摇头："今天下午有两个人到单位里来找我，谈到了他。"

方秀兰面露惊喜，问道："那是两个什么人，你们都说了什么？"

冯冠生苦笑一声："是两个'敌工'干部，他们向我问起了师兄。我说解放前我在国民党的省政府任过职，当时曾是他的助手，对于他的其他情况我并不了解。"

冯秀兰气恼地质问道："你为什么要那么说？你为什么要撒谎？说不定是林大哥回来了，他正在找咱们呢。"

冯冠生耐心地安抚道："秀兰，你别急嘛。你好好想想，如果真是林大哥回来了，他会通过组织很容易就联系上咱们，根本没必要去找两个搞敌战工作的干部来试探我。"

方秀兰惊讶地问道："你说什么？试探？"冯冠生点了点头。方秀兰不解："可现在都解放了，还有必要继续……"

冯冠生作了纠正："不，只是咱们这里解放了。可师兄他在哪儿？台湾！他此刻所在的地方是龙潭虎穴，那里可没解放。现在除了你和我，绝少有人知道师兄的真实身份，这说明他的潜伏任务属于绝对机密。为了师兄的安全，咱们……"话没说完，他望着方秀兰缓缓摇了摇头。

方秀兰如梦方醒："对，冠生你做得对，林大哥还在潜伏，咱们不能暴露他的身份。"

当晚二人聊了很久，一致决定：为了林仲伦的安全，誓死严守秘密。

然而仅仅过了两天,冯冠生担心的事情果然发生了。那天下午,他被几个青阳市政府的"敌工"干部带走了。吉普车一路颠簸,驶进了郊区山林中的一座庭院。

阴冷的小屋里,面对着刺眼的台灯,冯冠生心中惴惴不安。

两位负责审讯的干部就坐在冯冠生对面的桌子后,两张脸隐没在台灯后的暗影中,若隐若现。审讯开始后,冯冠生简单介绍了他的工作情况。

问:"解放前,你曾在东安城的国民党省政府工作,当时你具体担任什么职务?"

冯:"省政府机要处,秘书。"

问:"具体的工作内容。"

冯:"那只是我的掩护身份。我的真实身份是地下党交通员,利用身份作为掩护为党搜集敌方情报。"

问:"可你当时并不是党员。"

冯:"对,但当时我已经在为党工作了。"

问:"说清楚,是在为哪个'党'工作?"

冯:"你们是什么意思?还能是哪个党?共产党,中国共产党!"

问:"请注意态度。有谁能为你证明?"

冯:"当时东安城的地下党组织被敌人破坏,很多同志都牺牲了。"

问:"也就是说,没人能够证明。"

冯:"是,是这样。"

问:"林仲伦当时是什么职务?"

冯:"省政府机要处,高级秘书。"

问:"你们之间是什么关系?"

冯:"之前我已经说过了。我们同在一个部门,只是普通的同事。"

问:"当时他在'军统部门'是什么角色？"

冯:"你们一定是搞错了。我师兄他不是军统，他只是国民党省政府的高级秘书。"

问:"师兄？"

冯:"林仲伦的父亲是我的大学老师，所以我俩互以师兄弟相称。"

问:"你不觉得这个解释太过牵强吗？并且之前你说过跟他并不熟悉，除了工作之外并无其他交集，这不是前后矛盾吗？"

冯冠生沉默着。

问:"你和你的妻子方秀兰，解放前为我军密送过东安城防图，是受谁的委派？"

冯:"我党在东安城的情报员，'蔷薇'。"

问:"我们查过你所有的资料，你之前也屡次提到过这个'蔷薇'，可这个'蔷薇'到底是谁？是林仲伦吗？"

冯:"不，不是。"

问:"如实交代，'蔷薇'是谁？"

冯:"对不起，我不能说。"

……

类似的审讯没日没夜，已有过数次，冯冠生被折磨得疲惫不堪，但他紧咬牙关始终未透露有关林仲伦的丝毫信息。他很明白这样的"抵触和坚持"对他来说最终意味着什么，但是为了林仲伦的潜伏任务和生命安全，他必须这么做。

审讯人员终于失去了耐心，在一次审讯中向冯冠生出示了一张照片。那竟是林仲伦的照片！照片中，林仲伦身穿一身美制的"国军"上校军服，依旧英姿勃发。

"师兄，好久不见，你还好吗？"冯冠生陶醉在照片中，审讯人员却突然一拍桌子，吓得他一个激灵。那人厉声呵斥："冯冠生，你还要顽抗到什么时候！"

另一名审讯人员拍着桌面上的一份资料，气势汹汹地质问："我们已查明，林仲伦，国民党国防部保密局高级特务、上校军衔。冯冠生，你曾在敌方的省部机要处任职，保密局是什么单位你不会不清楚，那可是国民党国防部的核心部门！我们已经掌握了足够的证据，你是要顽抗到底吗？"

国民党国防部保密局，其前身为"国民政府军事委员会调查统计局"，简称"军统"，在国民党军政体系中可谓一手遮天、手握生杀大权，但其官员的军衔却普遍很低，就连被尊为"东方间谍教父"的军统特务头子戴笠，也只不过是少将军衔（死后被追授中将军衔）。而林仲伦竟已官至上校。

在那一刻，冯冠生百感交集：师兄还活着！而且很显然，师兄已经成功打入敌方更核心的机要部门。他以师兄为荣，其实他从来都为有这样一位杰出的师兄而倍感荣耀。为了师兄的安危，他觉得自己付出一切都是值得的。

由于冯冠生的"顽抗"，审讯人员最终竟杜撰出这样一个故事：解放大军围攻东安城之际，国民党反动派自知东安城不保，于是高级特务林仲伦实施"苦肉计"，委派其助手冯冠生和方秀兰，借"献图"之名打入我党内部，伺机潜伏……

在这则纯粹子虚乌有的故事框架中，接下来的审讯变得更加荒唐而尖锐：

"你在保密局的身份是什么？担任什么职务？负责什么工作？什么军衔？"

"你潜伏的目的是什么？你的接头人是谁？"

"电台在哪里？你如何与境外的特务组织取得联系？"

第十章 身份成疑

……

当问及"方秀兰是你的下级还是上司"之时，冯冠生有些慌了，那感觉就像一把刀子扎进了他心脏的最痛点。事已至此，他愿意以一己之力承担一切，但他绝不允许妻子为此遭受牵连。于是他大声辩解："不，她是无辜的！这些事跟她没有关系，她什么都不知道！"

日子，就在这样暗无天日的审讯中度过。

什么时候结束？黎明在哪里？冯冠生不知道，也没人能给他答案。

直到有一天，几个干部将他带出了那间小黑屋。走进院子，冯冠生在看到阳光的同时也看到了他的爱人方秀兰。至此他才明白，原来自己一直魂牵梦萦的爱人就关押在离他不远的另一间小黑屋里，而且遭遇了与他同样的经历。

会面的欣喜被心酸完全覆盖，因为他们发现彼此都憔悴了太多。尽管如此，冯冠生还是挤出笑容，朝方秀兰亮出了他紧握的拳头。那是他们之间的暗语：加油！

两个人被分别带上了两辆吉普车，然后疾驰着离开了庭院。

要去哪里？去干什么？方秀兰没有问，因为她知道，即使问了也不会有人回答——看押她的两个女干部一直阴沉着脸，铁面无私。让她欣慰的是押送冯冠生的那辆吉普车一直就在前面。

是啊，去哪儿都可以，只要能和冠生在一起……

第十一章
六年牢狱

两个多小时颠簸的车程，吉普车进入了莱县，最后在一座四面是高墙的建筑物大门前停了下来。下车后，方秀兰看到了高墙上几个刺眼的白漆大字——青阳市监狱。

难以言明的复杂情绪涌上心头，失望、绝望、惶恐……也许都有。持续数天的审讯似乎让方秀兰变得有些麻木，对于即将面对的一切，她只能无奈地接受。

在青阳市监狱的一间大房子里，一个身穿军装的干部宣读了审判结果。在此期间，方秀兰的神志一直是恍惚的，她只模糊地听到几个关键词：顽固不化、潜藏特务、人民公敌……可是当听到"开除党籍"时，她被惊醒了。难道她就这样被一直敬爱的党组织抛弃了？在那个瞬间，她觉得自己突然成了孤儿。她想申辩，甚至第一次想到了哀求：有期徒刑十年，是吗？一百年也不怕！所有的惩罚我都接受，不要开除党籍可以吗？

如此判决早就在冯冠生的预料之中。想来有多么可笑，就在几天前，他和妻子还是优秀党员、共和国功臣、光荣的人民公仆，可如今二人竟成了潜藏的特务、人民的公敌。

一切都让人难以接受，可一切又都是"咎由自取"。

　　在被狱警分开的那一刻，冯冠生回望了妻子一眼，妻子也正惶惑地看着他。冯冠生鼓起所有的勇气向妻子绽放出一个微笑，并用力地晃了晃握紧的拳头：加油！可为什么要加油，连冯冠生自己也不知道，他只是希望他的爱人能加油。对，加油！

　　看着丈夫被带走，方秀兰心如刀割。十年，是要等十年以后才能再见到那个人吗？在一起这么久了，只要一天见不到冠生，她的心就会焦虑不安，而这一别竟然要十年……

　　一个女狱警拽了方秀兰一把。失魂落魄的方秀兰木然地跟在女狱警身后，也不知经过了几道铁栅栏门，最后被女狱警带到了某个房间。

　　当方秀兰从房间里出来的时候，她已经变成了一头齐耳的短发，身上穿的是一身素色的囚衣，她的怀里抱着政府刚发给她的被褥。从这一刻起，她从人民的功臣正式沦落为阶下囚。

　　沿着走廊过了几道把守森严的铁门，方秀兰被带进了另一个大房间。这里只有一张"床"，其实就是一张大通铺，铺上整齐地叠放着十几套被褥。这是一间囚室，也是方秀兰今后的"家"。真的要在这里度过漫长的十年？算了，不去想这些令人绝望的问题了。不就是十年嘛，冠生说了，要"加油"。

　　方秀兰在大通铺上傻坐了很久，突然听到门外传来一阵嘈杂的脚步声。有个女狱警打开了囚室的门。方秀兰赶忙收拾起自己散碎的心绪，有些手足无措地站了起来。

　　一群身着囚服的女人排着队走进来。女狱警指着方秀兰，冷着脸对领头的一个女囚说道："这是新来的，给她安排一个铺位。"说完她斜着眼将众人扫视了一遍，下达了命令："解散！"

女狱警刚离开囚室，女囚们便松懈了下来，囚室里也随之热闹了起来。"新人"方秀兰成了众人目光的交汇点，也成了她们调侃的焦点：

"新来的？怎么进来的？"

"哟，小妮子挺水灵，哪个堂子的？"

……

为首的那个女人也算有几分姿色，她一挥手，其他女囚霎时安静了下来。

女人发问了："问你话呢，怎么进来的？"语气很鄙夷，也很威严。

方秀兰很有礼貌地欠了欠身子，低声回答道："我……我是被冤枉的。"女囚们爆发出一阵大笑。方秀兰红着脸辩解："真的，我真是被冤枉的。"

那个女人很不屑地嚷道："是是是，只要不是当场从男人被窝里给拖出来，都说自己是冤枉的。"女囚们又爆发出一阵放肆的大笑。

"当当当"！有人用棍子敲打着铁门，一个严厉的声音传来："禁止喧哗！有力气没用完是吧？再有人叫唤，全部出去加班！"

囚室里的笑声戛然而止。

那个女人又问道："哪个堂子的？"

方秀兰茫然地摇了摇头："我……我不是堂子的。"她不知道"堂子"是什么，可她从那女人问话的口吻中听得出来，"堂子"一定不是什么好地方。

另外一个女囚上下将方秀兰一打量，小声道："瞧这模样挺水灵的，可惜了，竟然是个打野食的'暗门子'。"

这些人说的话都很奇怪，方秀兰一句也听不懂，只能委屈地低下了头。

为首的那个女囚摆了摆手:"算了算了。"她吩咐一个岁数相对小一些的女囚:"兰子,我把她交给你了,就让她睡在你旁边吧,别忘了教教她规矩。"

兰子很规矩地点了点头,并偷偷朝方秀兰善意地一笑,招了招手。方秀兰腼腆地回应了一个笑容,便抱着自己的被褥走了过去。

或许是因为名字里都有一个"兰"字,方秀兰对兰子格外亲近。渐渐地,她发现兰子是个长相很甜美的女孩儿。她不明白,像兰子这样的女孩儿为什么也会被关进监狱,难道她也是被冤枉的?

兰子帮方秀兰收拾好了被褥,有狱警打开了牢门——晚饭时间到了。趁着短暂的闲暇,兰子给方秀兰讲了这里的第一个规矩:那个为首的女囚是"牢头",大家都叫她"蓝凤大姐"。吃饭的时候,要等"蓝凤大姐"先吃完,然后是"蓝凤大姐"的几个"亲随"用餐,最后才能轮到剩下的这些女囚。

碗是那种木碗,饭是那种大米小米掺杂的米饭,菜是一桶没有荤腥的白菜汤和一大碗咸菜。轮到方秀兰用饭的时候,菜汤已经见了底。她没什么胃口,就着咸菜扒了两口米饭,就当一顿晚饭了。她心里一直惦记着冯冠生:此刻的冠生在干什么呢?他吃的饭也是这样的吗?他能吃饱吗?

夜里躺在大通铺上,兰子给方秀兰说起了这里的事情。从兰子的"授课"中,方秀兰懂了很多:堂子,指的是妓馆;暗门子,是指没有妓馆收留的私娼,和"打野食的"一样,俗称"野鸡"……

没错,这里除了方秀兰,其他女囚都是被送来劳动改造的"失足女青年"——妓女。"蓝凤大姐"是青阳市最有名的妓馆"香秀坊"的头牌花魁；她身边的那几个也都算是青阳市的"名妓"；这里面兰子的岁数最小，才十八岁，却已经"从业"五年了。

在这间囚室里，兰子似乎是唯一一个以"妓女"为耻的女孩儿，她不停地对方秀兰解释：她是被迫的。因为家里太穷，她在还不懂事的时候就被亲爹卖进了妓馆。方秀兰发现，兰子其实是一个很善良的女孩儿。

第二天一大早，方秀兰就开始上工了。

她们的"车间"距离囚室不远，她们的工作是糊火柴盒。每个女工都要计算完工数量，一个人没有完成，其他人就要分摊她的工作量。尽管方秀兰心灵手巧，可她毕竟是第一天干这种活儿，难免出错，所以那天大家比以往下班晚了一些，为此方秀兰遭了不少白眼。她暗下决心：不能拖大家的后腿，以后一定要……对，加油。

那天散工后回到囚室，有几个室友神秘兮兮地围在蓝凤身边窃窃私语，也不知在议论着什么。方秀兰感觉有些不妙，因为那些人一边说着话，一边朝着她指手画脚。

果然，低声密谈结束后，蓝凤恶狠狠地盯着方秀兰，阴阳怪气地说道："哟，真没瞧出来呀！咱这破庙里还潜伏着一个国民党的女特务呢。"

蓝凤的话引起一阵不小的骚乱，大伙儿纷纷好奇地询问："哪儿呢？在哪儿呢？""谁啊？谁是女特务？"……最终所有人的目光都随着蓝凤逼视的眼神看向了方秀兰。蓝凤紧盯着方秀兰，厉声问道："说！你这个狗特务，在外面到底害了多少人！"

方秀兰起身辩解道："我说了，我是被冤枉的，真的是被冤枉的，我不是什么狗特务。"

没有人会相信方秀兰。蓝凤冷笑着质问道："我就不信了，平白无故，政府会冤枉好人？那你说，你不是狗特务是什么？"

旁边几个女囚也帮腔道："对！说，你到底是不是狗特务？"

方秀兰委屈至极、愤怒至极，她脱口而出："我……我是党员。"

"哈哈哈！"一阵放肆的大笑之后，蓝凤轻蔑地瞄着方秀兰，嘲讽道："党员？你是伺候国民党反动派的国民党党员吧？说说看，你伺候的是军长还是师长啊？"话音刚落，囚室里再度爆发出一阵大笑。方秀兰被气得浑身战栗，可蓝凤却不依不饶："你们瞧，这个狗特务还生气了。你生什么气？我问的是你伺候的是军长还是师长，我又没问你是伺候了一个军，还是伺候了一个师。"

"哈哈哈……"囚室里响起了一片更放肆的大笑。

方秀兰从来没有遭受过如此奇耻大辱，她涨红着脸走到了蓝凤的面前，猛地甩开膀子……"啪"！蓝凤的脸上挨了一记响亮的耳光。

毫无防备的蓝凤被这记耳光彻底打蒙了，她没想到在这间囚室里竟然有人敢冒犯她。

囚室在沉寂了两秒之后炸锅了。十几个人蜂拥而上，围着方秀兰开始了厮打。兰子则在一旁手足无措地呼喊着："别打啦！别打啦！……"

头发被扯掉了几大把，鼻子出血了，嘴角被扯破了，脸上和脖子上也添了几道火辣辣的血口子……可方秀兰也不知道她从哪里来的力气，直到女狱警冲进了囚室，她依然没有停止反抗和厮打。

"怎么回事儿，要造反吗！"女狱警手持警棍虎视眈眈地盯着女囚们，厉声问道。

蓝凤站了出来，气鼓鼓地指着方秀兰："报告政府，是那个新来的先动的手。"

其他女囚纷纷响应："对，就是她。"

女狱警来到方秀兰面前，猛地挥起了手中的警棍，"啪啪啪"，方秀兰的肩头传来一阵剧烈的疼痛。可她倔强地紧咬牙关，一声不吭。

"今晚你们屋没有饭！"女狱警教训完方秀兰之后，丢下这样一句话，便拂袖而去。

那天夜里，方秀兰久久无法入睡，身上被踢、踹、抓、扯的地方一直在隐隐作痛。好容易睡着了，她却又被冻醒了，摸摸湿漉漉的被子，她知道被子上被人泼了水。她在被面上抹了一把，又下意识地闻了闻手掌，有一股腥臊的味道。囚室暗影里传来了一阵"哧哧"的偷笑声。

方秀兰将被子搭到一旁，披上囚服，抱着膝盖坐在那里。寒冷和委屈让她想哭，她想冠生了，很想很想。如果冠生在身边该有多好，他会怜爱地搂住她，他的怀里好暖⋯⋯想到这里，方秀兰身上竟真的生出了一些暖意，她惊愕地扭头一看，原来是兰子——兰子偷偷将方秀兰的腿拖进了自己的被窝。

第二天早上，窗外飘起了小雨，方秀兰心知不妙。也许是因为昨晚受了凉，也许是因为这该死的潮湿天气，从早上醒来后她的大腿就一直是麻的，从骨缝里不断渗出的那种难耐的酸痛，顺着大腿向她的小腹蔓延。上工时间到了，她努力挣扎了几次，可根本无济于事。在那些白眼之下，她无可奈何地倒在铺位上。

兰子喊来了女狱警，女狱警上前摸了摸，发现方秀兰的两条腿像冰一样冷。在确定方秀兰无法移动之后,女狱警准许她留在了囚室。

女囚们上工去了,周遭的寂静让方秀兰更加思念冯冠生。若是平时她犯了病,冠生会整夜守在她的身边,他会用老姜给她熬很烫、很辣的红糖水驱寒,他会不停地给她按摩酸痛的腿。他的手是那么有力,他能整夜地给她按摩;他的手又是那么暖、那么软,她能感觉到那一下一下的揉摸就像是揉在她的心口,让她整个人都融化掉了。可如今她能得到的,只是两片止疼药。

中午,女狱警给方秀兰送来了"病号饭":一碗有荷包蛋的面条。方秀兰看着那碗面哭了,这是她到这里后第一次流泪,她想把那个荷包蛋留给冯冠生。

那天傍晚,女囚们散工回来,投向方秀兰的眼神更加冰冷。晚饭的时候,蓝凤意有所指地发号施令:"不干活的,没有饭吃!"可是当大伙儿都吃得差不多的时候,兰子偷偷盛了一碗饭,怯怯地看了看囚室里的其他人,然后将饭碗端到了方秀兰的面前。

方秀兰苦笑着摇了摇头:"谢谢兰子,我不饿。"她不想做个"不劳而获"的人,去分摊属于大家的食物。当然,还有一个更重要的原因:既然蓝凤已经发话了,她担心如果自己吃了那碗饭,囚室里的其他人会因此而为难兰子。

从那之后,方秀兰变得更加沉默了,除了兰子,没有人理会她,不过好在也没有人再欺负她。同样,除了兰子,方秀兰也不想理会其他人。日子就这样平静而乏味地过着,直到有一天——

那天傍晚散工之后,女狱警敲响了牢门:"姜小兰,有信!"

整个囚室都振奋了起来。兰子雀跃着跳到了囚室门前,接过了女狱警从门洞里递进来的信封,对着牢门深深鞠了一躬:"谢谢政府。"

"兰子，他又给你写信了？"有个狱友问道。

"嗯！"兰子兴奋地点着头，脸上挂满幸福的喜悦。她摩挲着那封信回到了铺位，坐下后闭着眼睛将信封闻了闻，然后贴在了胸口上，闭着眼睛满面陶醉。

方秀兰真羡慕兰子，因为没有人会给自己写信。过了一会儿，方秀兰耐不住好奇，小声问兰子："是谁给你写的信？"兰子没有回答，只是羞红着脸甜甜地笑着。方秀兰追问："你怎么不快看看？或许有好消息呢？"

兰子的笑容一下子变得窘迫起来："俺……俺不认得字。"

原来是这样。沉默了一会儿，方秀兰试探着问道："那我……我能帮你看看吗？"

"啥？"兰子一愣，惊愕地看了过来，"你……你是说，你认得字？"

方秀兰笑着点点头。她怎么都不会想到，自己这个堂堂省城师范大学的毕业生，在这里竟然只被承认能"认字"。

新来的"狗特务"认识字，这在囚室里绝对算是一条爆炸性新闻。

当方秀兰小心翼翼地拆开兰子的那封信，几乎所有人都悄无声息地围拢了过来，除了蓝凤。蓝凤虽然没有靠近，但是方秀兰发现她一直在竖着耳朵听。也正因为如此，方秀兰在读信的时候尽量将声音提高了一些。蓝凤似乎也察觉到了，朝方秀兰感激地点了点头。

给兰子来信的人是兰子的"相好"。在兰子进监狱劳动改造的时候，那个年轻人刚从一所夜校毕业。在给兰子的信里，那人说他现在已经是青阳市某机械厂的工人，他会好好工作，等兰子"回来"……

听着信，所有的女囚都抹起了眼泪。信读完了，所有人都已泣不成声：

"兰子，你真幸福。"

"兰子，等出去就嫁给他吧，这是个好人。"

……

兰子抽泣着点着头，看向大伙儿的眼神里满是感激。

片刻之后，兰子怯怯地问道："秀兰姐，看信累不？"这是兰子第一次称呼方秀兰为"秀兰姐"。

这真是一个可笑的问题，也许在兰子的眼里，辨认那么多字一定是件很费脑子的事情。方秀兰笑着摇了摇头。

兰子也笑了，羞怯地哀求道："秀兰姐，你能再帮俺念几封信不？"

"当然可以，我很愿意。"方秀兰笑着说道。

兰子从枕头下又拿出了几封信，都是那个小伙子寄来的，也都没有拆封。这时候，又有几个狱友也纷纷拿出了自己珍藏的信件……

说来奇怪，那些本该属于隐私的个人书信，在囚室里却成了可以公开宣读的"资料"，而信件的持有人似乎也很愿意与大家分享自己的隐私。那天晚上，方秀兰给大伙儿读信一直读到八点，若不是监狱里强制熄灯，女囚们也许会让她一直读下去。

通过这些信件，方秀兰发现每个女囚的背后都有一些不为人知的心酸故事，也都有一个或者几个"相好"。而出乎她意料的是，这些人的"相好"竟然都是一些没有钱的人，而且文化程度相对较低。还有，她看得出来，大部分来信都是找人代写的。那些信里有很多错别字，并且有些字经过数次涂改已经无法辨认，她不得不联系上下文，再发挥自己的想象，才能将全文顺畅地朗读下来。

也是从那一天开始,方秀兰成了囚室里的"宝"。每天散工之后总有狱友找她读信,其他狱友也都会凑到她身边聚精会神地倾听。只要囚室里不熄灯,方秀兰就一直在读信。有时候读了一遍大伙儿还嫌不过瘾,会要求她再读一遍,她总是有求必应。每当信里有了好的消息,大伙儿就一起哭;每当信里有了不好的消息,大伙儿也一起哭……

这天傍晚,散工回到囚室后,方秀兰被蓝凤叫到了一个角落。

靠近蓝凤的方秀兰是忐忑的——自从上次发生激烈的"战斗"后,她与蓝凤之间几乎没有任何交流,她不知道蓝凤这次是不是又要为难她。兰子也紧张地朝这边看了过来。

出乎方秀兰的意料,蓝凤用一个眼神支开了她的几个"亲随"。待到众人离开,蓝凤竟朝方秀兰羞涩地笑了笑。这让方秀兰放心了许多,她马上回了蓝凤一个微笑,并试探着问道:"蓝凤姐,你……你找我有事儿?"

蓝凤低着头,腼腆地提出了请求:"我想……我想让你帮我读几封信,可以吗?"

方秀兰欣喜地应允下来:"当然可以。"

蓝凤偷偷看了一眼囚室里的其他人,很为难地商量道:"可我……我不想让她们听到。"

就在囚室的那个角落,方秀兰小声给蓝凤读着那些"家书"。蓝凤静静地听着,默默地流着眼泪。

通过蓝凤的"家书",方秀兰了解到:写信人是蓝凤的"相好",此人曾是一名国民党军官,与蓝凤也算是一见倾心。后来那个人在一次与解放军的交战中率部"投诚",加入了共产党的军队。如今他已经是青阳市的一名干部,他在信中劝蓝凤要相信政府、好好改造,他会等蓝凤出狱,一起开始新的生活。

蓝凤听得泪流满面，低声自语："我以为他不会要我了，我以为他不会要我了……"抬起头，她用一双泪眼质疑地望着方秀兰："你没有骗我吧？他真是那么说的？"

方秀兰点点头："是真的，他还说最近一直很忙，但是他一直都在想你。"

蓝凤一头扎进方秀兰的怀里，泣不成声："谢谢你，谢谢你大兰子。"

几封"家书"，让二人冰释前嫌。其实方秀兰早就知道，蓝凤并不是一个恶毒的人，在她冰冷的外表下有着一副很软、很热的心肠。上次蓝凤默许小兰子给她送饭时，她就已经觉察到了。

也就是从那时候开始，方秀兰在囚室里有了一个新名字——大兰子。为了区别开来，姜小兰由原来的"兰子"变成了"小兰子"。

蓝凤从小兰子那里了解了方秀兰的病情，得知方秀兰的腿不能受凉，遇到潮湿的天气就会犯病，于是她主动把她自己的铺位让给了方秀兰，因为她的铺位是囚室里享受日照时间最长的位置。

囚室里的其他狱友也行动了起来：她们将各自铺位下铺垫的稻草取出一些，垫到了方秀兰的铺位下，让她的铺位更加松软、保暖。姐妹们的举动让方秀兰受宠若惊、感动不已。

那一天，方秀兰看到小兰子又取出了那些信件，捧在手里珍爱地摩挲着。她突然有了一种想法，于是试探着问道："小兰子，我教你认字吧，好不好？"

小兰子一怔，随即满面惊喜："真的？大兰姐，你真的愿意教俺认字？"方秀兰微笑着点了点头，并给了小兰子一个鼓励的眼神。

小兰子激动地问:"大兰姐,你觉得俺……俺能行吗?"
方秀兰笑道:"咱们小兰子那么聪明,只要你愿意学,肯定行!"

小兰子真的很聪明,那天她只学了几遍,就可以在地面上"画"出自己的名字。虽然那些痕迹笨拙而潦草,但已经有了"姜小兰"的轮廓。听着方秀兰的夸赞,小兰子兴奋得抹起了眼泪。

那天傍晚散工的时候,方秀兰刻意走在了队尾,等前面的女囚都进了囚室,她跟看守的女狱警商量:"报告政府,可以……可以给我一些纸和一支铅笔吗?"

女狱警用警惕的目光将方秀兰打量了一番,冷冷地问道:"你要那些东西干什么?"

方秀兰如实回答:"我想……我想教小兰子认字。"

女狱警狐疑地盯着方秀兰看了一会儿,留下了一句话:"知道了,你先回去吧。"语气缓和了许多。

那天送晚饭的时候,女狱警给方秀兰送来了一摞粗糙的白纸和一支半长的铅笔。方秀兰的心里有着说不出来的感激。

几天后的一个晚上,当方秀兰拿出纸笔准备给小兰子"上课"的时候,一群狱友凑了过来。她们看着方秀兰害羞地笑着,手里竟然都有了纸和笔。大姐蓝凤也在其中。

那晚"上课"的时候,方秀兰从牢门的门洞里看到了那个女狱警的脸,她起身深深地鞠了一躬:"感谢政府。"等她再次抬头的时候,她看到了一张微笑的脸。那是她来到这里之后,第一次看到女狱警的笑容。

也许是她们的学习热情感动了女狱警,某天当她们散工回到囚室时惊喜地发现,囚室的墙上多了一张小黑板,黑板下,还有三根洁白的粉笔。那一刻,竟有几个狱友感动得哭了出来。

自此,方秀兰成了一名光荣的"囚犯教师",每天晚上都会教狱友们认字。

那时候方秀兰就想：既然可以收到信件，那可不可以给"外面"回信呢？后来她真的去询问了女狱警，女狱警给她的答复是："当然可以，不过要先经过政府的审阅。"当方秀兰将这个消息告诉狱友们的时候，囚室里沸腾了。

狱友们纷纷要求让方秀兰"代笔"，给家里人回信。方秀兰一一满足了大家的要求，她还鼓励大家："现在我帮你们写，可你们一定要好好学习，用不了多久，你们就可以自己给家里人写信了。"

谁不想让亲人看到自己写的信？从那以后，大家的学习热情更高涨了。

每天下午三点，女犯人有四十分钟的放风时间，那是她们一天中最快乐的时光。坐在院子里，她们享受着阳光，还可以与其他囚室的女犯人交流信息。

院子四周都是高高的围墙，可是有一堵围墙上却有一道铁栅栏门。有一天，方秀兰问蓝凤："蓝凤姐，门那边的院子是什么地方？"

蓝凤瞅了瞅铁栅栏门，懒洋洋地回答："那边院子里，关的都是男人。"方秀兰怔了一下，随即冲到了栅栏门前，踮起脚尖奋力地朝那边瞭望。蓝凤看到后哈哈大笑："大伙儿快来看哪，咱们的大兰子也想男人了。"

没错，方秀兰是想男人了，可她只想自己的男人。隔壁院子里空空如也，根本没有人影。方秀兰很失望，羞红着脸回过头询问："蓝凤姐，怎么……怎么没有人啊？"

蓝凤叹了口气，说道："别傻了妹子，男犯人的放风时间是中午吃饭前，跟咱们的放风时间是错开的。在咱们这儿是见不到男人的，能闻着男人味儿就不错了。"

虽说如此,但总有例外的时候。一天下午,有个女囚在栅栏门那里大呼小叫:"快来啊!快来看男人!"

一群女囚呼啦啦全都围了过去。果然,隔壁大院子另一侧还有一道栅栏门,她们通过栅栏门可以看到,一排排剃着光头的男囚正排着整齐的队伍从那里经过。方秀兰紧紧地盯着那些男人的脸,她多希望能看到她的冠生,哪怕只看一眼也好,可是她却失望了。

那天夜里,方秀兰失眠了,她的眼前总是不断出现冯冠生的笑脸,他还是那么帅气、那么坚毅。他微笑着看着她,挥舞着有力的拳头:"秀兰,加油!"方秀兰泪如雨下、心如刀割。

听蓝凤她们说,男囚每天的工作是外出在各处挖防空洞、修筑防空工事。方秀兰禁不住有些担心:冠生从来也没有干过重体力活儿,他的身体能吃得消吗?

思念在煎熬中日复一日,那一年就那么过去了。

春节后的一天夜里,方秀兰迷迷糊糊地刚要睡着,却被小兰子摇醒了。小兰子钻进了方秀兰的被窝,含糊地说道:"大兰姐,俺今天……俺今天好像看到你的名字了。"

小兰子平时学习最认真,她现在可是囚室里认字最多的人。方秀兰问她:"哦?在哪儿看到的?"

小兰子回答:"就在咱们院子里那道铁门旁边的墙上。"

方秀兰猛地坐了起来,一把抓住小兰子的手:"你啥时候看到的?"

"就是今天下午,放风的时候。"小兰子回忆了一下,"当时俺就那么扫了一眼,也没在意,刚才俺想起来了,肯定是你的名字。"

那天夜里,方秀兰又失眠了。

第二天下午放风时,小兰子拉着方秀兰跑到那道栅栏门前,指着男囚一侧门边的墙壁,招呼道:"大兰姐,快看快看,真有你的名字。"

方秀兰登时泪如泉涌。是的,那当然是她的名字。那是几个用瓦片刻在墙壁上的字。她从栅栏门的缝隙里努力伸长了手臂,她摸到了:秀兰,我想你。

是冠生!那几个字的下面,刻着密密麻麻的竖线,方秀兰知道,那是冠生在计算着日子。她痛哭流涕地从地上捡起一颗小石子,在墙上刻下了:冠生,我爱你,我想你。

第二天下午,方秀兰在那面墙上看到了一行新的字迹:亲爱的,我看到了。

从那时起,那面墙成了方秀兰和冯冠生的"信息墙"……

日子就这样一天天地过去了。方秀兰在监狱里糊过各种各样的纸盒,身边的狱友也时不时地更换着,走了熟悉的,来了陌生的;陌生的变成了熟悉的,又走了……

就在方秀兰来到监狱的第三个年头,小兰子被释放了。

出狱前的那个晚上,小兰子搂着方秀兰哭了整整一夜。那种不舍的哭声极具感染力,到最后,囚室里到处都是压抑的抽泣声。

当时的监狱是不允许探视的,可就在那一年春节,监狱里竟然许可了小兰子的"回访"。虽然隔着一道铁门,但大家还是兴奋不已。小兰子带来一个腼腆害羞的小男人,还有一包糖果。

小兰子自始至终都泪水涟涟,她扑到门前的时候,只说了一句:"蓝凤姐,大兰姐,我看你们来了!"话刚说完,便已泣不成声。

小兰子拉着小男人的手,向方秀兰深深地鞠了一躬:"大兰姐,我俩谢谢你!你是好人!"也许在她眼里,是方秀兰帮她写的回信和教她认识的那些字，挽救了她的爱情。

整个探视过程，就是哭的过程，所有人都在哭，就连监管会面的女狱警也抹起了眼泪。她们的泪水里有祝福、有感动，当然也有感激。那场大哭很过瘾地持续了很久，直到小兰子在狱警的提醒下道出那句："蓝凤姐、大兰姐，还有大家，再见。"

回到囚室，大伙儿的心情久久难以平静。蓝凤拆开那包糖果，给每个人发了两块，却唯独给了方秀兰四块，然后她将剩下的糖果送给了看守的女狱警。狱警们很高兴，毕竟在那个商品匮乏的年月里，糖果是极其奢侈的物品。

大伙儿吃着糖果，你看着我，我看着你，笑得很甜也很羞涩。那一刻，她们真的品尝到了"幸福"的味道。方秀兰看着大伙儿手里的糖果，窘迫地问道："蓝凤姐，为什么我的糖果比别人多？"

蓝凤抿嘴笑着，将一块糖果塞进了方秀兰的嘴里："咱们这里，所有的老师都比别人多一块；长得最漂亮的，再奖励一块。"囚室里传出了一片笑声。

在方秀兰入狱的第四个年头，蓝凤也要出狱了。

那天夜里，蓝凤钻进了方秀兰的被窝，两个人相拥而泣。许久，蓝凤抹去眼泪，很郑重地说道："大兰子，谢谢你。"方秀兰害羞地笑了笑。蓝凤继续说道："大兰子，你是个好人，你的那个'相好'一定会等你的。他要是不等你，那就是他瞎了眼。"

方秀兰笑着点了点头："嗯，你也会好的。"

蓝凤很不屑地说道："得了吧，你就别再骗我了，我知道他没等我。"

方秀兰愣住了。没错，蓝凤的那个男人在几个月前的来信里说,他没能继续等蓝凤,已经结婚了。他的妻子是他工作上的助手,他们是"革命婚姻"。方秀兰为了不打击蓝凤,编造了来信的内容,没想到她竟然已经知道了。方秀兰怯怯地问道:"你……你是怎么知道的?"

蓝凤苦涩地笑了笑:"大兰子老师,虽然我认的字还不多,但'对不起'我还是认识的。"

原来是这样。蓝凤抱紧了方秀兰,在她耳边说道:"大兰子,谢谢你。你一定会幸福的,你会比小兰子还要幸福。"很肯定的口吻,也是毋庸置疑的祝福。

是的,要幸福。自从上次小兰子来探视之后,"小兰子"的名字在囚室里就成了"幸福"的代名词。

四个月后,方秀兰收到了自己入狱四年多以来的第一封信,是蓝凤寄来的。蓝凤用她会的不多的字在信里告诉方秀兰:她现在已经是青阳市纺织厂的纺织女工了,新生活"很美",她会继续"加油",做个"自食其力"的人,重新寻找属于自己的"幸福"……

那是一九五六年七月二日,方秀兰来到监狱已经六年了。是七月二日,她不会记错,因为头几天监狱里还提前排练了节目,七月一日当天还庆祝了党的生日。七月二日下午,方秀兰被女狱警从工房里喊了出来,并带着她去了监狱的办公室。

在那里,方秀兰听到了一个令人振奋的消息:她第二天就要被释放了。因为良好的表现,经监狱领导推荐,方秀兰的名字出现在了被释放人员名单中。那份名单已经得到了审批,她被获准提前释放。

幸福来得太突然,方秀兰傻愣愣地站在原地——自己真的就要自由了?她简直不敢相信自己的耳朵。监狱干部一连叫了三遍"方秀兰",她才从恍惚中醒转过来。监狱干部递给她一份文件:"如果没有什么其他意见,就在这上面签个字吧,明天你就可以出狱了。"

方秀兰用颤抖的手在文件上签好了名字,紧张地问道:"报告政府,请问冯冠生也减刑了吗?他现在怎么样了?"说完她作了补充说明:"冯冠生也在这个监狱服刑,他是我的丈夫。"

那名干部收起文件,回答道:"对不起,这个我不太清楚。"一副公事公办的语气。

方秀兰恍恍惚惚地回到了囚室,到现在她也不敢相信这一切都是真的。她连做梦都不敢想,自己竟然还会有提前释放的机会,这从天而降的喜讯把她彻底搞蒙了,一时间她既兴奋又无措。兴奋,是终于重获自由;可她又是那样无措,她不知道出去后该到哪里等冠生。毕竟,那将又是一场接近四年的漫长等候。想到这些,她突然想哀求狱警让她继续留下来——整整六年了,这里已经成了她的"家",她也习惯了这里的世界。

方秀兰的失魂落魄引起了散工归来的女囚们的不安,大伙儿纷纷询问:

"大兰姐,你这是怎么了?"

"大兰姐,出什么事儿了?"

"大兰姐,她们跟你说啥了?"

……

方秀兰望着那一张张因关心而显得紧张的面庞,喃喃说道:"我……我可能要被释放了。"

整个囚室瞬间沸腾了。

受到大伙儿的情绪鼓舞,方秀兰的心里也敞亮了起来。

因为事前获知方秀兰当天要出狱,狱警特意允许她所在的囚室将上工时间推迟半个小时。就要离开了，大伙儿将方秀兰围在中间，紧紧地拥抱着，哭得肝肠寸断。

擦干那些似乎永远也流不完的眼泪，是到了说"再见"的时候了。两名女狱警将方秀兰带出了女囚区的走廊，"咣当"！铁栅栏门发出一声闭合的脆响，宣告了方秀兰女囚生涯的结束。

就在那一刻，方秀兰听到了身后的一声呼唤："大兰姐！"

回头看去，方秀兰刚止住的眼泪再度决堤。女囚室门口，她的狱友们痛哭着高举起那块小黑板，上面歪歪扭扭地写着：好人！谢谢！一生平安！

办完了出狱手续，监狱的干部们向方秀兰表示了祝贺，也说了一些鼓励的话。监狱里为她准备了一套便装，换上之后还很合身。出门之前，干部还交给她一个信封，并告诉她，那是她六年来的"劳动所得"。

一切都像做梦一样，方秀兰踩着脚下软绵绵的土地走出了监狱。

抬起头，是亮得耀眼的阳光；呼吸，是带着花香的空气。方秀兰醉了，醉眼迷离的她竟产生了幻觉，看到了冯冠生……不，那不是幻觉，她使劲揉搓了几下眼睛，她的冠生就在不远处微笑着看着她。她不顾一切地扑了过去，扑到了冠生的怀里。她终于又闻到了久违而又熟悉的气息，所有的委屈在那一刻爆发了。

方秀兰号啕大哭，六年来的思念化作了"倾盆大雨"。

冯冠生强忍住眼泪，在方秀兰耳边低语道："秀兰同志，你辛苦了，咱们终于'胜利会师'了！"

方秀兰狠狠地捶打着冯冠生的前胸。他怎么还是那么坏，都到这时候了，他还不忘开玩笑。端详着那张消瘦了许多的脸，他还是那么英俊，艰难的岁月赋予了他更多的刚毅。方秀兰再度扎进他的怀里，她死死地抱住她的爱人，发誓再也不会松开。

许久，方秀兰觉察到身边有响动，这才发现不知什么时候身边多了两个人。她赶忙擦去了脸上的泪水，朝来人尴尬地笑了笑。

两个干部模样的人作了自我介绍，原来二人是政府派来接他们的，要带他们去一个新的"工作岗位"。

吉普车上，其中一名干部肃穆而冷漠地介绍了他们即将要去的地方——莱县大柳村，并叮嘱他们时刻不要放松"自我改造"，要虚心接受贫下中农的"再教育"。

方秀兰一直紧握着丈夫的手，干部们的谆谆教导她根本没听进去。什么改造，什么教育，随便吧，她不在乎。只要能和冠生在一起，去哪儿都无所谓，去干什么都无所谓，去多久都无所谓。

吉普车在公路上行驶了不久，便转上了一条崎岖的山路。又不知颠簸了多久，车子终于在一个小村子前停了下来，冯冠生和方秀兰跟着干部下了车。二人对视一眼：眼前这个陌生的小村庄，应该就是那个大柳村吧。

第十二章
下放改造

大柳村本来不叫大柳村，而是叫"小柳庄"。因为柳姓是方圆几十里的大姓，所以当地从前有三个村子都跟"柳"姓有关，分别是大柳庄、二柳庄和小柳庄。顾名思义，小柳庄是三个村子里最小的一个。

闹日本鬼子的时候，大柳庄的青壮年成立了游击队，专门对付小鬼子。别看游击队人少、武器差，可他们对付小鬼子一点儿也不含糊——偷袭。偷袭得手之后撒腿就跑，钻进深山老林里，神仙也找不到他们的踪迹。小鬼子可真是禽兽不如，在遭到几次偷袭又追击无果后恼羞成怒。在一次"扫荡"中，他们将大柳庄几百户无辜百姓尽数屠杀，所有房子也付之一炬。曾经人丁兴旺的大柳庄，就这样成了空荡荡的"鬼村"。

相距大柳庄没多远的二柳庄，倒霉就倒霉在所处地理位置过于扎眼，那是莱县的交通要道。太平年间，那里自然是店铺林立、人头攒动，一派繁荣昌盛的景象。可如果遭逢战乱年月，就一言难尽了：军阀强征兵勇从这里开始，日本鬼子抓壮丁从这里开始，国民党征挑夫也从这里开始……几十年下来，二柳庄几乎没剩下几个男人，成了名副其实的"寡妇庄"。后来寡妇们纷纷改嫁或者远走他乡投亲，二柳庄渐渐地也就成了一座空村。

倒是小柳庄，由于地处偏僻的山坳，这个在人们眼中兔子都不屙屎的地方，竟因此躲过了诸多大灾大难，最后成了"柳"姓人丁最兴旺的村落，所以后来它很豪气地更名为"大柳村"。

大柳村的柳姓族长叫柳文财，是个快六十岁的汉子，岁数不小，可身子骨倒很硬朗。别看他只在小时候读过两年私塾，可自从解放前大柳村的地主柳文旺被打倒之后，他就成了村里文化程度最高的人。有文化、有辈分，又是贫农出身，族长柳文财顺理成章地当选为村长。

要说起来，大柳村的地主柳文旺还是贫农柳文财的远亲堂哥。他们的祖父辈也不知道当初怎么给孩子起的名字，柳文旺不"旺"：家财万贯，家里人丁却并不兴旺，姨太太倒是娶了好几房，结果只得了一个儿子，可就这么个独苗，竟然在青阳市读书时被日本鬼子的飞机给炸死了；柳文财无"财"：这名字就更让人喷饭了，他不光没财，还穷得叮当响，反倒是家里人丁格外旺盛，不算在兵荒马乱的年月里夭折的，光儿子就活下来六个。

柳文财这个村长当得可不糊涂，他意识到往后要想过上好日子，娃娃们就得识字。就在前几天，他亲自去了一趟乡里，提出想让乡里给大柳村派一个"教书先生"。乡长是个大老粗，听了柳文财的请求后火冒三丈："你想啥嘞？俺这里识字的人还不够用呢，上哪儿去给你找先生？洗洗腚回家等着吧！"

明明是一句断然的回绝，可村长柳文财愣是听成了"允诺"。他遵照乡长的盼咐，回到村里开始等消息。只是他想不明白，等着就等着吧，干啥还要"洗洗腚"呢？就在昨天下午，乡上有个干部捎来了话：明天给你们村送两个人过来。

柳文财满心欢喜，以为乡长要给他送来教书先生，并且还是两个。可今天人送到了他才知道，敢情送来的是两个"狗特务"。送人来的干部临走前还嘱咐柳文财：要好好教育那两个人，再给他们安排一下工作。

柳文财祖上几代都是佃户，受尽了地主老财的气，对给地主老财们撑腰的国民党衙门和军队更是深恶痛绝。如今，乡里竟然给他送来了两个"狗特务"，他看着眼前的冯冠生和方秀兰就气不打一处来。再说了，农村就是种地吃饭的地方，上哪儿给他们找"工作"去！

思忖良久，柳文财还真想到了一个工作——看林子。去大柳村的林子，要翻越整整两座山头，可真是够远的。柳文财所说的那片林子，本来应该属于从前"大柳庄"的地盘，如今那庄子已经没了，地和山头也都划归了现在的大柳村。柳文财之所以将冯冠生和方秀兰打发得那么远，就是想让他们离村子远一些，别带坏了村子里的年轻后生。

柳文财叫来两个民兵，扛上几袋子口粮，驱散了村公所门前围观看热闹的村民，就带着两个"狗特务"出发了。

送人来的干部回去前给冯冠生和方秀兰留下了行李：两套铺盖卷子和两个薄铁皮脸盆，脸盆里还有简单的洗漱用具。如今这些物件就是他俩的全部家当。冯冠生背起了两套铺盖卷子，方秀兰端起了两个脸盆，两人相互瞅了一眼，偷偷笑了起来。

冯冠生和方秀兰跟在村长和民兵的身后，一行五个人拐上了山路。一路上大家都一语不发。山路难走，冯冠生紧攥着方秀兰的手，两人的手心里全是汗，却始终没有松开。

两座大山，也不知走了多久，他们终于到了。

站在山坡远望，山花烂漫，景色秀丽，可他们身后的那个家却太煞风景。那房子坐落在半山腰，本应该是挺敞亮的四间房，如今已经坍塌了两间半，剩下的那一间半也呈"风雨飘摇"之势，显得那房子更"敞亮"了。之所以说"敞亮"，是因为有一间房子已经彻底坍塌，只能从残存的墙体看出曾有过建筑。居中的那间房已经没了屋顶，墙体开裂摇摇欲坠，典型的"危房"，顶多能算半间。估计如果打个响亮些的喷嚏，整座房子也就只剩下相对完整的那一间了。

柳文财让民兵把粮食放到房子门前，瓮声瓮气地说了一句："就这儿，歇着吧。"说完他掉头就要走。

冯冠生愣了一下，赶忙上前问道："村长同志，您……您还没有给我们安排工作。"

柳文财回过头来，用手一指眼前的山坡："你俩就在这儿看林子吧。"说完他嘱咐冯冠生："没啥事情别到处乱跑，每个月十五日去村公所领口粮。"他怕冯冠生听不明白，还指着天解释了一下："就是月目（月亮）圆的那几天。"

冯冠生听明白了，可他望着眼前那一大片山坡想不明白：这里真的需要看护吗？

还没等冯冠生再问，柳文财已经带着两个民兵走出了很远。冯冠生意识到，这个村长似乎很不屑于跟他交流。可为什么呢？莫说他根本不是特务，就算是特务，也已经"改造"过了。冯冠生苦笑着一回身，他的心里陡然升起一片阳光——方秀兰正笑吟吟地看着他。

相拥着走进家门，冯冠生很无奈地挠了挠头。这也算个家？到处都落满了厚厚的泥土灰尘；柜子、箱子倒是都有，可东倒西歪的，似乎马上就要散架了；墙壁还在，只是墙上开裂着纵横交错的大口子；房梁完好，可屋顶损毁严重，抬头能看到丝丝缕缕的天空；土炕的炕面略有开裂，上面有一床"文物"

级别的铺盖……

尽管如此，可方秀兰却很满足："咱们终于有自己的家了。"

冯冠生的心情也豁然开朗。没错，不管怎么说，总算是有家了。

小两口找来两把勉强还算"笤帚"的笤帚，开始清扫这个残破的家。可他们马上就发现了一个难题：家里有水缸，也有水桶，却没有水。冯冠生站在门前四处张望，终于看到了山脚下有个水塘，他无可奈何地抄起了扁担。

水塘边，冯冠生挑起满满两桶水，吃力地朝山上走去。可刚走几步，他就感觉肩膀生疼，吃不消了。虽说挖过六年防空洞，可那和挑水根本是两码事。

冯冠生揉着酸痛的肩膀，望着那两桶水唉声叹气。他扭头看看远处半山腰的家，身上似乎有了一丝力气。力所不能及，他只好将桶里的水倒掉一些。就这样，走几步歇一歇，走几步洒一些水……他总算步履踉跄地回到了家门口。瞅瞅桶里残留的那点水，再回头望望山下的水塘，他顿觉生无可恋。

方秀兰站在门口，看着冯冠生"哧哧"地笑。

冯冠生以为方秀兰是在嘲笑他，窘迫地逞强道："我这是头一回，以后你就瞧好吧！"说完他红着脸展示了一下他的肱二头肌。

方秀兰抿嘴笑着，朝院子里瞄了一眼。冯冠生顺着妻子的眼神望去，登时扔下了扁担。

老天爷饿不死瞎家雀儿，天底下竟然还有这样的好事——院子的角落里竟藏着一口井。井里清凌凌的水，正倒映着冯冠生因兴奋而扭曲的笑脸。

黄昏来临时，这个家虽然依旧残破，却整洁了许多。冯冠生在屋子里踱着步巡视了一圈，对如今的居住环境表示相对满意。一转头,他愣住了:方秀兰坐在炕边,正羞红着脸看过来。他怔怔地走了过去,轻轻挑起妻子俊秀的小下巴,呆呆地凝视着。

当冯冠生激奋地吻住那两片朱唇,方秀兰嘤咛一声,在他的怀里化作一泓春水……

都说小别胜新婚,小两口的这一别就是漫长的六年。六年的等待、六年的思念、六年的隐忍。那一夜,他们不知疲倦地索取,似乎要用身体弥补对自己、对彼此六年来所有的亏欠……

当第一缕阳光透过房顶的裂缝照进屋子,冯冠生依然和方秀兰紧紧地拥抱在一起。两人看着对方羞涩地笑着,方秀兰感慨道:"真好,如果能一直这样就好了。"

冯冠生说道:"当然会一直这样。咱们以后再也不分开了。"

方秀兰甜甜地笑着,更紧地朝冯冠生怀里偎了偎,问道:"还记得咱俩第一次见面的时候吗?"

冯冠生兴奋起来:"当然了,那怎么会忘?那是解放前在东安城省政府的大会议室,当时你和几个学生代表被捕了,我和林老师去解救你们。就在那里,我第一次见到了你。我发誓,在那之前我从没见过那么漂亮的姑娘。当时我就下定决心,必须……"话没说完,他突然发现方秀兰在他的怀里偷笑,于是问道:"怎么了?你笑什么?"

方秀兰忍着笑说道:"傻瓜。那是你第一次见到我,却不是我第一次见到你。"

冯冠生问道:"在那之前咱们就见过面?"他回忆了一下,摇了摇头:"没有,肯定没有。"

"真的见过。"方秀兰提示,"在我们学校。"

冯冠生冥想苦思,再度摇头。

方秀兰又提示:"你去了我们学校的礼堂,在那里演讲过。"

冯冠生恍然想起,很吃惊:"啊?当时你也在场?可我不记得见过你呀。"

方秀兰一撇嘴,酸溜溜地说道:"你当然看不到我。当时你光芒万丈,哪会注意到我呀。"

冯冠生假意谦逊:"我?有吗?"

方秀兰恭维道:"当然有。你都不知道,讲台上的你有多帅气,你的演讲多有魅力。我们在台下都听傻了,好多女同学都对你青睐有加,到处探听你的消息。"

"也包括你?"冯冠生问道。

方秀兰转了转眼珠,没有答话。

冯冠生又问道:"可是咱们在一起那么久,你之前从没对我说起过,为什么?"

方秀兰抿嘴笑着,道明了原委:"我是怕你骄傲,所以才没有说。咱们在一起,可是你追求我的,我要是说了,岂不就成了……"

冯冠生如梦方醒,惊叹道:"今天这是破了多大的案子!难怪当时我能把你追到手,原来是这样的。"

方秀兰笑道:"我就说你是傻瓜嘛。要是我不说,你这辈子都不会知道。"说完她问道:"你只去我们学校演讲了四次,为什么后来不去了?"

冯冠生敷衍道:"都是多少年的事了,不说了。"

方秀兰撒娇:"不行,要说,而且不许撒谎,你快说嘛。"

冯冠生架不住方秀兰的央求,红着脸说起了那段窘迫往事……

那一年冯冠生初到东安城,平日里他帮着师兄林仲伦搜集和整理情报,节假日他也闲不住,每到星期日都会跑到东安师范学校去找他的老同学,参加激进学生的集会。

学生们的反战热潮激发了冯冠生的热情,每次参加集会,他都被感染得热血沸腾。有一次,他实在抑制不住亢奋便登上了演讲台,酣畅淋漓地宣泄了一番。没想到那次即兴演讲格外成功,收到了意想不到的反响,他不免沾沾自喜。

一个周六的下午,冯冠生又在为第二天的演讲准备演讲稿。那天他思如泉涌,下笔如有神助,那份稿子令他颇为得意。按捺不住兴奋,他拿着演讲稿找到林仲伦,美其名曰"让师兄指点",实则是想炫耀一番。

林仲伦看完演讲稿,询问冯冠生参加这种集会多久了。冯冠生如实作了回答。没想到林仲伦勃然大怒,将他痛骂一番:各所高校里都安插有保密局的眼线,别人躲都躲不及,你竟然敢去做煽动性反战演讲,完全就是自寻死路。暴怒的林仲伦还给他下了最后通牒:收拾东西,赶紧滚蛋!

冯冠生诚恳地承认了错误,总算死乞白赖地留在了林仲伦的身边。从此之后,他再也不敢踏足那些高校半步……

方秀兰听完后忍不住大笑:"我说啊,难怪以后在学校里再也没有见过你。"

冯冠生很大方地认怂:"没办法,胆子小,被师兄吓到了,以后再也不敢去了。"

两个人正兴致勃勃地聊着往事,突然"咕噜"一声,不知是谁的肚子响了一下。方秀兰笑着问道:"是你的?"

冯冠生应道:"可能是吧。"

"咕噜……"

"这次是谁的?"

"是你的吧?"

"咕噜……"

"这次是我的,刚才那次不是。"

"哎呀,又响了又响了。"

两个人拥滚在炕上,没心没肺地笑作一团。

门外响起的一声咳嗽让两个人止住了笑,冯冠生赶忙套上了衣服,来到门外。可是很奇怪,门外竟然没有人。冯冠生正在纳闷,转头却看到了竖在门旁的一口锅,锅里还有一个袋子。他跑出院子,登上门外的小土坡举目张望。崎岖山路上,一个背着手的身影正朝山下走去,是老村长柳文财。

冯冠生返回门前,打开了大锅里的那个袋子,是盐。

端着锅回到屋里,冯冠生此时才发现,连接着土炕的那个灶台只是一个黑洞,竟然没有锅。他笑了笑,扭头朝门外投去了感激的眼神。

民以食为天。当他们打开那几条口粮袋子时,都傻了眼:大袋子里是红薯干,稍小的袋子里是玉米面,最小的那个袋子里装着小米。眼下他们面临着一个巨大的难题——没人会做饭。

不过这可难不倒冯冠生,他在部队的时候曾见过炊事班蒸玉米面窝头。那天他们照葫芦画瓢,还真的做出了一锅香喷喷的窝头。可是玉米面太珍贵了,他们舍不得吃。这点口粮若想吃到下个月,他们必须精打细算,只能以红薯干为主。

在接下来几天里,冯冠生一刻也没有闲着,他充分发挥了自己的聪明才智,将那个家收拾得有模有样:用稻草和了稀泥,将墙上的那些口子都塞满、抹平;从山下的水塘边搞来了芦苇,将房顶遮掩得严严实实;用木条固定好了窗框,重新糊了窗纸;砍来了很多树枝,在门前围起了一道很漂亮的小篱笆……

冯冠生最满意的两个工程,当数修家具和做被子。

在准备修理那些家具的时候,他有了一个惊人的发现:屋里的家具虽然老旧，但是构造却十分巧妙。那些已经散架或者濒临散架的柜子、箱子，竟然不曾用过一颗铁钉。他仔细研究了一下，终于发现了其中的奥妙：那些家具的接合部竟然是用各种奇形怪状的榫卯、木楔，嵌入固定。这一重大发现让冯冠生信心倍增，那些家具很快就在他的巧手之下各司其职、各就各位。他在山下的水塘边发现了大量芦苇，收割了芦苇，用芦苇秆重新填充、修饰了房顶。看着院子里废弃的芦苇絮子，他的眼前一亮：这东西也许可以替代棉花。说干就干，他让方秀兰拆了原来炕上的那套"文物铺盖"，然后将被面洗净、晾干，再塞进那些干爽、柔软的芦苇絮子，竟然做出了三床又暖和又厚实的被子，还填充了两条舒适的枕头。

看着收拾停当、焕然一新的家，冯冠生很有成就感，他搂着方秀兰感慨道："这下好了，就是到了冬天咱也不怕。"

方秀兰甜甜地笑着，可那些笑容却在她脸上渐渐凝固。她问道："冬天？冠生，咱们要在这里住多久啊？"

这个令人心寒的问题却没能难住冯冠生，他神秘地一笑，低声说道："秀兰同志，其实咱们不是在这里住，而是在这里潜伏。"

"潜伏？"方秀兰大感不解。

"对，是潜伏。"冯冠生郑重其事地说道，"就像解放前咱们在东安城的时候一样，潜伏下来。只要不暴露咱们的真实身份，就总能等到天亮的那一天。咱们在东安城的时候，不就等到了吗？"

方秀兰更加迷茫："可是……可是那时候咱们是在等解放，现在已经解放了，什么时候天才会再亮？"

冯冠生胸有成竹地说道："咱们潜伏在这里等师兄啊，也就是咱们的林大哥。等有一天林大哥完成了他的任务、公开了他的身份,那时候天就亮了。他会告诉所有的人,方秀兰同志是被冤枉的,她是个好同志,她是个坚强的好党员。"

方秀兰好像听明白了。

冯冠生继续鼓励道:"到了那一天,党组织会派林大哥亲自来接咱们。到那时候,组织上会给咱们恢复名誉,咱们被没收的那些奖章、军功章,都会归还的。你想想,那时候的秀兰该有多荣耀。你说,咱们是不是应该潜伏下来?"

"党籍,还有党籍!"方秀兰兴奋地提醒道。

冯冠生应道:"那当然了,必须恢复党籍,那是最基本的。"

听着这些令人振奋的话,方秀兰好像真的看到了那一天。她抿着嘴得意地笑着,她多希望那一天能快点到来。

冯冠生笑吟吟地说道:"鉴于方秀兰同志最近几年优秀、出色的表现,我准备让她看一件好东西。"方秀兰盯着冯冠生,眼神里充满了期待。

冯冠生突然将手伸到方秀兰面前:"看,这是什么?"

方秀兰兴奋地尖叫起来:"天哪,他们还给咱们了!"

冯冠生的掌心里,是那支闪亮的派克钢笔。方秀兰一把抢了过来,抚摸着熠熠生辉的笔身,她更加坚定了信念:冠生说得对,林大哥会回来的!天,一定会亮的!

几天后,冯冠生开始巡视那片山林。每天从山下回来的时候,他都会带回一大束野花。他将花摆在炕头的桌子上,家虽简陋,却显得生机盎然。他还会摘下一朵花插在方秀兰的发间,每到那时候,他都会端着秀兰的俏脸痴痴地看上一会儿,然后兀自感慨:"你说,我怎么就这么有福气,能娶到这么漂亮的姑娘做老婆。"

看着这个可爱的家,看着眼前这个可爱的人,方秀兰心里微微有些泛酸："冠生，我要是能给你生一个孩子，那该有多好啊。"

"瞎说！"冯冠生满不在乎地一挥手，"你就是给我生一个孩子，我也不要！我爱你还爱不过来呢，回头你再给我生个孩子，我还要把爱分给他一些，就算你愿意，我还舍不得呢。"

冯冠生的话像蜜一样流进方秀兰的心坎里，甜甜的，酥酥的……是啊，她又何尝不是呢？老天把这么好的男人送到了她的身边，而她竟不知足，还总是抱怨着不能生孩子。想到这些，她觉得自己实在是太贪心了。

日子虽苦，可方秀兰不怕，她觉得只要有冯冠生的日子就是好日子。可冯冠生却不这么认为，作为一个男人，他觉得不让妻子受苦的日子才算好日子。眼下他就遇到了一个难题：因为没有自家的菜地，他们只能依靠那些红薯干填饱肚子，日子久了营养根本无法保证。他一个大男人倒无所谓，可看着秀兰一天比一天清瘦的身体，他有苦难言。

形势所迫，冯冠生不得不经常下山去"偷"别人家的菜。尽管他只"偷"人家菜地里那些已经烂掉的、不太好的菜，可这毕竟不是长久之计。眼看着天气一天比一天凉，到了冬天该怎么办？他想不出好办法，只能过一天算一天了。

那年十一月中旬的一个下午，方秀兰蹲在锅灶前正烧着大锅里的水。天气越来越冷了，她想把土炕烧得热热的，晚上她和冠生可以舒舒服服地洗个澡，家里也能暖和一些。

天色已近黄昏，方秀兰焦急地来到了院门口。今天是冯冠生去村公所领口粮的日子，按说早就应该回家了，可直到此时还不见人影，莫不是出了什么差错？她正胡思乱想着，一个熟悉的身影出现在了半山腰那条小路上。

终于回来了，方秀兰欣慰地笑了。可她猛然发现事情有些不对劲：冯冠生脚步蹒跚，有好几次脚下踉跄着眼看就要摔倒。方秀兰慌忙迎了过去。

跑到近前，方秀兰被吓傻了：冯冠生紧紧地抱着那袋粮食，身上、脸上、头上都是血污。虽然他仍强作欢颜，可失去血色的脸上已经写满了痛楚和疲惫。方秀兰被吓坏了，尖叫一声："冠生，你这是怎么了？"她赶紧接过粮食，扶住了冯冠生。

在方秀兰的搀扶下，冯冠生艰难地进了家门，此时他好像已经拼尽了所有力气，瘫倒在炕边。

方秀兰号啕大哭，她给冯冠生脱下血衣，想再去找一些药，可她知道家里什么药也没有。那一刻，方秀兰觉得天塌了。她用热毛巾清理了一下冯冠生脸上和头上的血污，在冯冠生的右耳后发现了伤口：那里已经高高肿起，一道大约四厘米长、深深的血口子，此时已经结了暗红色的痂。

喂了几口温水，冯冠生总算清醒了一些。方秀兰哇哇大哭着扑到了冯冠生的怀里："冠生，你不要吓我，你到底是怎么了？发生了什么事？"

冯冠生艰难地挤出了一丝笑容，宽慰道："秀兰，别怕，我这不是没事了嘛。我……我就是不小心在路上摔了一跤。"

方秀兰："不可能，你撒谎！摔跤怎么会摔伤那里？不许撒谎！你快说，到底出了什么事！"

冯冠生尴尬地笑了笑，无奈说出了实情。

原来，每一次去大柳村村公所领口粮的日子，对冯冠生来说都是一个灾难日。

大柳村村头总是聚集着一群贪玩的孩子，他们无所事事，终日在那里玩耍。也不知他们怎么从大人的口中得知冯冠生是"国民党狗特务"，于是冯冠生的灾难便来了。每次只要他从那里经过，那些孩子就用石头、弹弓向他开火。孩子们一边打还一边叫嚷:"打特务!打汉奸!"围观的大人们那幸灾乐祸的笑成了一种怂恿和鼓励,更助长了孩子们的战斗热情。所以每一次去村公所,冯冠生都是硬着头皮去的。

今天中午,冯冠生在村公所如期领到了口粮,就在他抱着头准备冲过那片"战区"时,一块拳头大的石头重重地砸在了他的后脑勺上。当时他只觉得天昏地暗,便一头栽倒在地。孩子们见闯了祸,一哄而散。大人们也都面面相觑,纷纷躲回了家。

冯冠生不知道自己在地上晕倒了多久,等他清醒一些的时候,便咬牙挣扎着爬了起来,抱起口粮袋子踉跄着朝山上走去。因为他知道,他的秀兰还在家里等着他……

冯冠生说完,挤出一丝笑容安慰道:"也不算什么大事,都是一些孩子,我以后会小心的。"方秀兰抹着眼泪默默地起身,转身就朝屋外走。

冯冠生焦急地喊道:"秀兰,你干啥?你要去哪儿?"

方秀兰哭喊着:"我去找他们!我找他们评理去,凭什么欺负人!"

冯冠生朝方秀兰招了招手:"你先回来,来,我有话跟你说。"

方秀兰来到炕边,哭号着问道:"有什么话,你说!"

冯冠生赔着笑脸劝慰道:"秀兰,听话,别去了。你想想,你是党员,是功臣,不能和那些老百姓一般见识,你说是吧?"

听了这话,方秀兰哭得更凶了:"冠生,你快醒醒吧!你不要再骗我了,也不要再骗自己了,咱们不是功臣,也不是党员了!"

"胡说!"冯冠生猛地绷直了身子,怒气冲冲地吼道,"方秀兰同志,我不准你说这样的话!谁说咱们不是功臣,谁说咱们不是党员!"

方秀兰颓废地蹲坐在了地上，号啕大哭："咱们的军功章和奖章，都被没收了，咱们已经被开除党籍了。"

"你给我站起来！"冯冠生拍着炕沿怒吼，"难道一个功臣，需要军功章和奖章来证明吗？难道一名真正的党员，需要用党籍来证明吗？"

方秀兰止住了哭声，愣愣地站了起来。

冯冠生用一种近乎咆哮的语气质问道："他们是开除了咱们的党籍，可是凭什么？咱们犯了党的哪项纪律，党的章程咱们哪一条没有做到？从宣誓入党的那一天起，我冯冠生没有做过一件对不起党、对不起人民的事！咱们一直在用一个党员的标准要求自己，那咱们就是党员，就是最合格的党员！"他指着方秀兰："我现在再问你，方秀兰同志，你是不是功臣？"

方秀兰强忍住眼泪，点了一下头。

冯冠生又问："你自己说，你是不是一名合格的党员？"

方秀兰咬着嘴唇，又点了点头。

冯冠生激动地说道："既然咱们自己知道，那就不需要任何证明！如果真的需要，那我来证明！我证明我的秀兰是最合格的党员！"

方秀兰的委屈再度涌上心头，呜咽道："可是，可是你证明又有什么用？党也不要你了。"

冯冠生笑了，朝方秀兰招了招手："秀兰，你来。"

方秀兰擦着眼泪，依偎到冯冠生的身边。

冯冠生轻轻将方秀兰揽入怀里，柔声说道："咱们入党的那天，你宣誓了吧？咱们宣誓对党永远忠诚，从那时候开始，党就是咱们的妈妈了。咱们呢，就是党的孩子。孩子有时候会犯错，可妈妈有时候也会犯糊涂。现在咱们的妈妈就犯糊涂了，可无论她怎么糊涂，她甚至可以不要自己的孩子，那又能改变什么？孩子永远是妈妈的孩子，妈妈永远是孩子的妈妈，你说是不是？"

冯冠生的话总是那么有道理，方秀兰抹去眼泪，默默点着头。……过了一会儿，她怯怯地问道："冠生，我……我刚才是不是犯错误了？"冯冠生很严肃地点了点头。

方秀兰紧张了起来："那……那我还是个合格的党员吗？"

冯冠生想了一下，用拇指和食指比量出一个长度，感慨道："太危险了！就差那么一点点，好在你及时认识到了自己的错误。"

方秀兰如释重负地长舒一口气："吓死我了。"说罢她小鸟依人地轻伏到冯冠生的胸前："冠生，幸亏有你。要不然，我现在一定后悔死了。"

冯冠生笑了，低声商量道："方秀兰同志，你能给冯冠生同志去弄点儿吃的吗？"

方秀兰暗下决心：下次去村公所领口粮，她必须和冠生一起去。她要保护冠生，就算那些孩子再不懂事，总不至于对一个女人动手。

第二天清早，方秀兰准备去院子里拿些干柴烧火做饭，可是她刚打开房门，就惊喜地发现了一个篮子。篮子里装满了各种蔬菜，还有两个雪白的馒头。她提着篮子就冲回屋里，兴奋地喊道："冠生，你快来看！"

冯冠生掩饰不住惊喜："这么多新鲜菜，哇！还有馒头，谁送来的？"

方秀兰指着门外说道："我也不知道。一出门，这个篮子就在咱家门口放着。冠生，咱们在这里谁也不认识，你说会是谁啊？"

冯冠生故弄玄虚地抿嘴一笑："我知道。"

方秀兰好奇地问："你知道？是谁？"

冯冠生压低了声音，很神秘地说道："千万不要声张。给咱们送菜的人，一定是在暗中保护咱们的同志。"

在这穷乡僻壤之地，竟然还会有保护他们的同志？方秀兰可没心思管这些，她拿起一个馒头，放到鼻子下闻了闻，真香啊！他们已经很久没有吃过馒头了。

方秀兰欣喜地将馒头递给了冯冠生："可真香！冠生，你快闻闻！"

冯冠生闻着馒头的香气，陶醉了。这个大资本家的少爷何尝会想到，一个馒头竟会对他构成如此致命的诱惑。记得当初他在东安城，身边可是有两个仆人和两个大厨伺候着，他的大哥冯冠杰去东安城探望他的时候，却酸溜溜地说："瞧你现在过得是什么日子！听哥一句劝，跟哥回家吧，何苦在这里受这种罪！"住着洋房、穿着锦衣，身边有两个仆人、两个大厨伺候着，可在冯家人的眼中，这却叫"遭罪"。再来看看冯冠生现在的样子，实在让人感慨万千。

"冠生，我……我好像有点儿饿了，要不咱……咱们……"方秀兰咽着口水，眼巴巴地盯着那个馒头。

冯冠生思忖了一下，摇了摇头："不行。这馒头留着明天……哦不，应该是后天，后天咱们再吃。"

方秀兰噘着嘴，委屈地应承道："那好吧。"可是盯着那两个馒头，她还是不死心，再度商量："冠生，你都受伤了，咱们今天就吃一个吧？"

其实看着那两个馒头，冯冠生的口水也止不住。他最终一咬牙、一跺脚："好吧，吃一个就吃一个！"

冯冠生谢绝了"病号特殊待遇"，本着公平公正的原则，小两口均分了一个馒头。

真是太香、太甜了！那简直是世间难觅的美味！方秀兰觉得自己从来没有吃过那么好吃的东西。她反复咀嚼，舍不得下咽，可嘴里的馒头就像长了小翅膀，拼命地往她嗓子眼里钻。

也许是因为伤势，冯冠生吃过东西后又睡着了。

方秀兰突然想起冯冠生昨天的衣服还没有洗，便拿起衣服蹑手蹑脚地出了房间。那可是冯冠生唯一的一件长袖褂子，现在衣服上有很多血渍，也不知道能不能洗掉。

刚准备将衣服放进盆里，方秀兰突然感觉衣兜里好像有东西，翻出来一看，她笑了——是个小本子。前段时间天气还暖的时候，她曾看到冯冠生坐在对面山坡的一块青石上，好像在一个本子上画着什么。可等冯冠生回家的时候她问起来，他却说根本没有这回事，一定是方秀兰看错了。方秀兰当时也没在意，没想到冯冠生真的藏了一个小本子。

小本子的纸张很粗糙，是那种最廉价的草纸，但是剪裁得很规整，而且那些纸张用一根细麻绳做了很精细的装订。这一定是冯冠生的又一件杰作。

好奇地打开小本子的第一页，方秀兰的鼻子一酸——镰刀斧头，那是一面用铅笔描画的党旗。继续翻看，她的眼泪止不住汩汩地流下来，她捂着嘴跑到了院子里。

方秀兰蹲坐在院子的角落里，为了不发出哭声，她用一只手紧紧捂住嘴巴，另一只手拿着小本子不停地捶打着胸口。许久，她才平静下来，重新打开了那个小本子，冯冠生凭借着记忆用铅笔描画出的那些奖章、军功章、纪念章再度映入了方秀兰的眼帘。看着那些亲密而熟悉的图案，她心如刀割。她在刹那间读懂了丈夫心里的苦，也读懂了丈夫对党的忠诚。

在小本子的最后一页，工工整整地写着这样一段话：

第十二章 下放改造

181

我志愿加入中国共产党，并作如下宣誓：一、终身为共产主义事业奋斗；二、党的利益高于一切；三、遵守党的纪律；四、不怕困难，永远为党工作；五、要做群众的模范；六、要保守党的秘密；七、对党有信心；八、百折不挠，永不叛党！宣誓人：冯冠生、方秀兰。

方秀兰对这段话再熟悉不过，那是她和冯冠生入党宣誓时的誓词。

……

两天后的傍晚，当方秀兰从锅里端出那个热气腾腾的馒头时，冯冠生悄悄来到了她的身后，深情款款地说出来一句让她心醉的话："方秀兰同志，祝你生日快乐！"

方秀兰没有想到，在如此艰辛的"潜伏"岁月里，丈夫竟然还会记得她的生日。而把那个美味的馒头作为庆典的主食，简直是再合适不过了。

第十三章
干爹炮爷

天气越来越冷，可夫妻二人能御寒的衣物只有身上的一层单衣。哪怕只是在院子里待得稍久一些，方秀兰的腿都会冻得瑟瑟发抖。万幸的是，有了冯冠生的呵护和照料，她的旧疾没有再复发过。

为了度过漫长的冬天，冯冠生不辞辛苦，每天最主要的工作就是到山里砍伐枯树的树枝，然后再拖回家里，在院子里劈成柴火。方秀兰心疼丈夫，指着院子里堆成小山的柴火劝他："冠生，那些柴火足够用了，外面太冷，今天就别去了。"

冯冠生总是乐呵呵地回话："快了快了，差不多了，你就放心吧，我的身体棒着呢。"

每天看着丈夫穿着那身单衣走出家门，作为主妇的方秀兰心里总是阵阵泛酸。她觉得自己是天底下最失败、最不称职的妻子，可她又束手无策。

正当方秀兰为丈夫没有过冬的衣物而备受煎熬的时候，在一个天气冷透了的清晨，她在家门口又收到了礼物：两套厚实的棉衣棉裤。高兴之余，方秀兰真有些疑惑，难道真的有在暗

183

中保护他们的同志?

又到了去村公所领口粮的日子,冯冠生穿戴整齐正准备出门,却发现方秀兰冷着脸堵在门口。冯冠生靠了过去,试探着问:"秀兰,你,你不会真的要跟我一起去吧?"

方秀兰倔强地回答:"已经说好的,不许反悔。"

冯冠生劝道:"秀兰听话,乖乖在家里等我,这回我一定小心,保证不会再出事了。"

"不行!"方秀兰主意已定,铁了心要护送,"要让我不去也行,那你也别去了。"

冯冠生苦笑道:"我也不去?那咱们吃什么?"

知道拗不过妻子,冯冠生最终只能选择妥协,两个人牵着手亲亲热热地走出了家门。

大柳村村头又聚集了不少大人和孩子。方秀兰一直紧张地护在冯冠生的身前,暗暗思忖:我才不管自己是不是党员,他们要是再敢欺负冠生,我就跟他们拼命!

也许是因为有了方秀兰的"护驾",也许是因为上次把冯冠生伤得太重,村头的那些孩子果然规矩了许多。

从村公所领了口粮,返程再次路过村头的时候,方秀兰听到了一些她不愿意听到的话。那些蹲坐在村口的农村汉子紧盯着路过的小两口,议论声起:

"这些狗特务可真他娘的会享受,晚上搂着这么俊的女人睡觉,那得是多大的福分!"

"快看快看!瞧那腰扭的,再瞧那屁股,啧啧,老子的魂儿都让她扭飞了!"

"真他娘的浪,哎?你们说,睡这样的女人是啥滋味儿?"

……

后面的那些话更不堪入耳,方秀兰羞红着脸,愤愤地看了过去。可她再一扭头，却看到了丈夫微笑的脸。冯冠生朝她俏皮地眨了眨眼，低声告诫："别理他们，不要暴露了咱们的身份。"

"嗯。"方秀兰咬着嘴唇，狠狠地点了点头。看看冯冠生肩上装着口粮的袋子，她觉得自己今天又赢得了一个伟大的胜利。

天气越来越冷了，尽管方秀兰每天都将土炕烧得火热，可北风一吹，屋里依旧冷得刺骨。摸一摸墙面，如冰凌一般。冯冠生很纳闷，该补的地方补了，该堵的地方也堵了，怎么还这么冷呢？他不禁疑惑：当初是什么人在这里盖了这栋房子，前不着村后不着店的，还正迎着北风口，难道那些人盖这房子就是为了夏天时来避暑？

到了晚上两人就更遭罪了，睡在火热的土炕上却要呼吸着冰冷的空气。方秀兰曾经跟冯冠生开玩笑："咱们睡觉就像是在烙饼，一面都快熟了，一面还冰凉。"

冯冠生的回话更有趣："我觉得也是，我的后脊梁都中暑了，可肚皮却感冒了。"

每天早上醒来，两人都会看着对方被冻红的鼻头结结实实地大笑一会儿。

寒冬时节，山里似乎有着刮不完的风、下不完的雪。方秀兰喜欢雪，她觉得下雪的日子反倒不是很冷了，是本该如此还是因为已经习惯了这里的寒冷，她不知道。

持续的大雪将整个世界裹上了银装，也裹住了山路。那天又是该去村公所领口粮的日子了，一大早冯冠生就苦劝方秀兰："秀兰听话，外面的路不好走，今天让我自己去吧。再说上个月你不是也看到了，真的不会再出事了。"

"不行，要去就一起去，要不然就都不去！"方秀兰将棉

第十三章　干爹炮爷

衣捂得很严实，嘟着嘴气鼓鼓地说。

冯冠生苦笑道："听话，如果在路上你的腿受了凉怎么办？难道还要我背你回来？这么大的雪，那些孩子是不会出来的。"说完他立正敬了个礼："请方秀兰同志放心，我早去早回，保证圆满完成任务。"

如果腿受了凉，那可真是很麻烦的事。方秀兰看着屋外的大雪，无可奈何地点了点头："那好吧，那你一定要早点儿回来。"

从冯冠生出门的那一刻起，方秀兰就守在门旁，眼看着丈夫的背影消失在雪幕里，她觉得自己的心都空了。她又开始暗暗后悔：与其在这里提心吊胆，还不如跟他一起去呢。

时间已经到了正午，方秀兰看着外面的皑皑白雪望眼欲穿，不停地劝慰自己：不会有事的，不会有事的，只是因为路不好走，所以冠生才耽搁了时间。方秀兰又在那里呆坐了差不多两个钟头，一种很不好的预感让她再也坐不住了。她将衣服裹紧，又在院子里找了一根木棍，出发上路。可是她刚走到篱笆门前，远处的雪雾中朦胧地显现出一个身影——是她的冠生回来了。

风雪太大，冯冠生携着方秀兰冲进了家门。

方秀兰帮他拍打着身上的雪花，却突然发现他的笑容有些诡异。果然，冯冠生得意地笑着，从背后拿出了一只灰褐色的大兔子。方秀兰激动地跳了起来："哎呀！是村子里发给咱们的？"她的想象并不过分，因为马上就要过春节了。

冯冠生嘴角一撇，很不屑地说道："谁会那么大方！"说完他一拍胸脯，得意地炫耀："是我捉到的！"

方秀兰兴奋地扑到丈夫身上，夸赞道："冠生你可真厉害！快说说，你是怎么捉到它的？"

冯冠生找来家里唯一一把菜刀，一边剥着兔子皮，一边绘声绘色地讲起了捉兔子的经历……

今天的雪可真大，积雪没过了人的膝盖，也掩埋了山路。尽管冯冠生一路上小心翼翼，每一步都试探着前行，可还是有好几次掉进了路边的雪窟窿。好歹摸索着进了村，他领完口粮往回走的时候已经接近中午。那时候的雪好像小了一些，由于担心方秀兰一个人在家里害怕，他加快了步伐。

翻过了一座山头下山时，冯冠生发现山路旁边多了一排很深的小脚印。起初他并没有在意，可走了一段路之后他发现，那串小脚印竟和他"同路"，他猜测那极有可能是一只出来觅食的兔子。

冯冠生深一脚浅一脚地赶路，走到半山腰后实在走不动了，他放下了口粮袋子，准备找个避风处歇歇脚喘口气。可就在这时候，他突然发现在离他不远的地方，一只兔子从厚厚的积雪里伸出了头。他包起一个雪球扔了过去，想吓唬一下那只兔子。那只兔子受惊之后果然开始逃窜。可是兔子逃窜的速度引起了他的注意：雪很厚，也很松软，兔子从雪窟窿里奋力跳起，却又陷进了另一个雪窟窿。

冯冠生的眼前一亮：按照兔子的奔跑速度推算，有门儿！

经过雪地里十几分钟的追逐，冯冠生累得气喘如牛，而那只兔子已经抽搐着身体累瘫在了雪窟窿里。

……

故事说完，一堆鲜艳粉嫩的兔子肉已经堆在了两个人面前。灶台上的那锅开水一直就是沸腾的，家里也没有什么作料，一把咸盐，兔子肉便下了锅。

两人围在灶台旁，不停地往灶膛里添着柴火。兔子肉下锅还不到五分钟，方秀兰已经闻到了肉香。那种等待美食的喜悦难以掩饰，两人你看着我、我看着你，忍着口水"哧哧"地笑。

第十三章　干爹炮爷

187

香喷喷的兔子肉上桌了，方秀兰先将两条肥美的兔子腿收进了柜子：她可不想把好日子一天过完，还有几天就要过年了，如果年夜饭有两只肥美的兔子腿，要多美好有多美好。

回到小桌旁闻着肉香，方秀兰觉得自己必须马上尝尝，如若不然，她担心会被自己的口水"冲"走。不过她还是忍着口水，将第一块肉塞进了冯冠生的嘴里。

真是美味！那些肉好像根本就不用嚼，只要放进嘴里就会自己融化掉。方秀兰觉得兔子肉简直就是天底下最好吃的东西。

夜里躺在炕上，倒在冯冠生的怀里，回味着嘴里的肉香，方秀兰感受到了从未有过的满足。她紧紧地搂住冯冠生，满眼崇拜地夸赞道："冠生，你怎么那么好啊！会钉柜子、会缝被子、会修房子，你竟然还会捉兔子，我怎么那么有福气啊！"

冯冠生美滋滋地笑着，那神情别提有多得意了。

好事不断，就在大年三十的头一天夜里，方秀兰竟然在门前又发现了一个"礼物"——整整一小袋白面。

围着那一小袋白面，两个人欢呼雀跃，异口同声地喊出了心愿："过年，包饺子！"可喊完之后两个人便笑作一团，而且越笑越疯癫，最后抱在一起险些笑晕过去。因为理想很丰满，可现实却太骨感——他俩都不会包饺子。

不过没关系，不会包饺子可以蒸馒头，有了馒头和兔子肉的年夜饭也是奢侈的。当年在部队，冯冠生曾在炊事班帮过厨，见过炊事员蒸馒头，于是他自告奋勇亲自上阵。

大年三十那天，冯冠生凭借着模糊的记忆，用水将白面泡开，揉成了四个小面团，然后放进锅里烧火开蒸。他们只蒸了四个小馒头，因为实在来之不易，他们想把白面留到以后重要的节日再吃。

第十三章 干爹炮爷

火已经烧了很久,锅里的水都烧干了好几次,可那些馒头却始终不见"长大",这让冯冠生大为光火。最后他推断:也许是品种不对,这根本就不是蒸馒头的面。

不管怎么样,毕竟是白面蒸出来的东西,虽然看起来一点儿也不白、捏起来一点儿也不松软,但是吃起来倒是很有面粉的味道,甚至比普通馒头还多了些许的香甜。兔子肉、小馒头,小两口吃了一顿香甜美味的年夜饭。

那天夜里,已经停了几天的雪又下了起来,冯冠生拉着方秀兰来到小院外。

世界真安静啊!周围只有漫天飞雪无声地落下来。方秀兰依偎在丈夫的怀里,心里默默地想:大山外面的人们都在干什么呢?是在围坐守岁,还是在燃放着爆竹?抑或已经开始走街串户互相拜年了吧!可这里太偏僻了,她什么也看不到,什么也听不到。她朝冯冠生的怀里更紧地靠了靠,突然觉得有一点点心酸,也有一点点委屈。可她发誓,只是一点点⋯⋯

大年初四那天早晨,冯冠生收拾妥当准备出门。尽管他没有明说此行的目的,但方秀兰知道,他肯定又想出去碰碰运气——捉兔子。她本想劝冯冠生:上次能捉到那只兔子是上天眷顾,那么侥幸的事情是很难发生两次的。可是话到嘴边又被她咽了回去,因为兔子肉实在太有诱惑力,她也希望真的会再出现奇迹。

送冯冠生出门的时候,方秀兰在身后叮嘱道:"别走得太远,别去危险的地方,如果⋯⋯"她险些说出"如果捉不到就早些回来",还好没说出口,毕竟那是一件心照不宣的事情。

当天下午,冯冠生回来了,可他没带回兔子,却扛着一杆枪背回来一个人,身后还跟着一条像狼的大狗。方秀兰没有见过狼，但是她觉得那条狗就是狼的样子。

看到冯冠生背着那个人太吃力，方秀兰很想上前帮忙，可是那条吐着血红舌头的大狗却让她望而却步。待冯冠生把那个人放到炕沿上，方秀兰才惊慌地问："冠生，这是谁啊？你……你从哪儿捡来的？"

冯冠生顾不上回答，气喘吁吁地吩咐："快，用脸盆给我装一些干净的雪来。"

待方秀兰将雪送来，冯冠生已经褪去了那人的上衣，开始用雪搓那人的身体。方秀兰这才看清，那是个六十岁左右的老人，身体很健壮。而且他的外套竟全是那种带毛的皮货，看着就很暖和。她不禁有些疑惑：这样穿戴的人，怎么会被冻僵在野地里呢？

随着冯冠生用力搓揉，那人的面色逐渐有了一些红润。

冯冠生让方秀兰上前帮忙，两人合力将老人移到了土炕的内侧。那条大狗则乖巧地趴在炕边的地上，伸着大舌头，寸步不离地守护着它的主人。

冯冠生歪倒在炕头上休息了片刻，才对方秀兰说道："你在家等我一会儿，我出去一下，很快就回来。"

"我不！"方秀兰一声惊叫，一把挽住了冯冠生的胳膊，然后指着炕上的陌生人嚷道，"他到底是谁？我自己在家害怕，还有……还有那条狗。"

冯冠生似乎也意识到刚才的安排有些不妥，笑道："那行，把衣服捂严实了，跟我走。"

两人出了门，路上冯冠生跟方秀兰讲起了今天出门后的经历……

早晨出门后，冯冠生很快就翻过了家门前的那道山坳，这一路上他跟踪了好几串兔子脚印，可结果令他很失望。约莫着天将过午的时候,他又发现了一串脚印,并预感这次会有收获。其实在此之前,每次看到兔子脚印时他都有过同样的预感,可结果总是令人沮丧。

那是一串很清晰的兔子脚印,冯冠生追踪着脚印一直走了大半个山头。苍天不负苦心人,他终于看到有只兔子就倒在前方不远的一棵小树下。他大喜过望,深一脚浅一脚地冲了过去,可当他捡起兔子时却大失所望——那是一只已经被冻僵的兔子,兔子的左前腿上还拴着一根绳子,而那绳子的另一端是拴在旁边那棵小树上的。

冯冠生知道这是猎人在"兔子道"上布下的"陷阱"。当地有经验的猎户,会依照山势判断出兔子经常活动的路线,他们称为"兔子道"。他们会在这种地方布下"兔子扣",也就是那根绳子。猎人们会将绳子的一端拴在树上,而在另一端结成一个活扣,如果有兔子从这里经过,兔子脚就会被套住,随着兔子的挣扎,那绳扣会越来越紧,兔子就这样被套牢了。

提着兔子,冯冠生踌躇不定:猎物是人家的,身为一名党员绝不可盗窃群众的财物。可如果不拿呢?他的眼前又浮现出了方秀兰的馋相。

就在冯冠生左右为难之际,"汪汪汪!"一只大狗狂吠着冲到了他的面前。

冯冠生虽然心里打鼓,但马上就冷静了下来:眼前这条狗毛色闪亮、身形健硕,一看就是条相当优秀的猎犬。这么好的狗出现在山里,十有八九是跟猎人进山打猎的。猎人、猎犬、猎物……冯冠生明白了:这条狗之所以对他发难,是因为他动了本属于人家的猎物。于是他乖乖将手里的兔子放回原地,并耐心地看向大狗:"我不要,也没打算偷,我只是看看。你瞧,我放回去了。"

猎犬似乎对冯冠生的妥协和解释无动于衷，依然龇牙朝他狂吠不已。冯冠生想走不敢走，想留又怕猎犬不依不饶，正犹豫间，只见猎犬突然转身跑出一段距离，之后又蹿回到他面前继续狂叫。如此反复了几次，冯冠生隐约觉察到了什么，于是便壮着胆子试探着靠了上去。

见冯冠生接近，猎犬不再吠叫，一路狂奔带着冯冠生来到一条深沟边。猎狗跳下深沟，然后仰头朝站在沟顶的冯冠生继续狂叫。与此同时，冯冠生在脚下深沟的边缘看到一处明显坍塌下去的痕迹，他猛然意识到，是有人失足从这里摔了下去。救人要紧，他一咬牙，也纵身跳下了深沟。

在猎犬的引领下，冯冠生在塌陷的沟底发现了一支猎枪，继而找到了一个昏迷不醒的老人。他发现老人的身体并没有明显的外伤，结合周围环境来推断，老人应该是附近的猎户，带着猎犬进山打猎，由于积雪掩埋了山路，老人不慎跌落沟底。他只是被摔昏，但寒冷的天气却将他冻僵了。

事不宜迟，救人要紧。冯冠生将猎枪挂在脖子上，背起了老人。

可是老人家太沉了，比冯冠生想象中的分量要重得多。冯冠生吃力地翻过了一座山头，远远地能看到自家的小院，他已经精疲力竭了。直到此时他才发现，老人的后腰上竟然还挂着三只肥头大耳的兔子，难怪会那么沉……

两个人说话间，冯冠生兴奋地朝前方一指："瞧，在那儿！"

方秀兰顺着冯冠生手指的方向看去，果然在路边的雪沟里看到了三只大兔子。虽然那些兔子已被冻得硬邦邦了，但她凭借仅有的那次吃兔肉经验判断：它们一定很肥美。

两个人提着兔子回了家，老人还没有醒过来。冯冠生上炕查看，发现老人的脉搏稳定，他放心了不少。

第十三章 干爹炮爷

灶台前,剥着兔子皮的冯冠生吩咐方秀兰拿出白面,给受伤的老人蒸几个馒头。

望着家中所剩无几的白面,方秀兰十分不舍,犹豫再三,她只揉了一个馒头。

因为有过经验,一锅香喷喷的兔子肉很快就出了锅。可是家里只有一口锅,冯冠生盛了一碗汤,然后吩咐方秀兰把兔子连肉带汤全部盛出来,空出大锅给老人蒸馒头。

老人的身子骨很硬朗,虽然还没有清醒,但冯冠生给他喂汤时发现,老人已经可以主动吞咽了。一碗兔子汤喂下,老人的面色又红润了许多。

灶膛里柴火正旺,馒头已经蒸上了。方秀兰可怜巴巴地望着那盆热气腾腾的兔子肉,拼命吞咽着口水。冯冠生来到她身边,朝她难为情地笑了笑。方秀兰委屈地撇了撇嘴——她知道那是人家的东西,没经过人家的同意她不能吃。肉不能吃,但可不可以喝一点儿汤呢?

方秀兰正想着,冯冠生已经将一碗香喷喷的兔子汤端到了她的面前。

被冯冠生救下的老人的确是个猎人,而且是大柳村的猎人。

老人有个响亮的名字:柳家轩。别看他跟村长柳文财年纪相仿,但他却是大柳村当下辈分最高的人,柳文财要管他叫"三爷"。"柳家轩"这个名字已经没有几个人记得了,因为他有个更响亮的名字——炮爷。

柳家轩年轻时正值国内军阀混战,他被军阀捉去当了兵。就在被捉走的第二个年头,他当逃兵又跑回了村里。那年月,逃兵被捉住可是要被砍头的,以防万一,柳家轩干脆搬到了山上居住。他在山上的住所,就是乔占峰初见方秀兰老人时的那

193

栋房子。

柳家轩在军阀队伍里练就了一手好枪法，逃回村后，他将那支从军阀队伍里偷带回来的步枪改装成了猎枪。农村人管那种猎枪叫"土炮"，柳家轩因为那支枪而得名"炮爷"。

山里面猎物多，柳家轩又有一手好枪法，所以吃喝不愁。但由于长年一个人住在山上，还有当年那段羞于启齿的逃兵经历，柳家轩渐渐变得沉默寡言，也很少和村里人走动来往。但是旧农村十分讲究辈分，高一辈的就是"爹"，所以村里人对柳家轩相当敬重。尤其是村长柳文财，见了柳家轩总是毕恭毕敬的。

由于性格孤僻，柳家轩终身未娶，更不可能有子嗣。岁数大了，他想有个伴儿，也想在上山打猎的时候有个帮手，所以就有了现在陪伴他的爱犬——"连长"。

"连长"是一条机敏聪慧、骁勇善战的猎犬，它是两年前柳家轩用三张土狐皮换来的。对于一只狗崽子来说，那绝对是个大价钱。柳家轩之所以给猎犬起名叫"连长"，是因为早年间他的那次逃兵经历：柳家轩在军阀部队时受了他们连长的冤枉，被连长定了个"鞭笞"的刑罚。就为那件事，柳家轩逃离了军阀部队，并由此对那个连长怀恨在心，所以才给狗起了个"连长"的名字。但随着与"连长"的感情日益深厚，"连长"也越来越讨他的欢心，柳家轩觉得继续叫它"连长"似乎有些抬举了原来的那个连长。但是已经叫顺口了，也就只好那样了。

出事那天早上，炮爷带着"连长"进了山。前几天大雪封山，炮爷在山上布设了几个"兔子扣"，屈指算来他觉得应该有所收获，想上山去验收。果然，他走了几个地方，战果斐然，已经收获了三只兔子。就在炮爷准备前往下一个"兔子扣"的时候，突然，有个红色的影子在雪地上晃了他的眼睛——火狐。

炮爷的眼前一亮：好家伙，那可是最上等的皮货！

他精神抖擞地抄起猎枪，并给了"连长"一个眼神。警觉的"连长"领会了主人的心思，准备迂回包抄那只火狐的后路。就在这时，炮爷的脚下突然一滑，摔进了深沟，然后就不省人事了……

外面的天已经黑透了，炮爷活动了一下还有些酸痛的身体，醒了过来。炕边的"连长"亢奋地摇头摆尾、上蹿下跳。炮爷扭头朝"连长"挤出一个笑脸，他这才注意到炕下还站着两个人。

那小伙子炮爷是认识的。冯冠生每次去村公所领口粮的时候，都要路过炮爷的房前。炮爷为此还和村长柳文财打听过，柳文财告诉他，那是两个来村里改造的"特务"。

在山上打了半辈子猎，竟会失足摔进沟里，而且救他命的竟是两个特务？炮爷觉得太失面子，无奈而窘迫地叹了口气。就在这时，方秀兰将一碗兔子肉小心翼翼地端上了炕。炮爷也不客气，抓起兔子肉就吃了起来。

看着大快朵颐的炮爷，方秀兰有些不满意：这人可真是的，人家救了他，他连句感谢的话也没有。那么多兔子肉，他哪怕是礼让一下也好嘛。

炮爷啃了一块兔子肉，顺手将那块还带着肉的骨头抛给了"连长"。"连长"矫健地跃起，一口衔住，趴在地上"咔嚓咔嚓"地啃了起来，把站在一旁的方秀兰馋得直咽口水。方秀兰心想：这人可真浪费！就算你的兔子多，也不能这么糟蹋东西吧。可她转念又一想，算了，谁让是人家的东西呢。

冯冠生给方秀兰使了个眼色，方秀兰将那个珍贵的馒头端了上来。炮爷接过馒头，拿在手里瞅了半天，愣愣地说了他和"特务们"见面后的第一句话："啥？"

方秀兰回答:"是馒……馒头。"

炮爷一时没忍住,"扑哧"一声笑了出来,不过他马上就收起了笑容。连他自己都觉得有些不可思议:已经有多少年没有这样笑过了。炮爷在馒头上咬了一口,在嘴里细细一品味,然后一扬手,将馒头扔给了"连长"。

"你!别!"方秀兰试图抢回馒头,可是"连长"比她快了一步,已经将馒头叼进了嘴里。

方秀兰又是恼火又是心疼。

炮爷也觉察到刚才的举动似乎有些不近人情,他默不作声地撕下了一条兔子腿,然后递到了方秀兰的面前:"嗯!"

因没能抢回馒头,方秀兰怒火中烧,正欲发作,岂料人家突然给她递过来了一条兔子腿,她又陡然不好意思起来:"不……不,我不要。"说完使劲吞咽了一下口水。

"嗯!"炮爷将手里的兔子腿又朝前伸了伸。

方秀兰斜着眼瞅了瞅冯冠生,摇着头嗫嚅道:"我……我不要,我……我不饿。"嘴硬,"咕噜"一声,诚实的肚子却在这时候不争气地开始叫唤了。

炮爷也不言语,收回那条兔子腿,猛地扬起手臂作势要抛给"连长"。方秀兰急了:"别别别!"她上前就抢下了那条兔子腿。

炮爷笑了,方秀兰笑了,冯冠生也笑了。

炮爷将另一条兔子腿给了冯冠生,三个人之间的陌生感在一片吞咽声中消散得无影无踪。

一整只兔子,被三个人和一条狗吃了个干净。

炮爷喝了一口方秀兰端上来的热水,面无表情地问道:"家里还有啥人?"

一提这个,方秀兰红了眼圈,忍着眼泪默默地摇了摇头。

炮爷又看向了冯冠生，冯冠生也摇了摇头。

炮爷若有所思地点了点头。抬起头的时候，他的眼神中多了些许慈爱。他环视了一下这个寒酸的家，无奈地摇了摇头。

当晚三个人就睡在大炕上，冯冠生和方秀兰将最暖和的炕头让给了炮爷。炮爷倒也没客气，心安理得地接受了——还真没拿自己当外人。

第二天一早，冯冠生和方秀兰醒来时才发现，炮爷和"连长"都不见了，本来挂在门外的两只兔子也不见了踪影，可灶间却飘着一股似曾相识、引人遐想的味道。方秀兰揭开锅盖一看，一大锅兔子肉正在沸腾。

就在方秀兰和冯冠生跃跃欲试准备大快朵颐的时候，炮爷带着"连长"回来了，还带回来一个很大的酒葫芦和一块黑腊肉。

酒宴就设在炕边的桌子上。

炮爷也不言语，自己找来三个碗，逐一满上了酒。他端起酒碗朝冯冠生一伸："嗯！"

冯冠生连忙端起了酒碗。

"嗯！"炮爷又将酒碗伸向了方秀兰。

方秀兰赶忙推拒："我……我不会，我……我不会喝酒。"

"嗯！"炮爷不为所动，依旧面无表情地举着酒碗。方秀兰妥协了，在得到了冯冠生默许的眼神之后，她害羞地端起了碗。可是刚尝了一口，她就被辣得咳嗽了起来。炮爷又被逗笑了。

吃着兔子肉，炮爷将一碗酒喝了下去，冯冠生赶忙给老人满上了酒。

炮爷的脸微微有些泛红，抹着唇边的残酒问道："咋来的？"

他俩咋来这里的，谁能说得清楚。多年来所遭受的委屈和不白之冤尽数涌上心头，方秀兰的鼻子一酸，扭头看了看冯冠生，抹起了眼泪。

冯冠生苦笑着摇了摇头，他的鼻子也酸了起来。

炮爷本就是一个话不多的人，见此情景也没有再追问，只是叹口气，默默地喝起了酒。

没有人再说话，冯冠生陪着老人一碗接一碗地喝着酒，待到喝空了酒葫芦，已经是下午的光景。炮爷打了个酒嗝，起身背上了枪，瓮声瓮气地说了一声："走。"

冯冠生和方秀兰以为炮爷这是要告辞，赶忙起身到了门旁。没想到炮爷扭头看了看他俩，吩咐道："收拾收拾，走。"

两人不明就里。冯冠生愣愣地问道："大叔，去……去哪儿？"

炮爷的回答依旧简练："回家。"

回家？冯冠生觉得有些莫名其妙，可陡然间他好像明白了什么，于是连忙解释："不不不，大叔，组织上不让我们离开这儿，我们还在接受'再教育'，我们要在这里看树林，我……"

"走！"炮爷只用一个字就打断了冯冠生。

冯冠生手足无措地杵在那儿，扭头看看同样手足无措的方秀兰。

炮爷没再说话，默默地出了房门，回来的时候他的手里多了一块大石头。

炮爷冷冷地看了冯冠生和方秀兰一眼，然后一抬手，"嘭"的一声，好端端的一口锅被砸烂了。更让方秀兰心疼的是，那锅里还有半锅兔子肉呢，此时那些美味正顺着锅底的大窟窿全淌进了灶膛。

吃饭的锅被砸了，这日子还怎么过！

炮爷是威严的，那种威严是不容冒犯的，也是不容拒绝的。

本就没什么可收拾的，冯冠生和方秀兰卷起铺盖、带上了两个脸盆，垂着头跟在了炮爷和"连长"的身后……

炮爷的房子可真是不含糊，宽大敞亮。和冯冠生、方秀兰的陋居相比，这里简直就是圣殿豪宅。厚实的院墙、殷实的房子，房檐下那一长溜泛着油光的腊肉，毫不低调地彰显着家主的富足。

穿过院落，一进内屋便是灶间，灶间的一左一右是两间连着灶台、火炕的卧房。炮爷将两个人带进了左首那间卧房，一指那宽大的土炕："嗯！"冯冠生和方秀兰言听计从地将铺盖放到了炕上。

打量着卧房，冯冠生和方秀兰明白了：老人家肯定在上午回来收拾过，说一尘不染有些夸张，可到处都是干干净净的。

两人在炕上刚铺好了被褥，灶间里突然传来炮爷的一声咳嗽。冯冠生知道，那是炮爷在唤他们呢。出门一看，炮爷指着锅灶吩咐道："把这些蒸好，再烫上酒，看好家。"说完就带着"连长"出了门。

趁着空暇，方秀兰将这个家巡视了一番，不禁纳闷：这个老人到底是什么人，他简直太富有了。且不说外面那些令人垂涎欲滴的腊肉，就连家里的几个柜子都整齐地码放着各种皮货，几口大缸里都是粮食，最大的一口缸里竟满是白面——难怪他会用馒头喂狗。

收起那些好奇与惊诧，方秀兰决定先做好老人出门前交代的事情。其实无须忙碌，老人临走时已经把吃食放进锅里了，她只需要烧上火就可以。

就在方秀兰烧火的同时，冯冠生将一坛子酒放进了另一口锅里，也点着了灶火。看天色尚早，冯冠生又回了一趟原来的

第十三章　干爹炮爷

199

"家"，背回了一大捆柴火。

天色黑下来的时候，老人和"连长"回来了，身后还跟着一个人。冯冠生和方秀兰毕恭毕敬地站在门前迎接，一见来客，两人不禁心里一惊——村长柳文财。他俩窘迫地朝村长点头致意，毕竟没和村长打招呼就擅自离开"工作岗位"，这事着实有些说不过去。

能在炮爷家里见到两个"特务"，村长柳文财也吃了一惊。

说起村长柳文财，那可真是个十足的大好人。初见冯冠生和方秀兰时他心里就犯嘀咕：这就是"特务"？小伙子长得体面，那闺女更是美得像天仙一样，这完全颠覆了"特务"在他心目中的印象。尤其是那个小伙子的笑容，质朴里透着坦诚，柳文财怎么也不相信这两个人会是"特务"。他暗自思量：不会是上面搞错了吧？

那天，柳文财带着两个人到了那处房子，尽管没进门，可他还是看到了灶台上没有锅。"特务"也要吃饭嘛，一回村柳文财就准备好了一口大锅。第二天他就提着那口锅，带着老婆子准备好的一袋盐送上了山。

后来冯冠生去村公所领口粮，被村里的孩子打破了头。得知此事后，柳文财大为恼火，当晚就找到了那个孩子家里，劈头盖脸就是一顿狠骂："特务咋啦？特务也是爹妈生、父母养的！再说了，人家已经'改造'过了，就不兴人家改过自新？你们一个个都给我听好了，谁以后要是再对人家犯浑，就拖去祠堂！"拖去祠堂，就是接受族人的惩戒，不仅处罚严厉，而且在族人眼中那是一件极为丢人的事情。

回到家里的柳文财还是觉得有些过意不去，于是第二天大清早就带上两个馒头还有一篓子蔬菜上了山。后来的那两套棉衣、年前的那袋白面，都是他送过去的……

第十三章 干爹炮爷

眼下腊肉、炖肉已然上了桌，碗里也斟满了酒，柳文财的心里其实已经有了底：三爹孤苦伶仃了一辈子，如今让这两个年轻人来到家里，又把自己叫来，事情好像已经不言而喻了。

炮爷和村长不发话，冯冠生和方秀兰不敢入座，更不敢离开，只能窘迫地站在饭桌旁。

柳文财扭头看了看两个年轻人，试探着询问："三爹，他俩咋来了？"

炮爷没回答，只是端起酒碗朝柳文财一伸："嗯！"

柳文财赶忙端起酒碗，抿了一口。

屋子里安静了下来，炮爷不说话，柳文财也不好再作声。一碗酒见底，炮爷咳嗽了一声，若无其事地说道："俺想把他俩留下。"话是说给柳文财听的，可语气却更像是自言自语。

柳文财愣了一下，问道："您老的意思是，让他俩住在这里？"

炮爷也不言语，只是伸手敲了敲桌子。

柳文财明白，这是让他添酒呢！可他刚想伸手，站在一旁的冯冠生已经抢着抱起了酒坛子。

炮爷抿了一口酒，兀自念叨："那后生救了俺的命。"柳文财恍然大悟地点了点头，炮爷又开口了："俺认那丫头做了干闺女。"

柳文财一怔，挠着脸腮问道："三爹，可他俩的成分，您老就不怕……"

炮爷刚才说的话，不仅让村长柳文财为难，就连冯冠生和方秀兰也大吃一惊。可炮爷似乎很淡定，他又喝了一口酒，慢悠悠地问道："你给俺说说，这天底下是爹随闺女，还是闺女随爹？"

老人这话问得太有学问了，当然是闺女随爹。这句话还可

201

以理解为：一个好人和一个坏人在一起，是好人跟着坏人学坏，还是坏人会跟着好人变好？柳文财的回答只能有一个：三爹认女特务做干闺女，女特务只会随着三爹做好人，三爹是绝不会变成特务的。

柳文财正欲开口，炮爷咳嗽一声，从腰间抽出了长烟袋。柳文财赶忙上前点着火，恭敬地说道："三爹，只要您老中意，那往后她就是俺妹子了。"

炮爷满意地点了点头，起身进了里屋，坐到炕沿上，"吧嗒吧嗒"地抽起了烟袋。

柳文财心里明白，炮爷这是要送客了。于是他赶紧起身，知趣地请示："三爹，您老要是没啥旁的事情，那俺就先回去了。"

炮爷沉稳地点了点头，慢条斯理地说道："门闩上挂着块腊肉，带回去给小辈打打牙祭。"

柳文财鞠躬作揖："三爹给的，那俺就不客套了。三爹，往后您要有啥事情，就让俺妹子去招呼一声。"

冯冠生和方秀兰代炮爷送走了村长，回来后两人直接进了炮爷的屋子，然后恭敬地站到门边，垂着头一言不发。

炮爷没有抬头，在炕沿磕了磕烟灰，瓮声瓮气地问道："闺女，认俺这个老东西做干爹，委屈不？"

方秀兰的眼泪"簌簌"地掉了下来。她和冯冠生是旁人躲都躲不及的"特务"，如今无依无靠的两人终于有了亲人，更何况还是这样一个干爹，冯冠生日后在村里就再也不会受欺负了。方秀兰抹着眼泪深深地一鞠躬，脆生生地叫了一声："干爹。"

炮爷笑着点了点头，然后扭头看向冯冠生。

冯冠生还在傻愣着，被炮爷这一看猛地回过神来，干脆直接跪在了地上："干爹！"

第十三章 干爹炮爷

"唉！"炮爷痛快地应了一声，他默默地起身，从炕边抄起他那杆老枪走出了房门。

"砰"一声枪响，响彻山谷。

干爹的家里可真暖和。那天夜里，小两口睡了入冬以来最甜美的一觉。

天刚蒙蒙亮，冯冠生就催促方秀兰起床："秀兰，该起了，快起来，给干爹做饭。"

方秀兰赖在暖和的被窝里撒娇："天还不亮呢，你就让我再懒一会儿吧。"

冯冠生已经从被窝里坐了起来，一本正经地吓唬方秀兰："行，你就懒吧。要是干爹知道他收了个懒闺女，一准儿就不要咱了。等干爹赶咱出门的时候，你可别后悔。"

被窝里的方秀兰"扑哧"一声笑了出来。她很不情愿地起身，粉着脸耍横："要赶咱走也行，那得先赔咱的锅！"

"哈哈！"冯冠生被逗得乐不可支。

早饭是玉米面稀粥。喝着粥，炮爷嘱咐方秀兰和冯冠生："守好家，中午自己弄些吃的，就别等我了。"吃过早饭，炮爷就带上"连长"，扛着几张皮货出门了。

炮爷刚走，方秀兰和冯冠生就忙碌了起来，他俩将这个家里里外外又打扫了一遍，家里的那些家具被他俩擦拭得一尘不染。

天黑的时候还不见干爹回来，小两口不禁有些担心，顺着干爹早晨出门的方向上了山坡。他俩刚上坡顶，干爹就回来了。见两人等在那里，"连长"一溜狂奔冲了过来，围着两人摇头摆尾地欢腾。才短短两天的时间，"连长"已经和他们混得很熟了。

冯冠生接过干爹肩上的包袱，一家三口说笑着回到了家里。

方秀兰给干爹收拾出锅里热腾腾的饭菜，里屋传来干爹的一声召唤:"闺女,你来。"

方秀兰走进里屋一看:土炕上,那个干爹带回来的包袱已经摊开,两套簇新的棉衣摆在炕头上,旁边还有一大一小两件毛皮坎肩。

炮爷笑吟吟地吩咐道:"去,把姑爷叫过来,试试合身不。"

这么多年来,除了在心里挂念的林仲伦,冯冠生和方秀兰再没有别的亲人,面前这个老人让曾经无依无靠的小两口感激涕零。他们做梦也没有想到,一次偶然的机会竟让他们救了一个恩人。两人暗下决心,一定要侍奉好干爹,让干爹安度晚年。

打那以后,每个月的十五日,方秀兰可以放心地让冯冠生一个人去村公所了。冯冠生走路时的腰板也比从前挺直了不少,村民们见到冯冠生,都会在远处微微颔首恭敬地点个头,尽管不够亲热,但起码没有敌意了。村民们都知道,两个"特务"认了炮爷做干爹,要真论起辈分,那可是跟村长柳文财同辈嘞。

炮爷的生活也发生了巨变:早上一睁眼,热乎乎的洗脸水和毛巾就在炕边;"连长"守在炕边摇头摆尾,一脸吃饱喝足的安逸样子;不等炮爷的脚落地,干女婿就上前伺候着他穿好衣服;外屋的灶间,干闺女已将热乎乎的早饭准备好了。如今再上山,炮爷除了"连长",又多了冯冠生这个好帮手;回到家里,满院子晾晒着洗净的衣物,飘着阵阵清香,迎出屋外的干闺女一脸醉人的甜笑,屋里的饭菜更是香气四溢;晚饭后一家四口(还有"连长")其乐融融,说笑着聊聊家常;上炕的时候,干闺女给炮爷揉着肩膀,干女婿已经用热水给炮爷把脚泡上了……

炮爷的笑容一天比一天多了起来,从早上一睁眼就乐得合不拢嘴。孤寡了大半辈子的炮爷从来没如此安逸过。他觉得小

第十三章 干爹炮爷

两口就是老天爷赐给他的福分，他暗自庆幸自己没有看走眼，那真是两个好孩子。

炮爷是个有真本事的人，他不仅教会了冯冠生如何种菜、如何识别山里那些可以吃的野菜和野果，还教会他识别山上各种中草药的名称和疗效；他也让方秀兰懂得了，做馒头事先要用"面引子"发酵。

开春后的一天，炮爷让干闺女在家里守门，自己带着"连长"和干女婿进了山。

刚翻过两座山头，"连长"突然竖着耳朵警觉了起来。有情况！冯冠生的眼神好，一指前方不远处的小土坡，低声提醒道："那里！干爹快看，好像是只红狐狸！"

炮爷手脚利落地取下枪，瞄向了那只正在低头觅食的火狐。

这个位置简直太完美了：他们此时正处于下风口，火狐闻不到他们的气息，所以根本察觉不到危险，而这个距离恰恰又在炮爷的射程之内。冯冠生见识过干爹的枪法，这次他们可要发财了。

可是炮爷安静地瞄了一会儿，却猛一抬手……"砰"，他竟然朝天放了空枪，受到惊吓的火狐转眼间逃得无影无踪。

冯冠生不理解，干爹这是怎么了？他听干爹说起过，火狐皮可是皮货里的珍品。尽管政府禁止所有的私人买卖，但是仍然有很多黑户商人在收购皮货，火狐皮的价格可以说是天价中的天价，而干爹今天竟然将一只几乎到手的火狐放跑了。

炮爷一直没有说话，只是走在前面美滋滋地笑着。

作为老猎手，他一眼就认出来，那只火狐正是他在年前看到的那只。若不是因为它，自己那天也不会失足坠入深沟，也就不会遇到干闺女和干女婿，更不会有今天如此甜美的好日子。

刚才想到这些，炮爷认定那只火狐是个灵物，是老天爷派来给他赐福的。

猎户进山狩猎最讲究积德报恩，他岂有朝"恩公"开枪的道理？

翻过山头，炮爷带着冯冠生钻进了一处深山老林。他们经过那片老树高耸、遮天蔽日的山林，来到一处隐秘在森林深处的大峡谷。刚进峡谷，"连长"就亢奋地上蹿下跳，看来它之前来过这里，并且对这里相当熟悉。炮爷告诉冯冠生：这处峡谷名叫"雀儿谷"，山外的人进来就迷路，即使能走进来也极少有人能走得出去。别看他们今天进来时很轻松，那是因为轻车熟路，还有他在之前留下的那些标记。

望着身边树丛里那些若隐若现的森森白骨，冯冠生知道干爹的这番话绝不是危言耸听。

一边说着话，炮爷一边顺手从身边小树的枝杈上摘下一枚小果实，递到了冯冠生的面前。

冯冠生接过来一看，那东西绿绿的，只有小拇指头肚儿大小，那样子就像一枚没长成形的小辣椒。冯冠生问道："干爹，这是啥？是辣椒？"

炮爷笑而不语，只是递过来一个怂恿的眼神。

冯冠生将那枚小果实放在嘴里，试探着轻轻一咬……"呸呸呸！"冯冠生不停地吐着，满嘴的热辣，舌头像被火烫了一般，顷刻间就被辣得满头大汗。炮爷哈哈大笑，又递给他几个黑色的小颗粒："快吃这个！"

难不成还有去辣的解药？冯冠生接过来毫不犹豫地塞进了嘴里。"呼啊！哈啊！呼……呼……"冯冠生大口地喷着冷气。果然是疗效奇佳，满嘴火烫般的热辣，瞬间变成了满嘴冰爽的酥麻。

炮爷再度大笑了起来。他告诉冯冠生：这两样东西就是野山椒和野花椒，可真算得上是大山的馈赠、上佳的作料。他让冯冠生留在这里多采一些山椒和花椒，自己便扛着枪带着"连长"走进了峡谷深处。

冯冠生采摘着野山椒和野花椒，欣喜若狂、如获至宝。

只不过是些作料，何至于被冯冠生当成宝贝？当然至于，因为方秀兰对辣的食物有着强烈的偏爱。想当年，冯冠生家里本来只有一个鲁菜厨子，后来的那个川菜厨子就是他专门用来"孝敬"和讨好方秀兰的。再后来，方秀兰因为送情报受了伤，侥幸活命却留下了后遗症，冯冠生更是不敢怠慢，伺候得周到。只要方秀兰犯了病，每顿饭他都会尽量给她安排一些辛辣的食物。因为他听一个老中医说过，辣的食物可以驱除人体内的潮气和寒气。如果让方秀兰看到这么多、这么辣、这么麻的野山椒和野花椒，她肯定会开心得跳起来。

那天，冯冠生干得格外卖力。

山谷里传来几声枪响，不多的时候，炮爷带着"连长"满载而归：炮爷的腰上挂着一只土狐和一只獾子，肩头的枪上还挑着一只肥大的野山鸡；"连长"嘴里衔着的那只大野兔肥得像只小猪崽。

冯冠生欣喜地迎上去："这么多！"

炮爷告诉冯冠生：因为此处人迹罕至又不缺吃食，所以这里的野物多得很。

冯冠生听罢怂恿道："那就接着打呀，多打一些。"炮爷点上长烟袋，只是笑笑却没有答话。

冯冠生隐约明白了：或许这就是"维护生态平衡"吧。

炮爷歇完脚，也收起了长烟袋。冯冠生见状凑上前商量："干爹，时候不早了，咱是不是该回去了？"

炮爷望着峡谷笑了笑，说道："进一趟雀儿谷不容易，咱们再带些宝贝回去。"说着，他从身后的一根藤子上撸下来两片叶子。

这破叶子也能是宝贝？冯冠生仔细端详了一下：那叶子有人的掌心那么大，叶片倒是挺厚实的，闻起来有一股淡淡的清香，好像还带着一丝苦味。转头看向山谷，他发现这个峡谷里到处都是这种叶子，虽然刚刚开春，但是山谷里已经郁郁葱葱了。人都说"物以稀为贵"，可这种叶子满山满谷都是，也能算是宝贝？

冯冠生好奇地问道："干爹，这是啥？"

炮爷告诉冯冠生：他走遍了这里的深山，却只在雀儿谷见到过这种生长在藤子上的叶子，他觉得这是山神爷赐给雀儿谷的财富，所以他给这些叶子取了个名字——藤钱儿。

听干爹这么说，冯冠生又仔细瞧了瞧那些叶子：叶子上密布着浅浅的花纹，还真有些像花花绿绿的"美钞"。虽然干爹没说藤钱儿的用处，但既然他说是宝物，那就必须多采一些。

眼看着太阳开始偏西，爷儿俩吃了些干粮，又喂饱了"连长"，开拔上路。炮爷将野鸡、獾子、土狐和野兔尽数用草绳拴好，放到"连长"的背上驮着，他自己背起一口袋藤钱儿，冯冠生也背起一口袋藤钱儿，以及他早前采摘的那些野山椒和野花椒。爷儿俩一路说笑，乐呵呵地出了雀儿谷。

尽管身背重物，可在回家的路上，冯冠生依然没有忘记给方秀兰带上一朵刚绽放的小野花。

回到家中，冯冠生将那朵小花插在了方秀兰的发间。方秀兰羞赧的俏脸如同那朵小花一样绽放着，迷醉了整个春天。

炮爷在院子里剥着土狐皮和獾子皮，屋里一只大野兔已经下了锅，撒上一把野山椒，再来上一把野花椒，最后再加上一大捧藤钱儿，水刚烧滚，已经是满屋飘香。

第十三章 干爹炮爷

加了作料的兔子肉自然别有一番风味，尤其是那捧藤钱儿，给肉汤又添了许多滑腻和醇香。方秀兰嚼着香辣可口的美味，哪顾得上什么矜持，吃得手舞足蹈、大呼过瘾。

第二天，炮爷又让他们领教了藤钱儿的另一个神奇之处：他带着两人将藤钱儿洗净，又用热水烫过，切碎后掺到玉米面里，蒸上了一锅窝头。开锅后的窝头香气扑鼻，入口松软，方秀兰和冯冠生都觉得，这哪里还是窝头，分明就是上好的糕点。干爹还告诉他们：将藤钱儿用开水烫过后晾干，可以储存很久，在冬天拿出来，只要用水一泡，照样能蒸出香喷喷的窝头……

春去秋来，幸福的日子总是过得太快。也正是因为这样，人们总觉得幸福的日子太过短暂。其实时间并没有改变自己的进程，人们之所以会那么觉得，也只是"觉得"而已。

就在第二年冬月，身体一向硬朗的炮爷突然染上了风寒，一病不起。方秀兰和冯冠生想尽了办法，按照干爹的方子抓来了各种草药，可干爹的病情始终不见好转，小两口为此心急如焚。

那天夜里，炮爷的精神突然好了起来，面色红润的他竟能自己坐起来。小两口很兴奋，看来干爹的病情正在朝着"大病初愈"的方向发展。可炮爷却不这么认为，他将干闺女和干女婿都叫到了身边，拉着两个人的手教导他们要彼此体谅、相互恩爱，还嘱咐二人一定要照顾好"连长"。

话都是好话，可冯冠生却越听越觉得不对劲："干爹，您这是说啥呢。您会好起来的，您的身子骨比我都硬朗，千万别再说这样的话了。"

炮爷笑着摇了摇头："俺的病俺知道，俺的命俺也知道。"又是一声长叹，他感慨道："老天爷真是开眼哪，他对俺柳家轩不薄，临了给俺送来了这么好的闺女和女婿。没想到啊，俺柳家轩孤老了一辈子,临了炕边还有两个给俺送终的人,俺知足啦!"

方秀兰的眼泪唰地就下来了:"干爹,该知足、该报恩的人是我们哪。老天爷是开眼,让我俩遇到了您这么好的干爹,我还没孝敬够您呢!您瞧,现在您的病不是已经好了吗?我不许您再说这样的话。"

炮爷疼爱地牵住方秀兰的手,笑道:"傻闺女,哭个啥?人老了还有不走的理儿?干爹这不是好了,按老话说,叫回光返照,这可是积德的人才有的造化。是老天爷给俺留口气,让俺这个老东西能跟你们再好好说会儿话。"

炮爷说得没错,当天夜里,炮爷在睡梦中离开了人世。去世的时候,他的脸上挂着满足的微笑。

村长柳文财带着族人赶来了,他们按照老柳家的规矩给炮爷举办了隆重的葬礼。按照炮爷生前的嘱咐,他们把炮爷安葬在屋后的山坡上。葬礼上,方秀兰和冯冠生为老人披麻戴孝,哭得肝肠寸断,柳氏族人无不为之动容。

"连长"真是条好狗,可它太过倔强。从炮爷去世那天开始,它就终日不吃不喝地伏在炮爷的坟前,任冯冠生如何拖拽,它就是不肯离开。冯冠生给它送去了平时最爱吃的肉骨头,可它看都不看一眼。最后实在没有办法,冯冠生只好叫来了方秀兰,两人合力才将"连长"抬回了院子,然后关紧了院门。

见无法出门,"连长"就默默地偎到了院子里平时炮爷晒太阳的那条青石旁,翕张着鼻孔,好像在寻找老主人遗留的气息。看着不吃不喝不睡的"连长",方秀兰和冯冠生的心都要碎了。他们无计可施,只好打开院门,眼睁睁地看着虚弱的"连长"黯然走向屋后的坟头。

四天后,忠义的"连长"跟随老主人的脚步离开了世间。

第十三章　干爹炮爷

冯冠生和方秀兰知道，炮爷舍不得"连长"，"连长"也离不开炮爷，于是就紧挨着炮爷的坟安葬了"连长"。

虽然悲痛万分，但日子还要继续，生活渐渐又恢复了平静。

冯冠生本以为此后他们会与乡亲们和睦相处，岂料等他再去村公所领取口粮的时候，却听到了一些风言风语。村民们都在背后嘀咕：

"炮爷老人家身子骨那么硬实，连一场风寒都扛不过去？谁信！"

"就是就是，这事情太玄乎，里面肯定有蹊跷！"

……

村民们发挥他们的想象力，在一番奇思妙想之后竟得出这样的结论：是那对狗"特务"觊觎炮爷的家财，加害了炮爷！还有的村民说得更邪乎：那对狗"特务"在暗地里反革命，被炮爷在无意中察觉，可是他还没来得及上报政府，就被两个狡猾的狗"特务"灭了口……

听了那些无中生有的议论，冯冠生很生气，回家后就告诉了方秀兰。他的本意是想让方秀兰平时尽量少到村子里去，岂料方秀兰听后气得跳起脚来："那些话是谁说的！他们凭什么无凭无据乱嚼舌根？我去撕了他们的嘴！"说完抬脚就要往屋外冲。

冯冠生拉住方秀兰，劝道："算了，都是些没风没影的话，你找谁去理论？以后还是少到村子里去吧。"

方秀兰委屈地蹲在地上，抹着眼泪大哭："那些人咋这么冤枉人啊！干爹带着'连长'走了，咱们的心还碎着呢，他们这不是往人伤口上撒盐嘛。"

流言蜚语再次占据了上风，冯冠生和方秀兰与村民渐渐和睦的关系从此又陷入了冰点。从那以后，二人便极少到村子里走动了。

第十四章
苦熬灾年

时光荏苒，转眼又到了开春，冯冠生开始整理自家门前的菜园子。有了去年干爹的教授，今年他想让秀兰吃上自己亲手种下的蔬菜。

可就在那段时间，冯冠生突然发现一个问题：井里的水越来越少了。最初只是水位在降低，到后来竟逐渐干涸。别说是挑水浇地，就连夫妻俩平时的生活用水都成了问题。每天他都要跳进井里取水，可井底渗出的那点水，刚够两个人每日饮用。

起初冯冠生认为是自家海拔较高的原因，故而造成了缺水，可后来发现根本不是那么回事。山下的几处水塘全都见了底，再后来连水塘塘底的淤泥都出现了干裂，从山上望下去，一处处干裂的水塘就像一只只乌龟壳。

不仅水越来越少，就连去村公所领到的口粮也一次比一次少。不过好在家里还有存粮，冯冠生和方秀兰的日子过得倒也不算辛苦。

菜地里空空如也，山下的粮田不见一丝绿色，那些秧苗甚至根本来不及"冒绿"就枯死在地里。冯冠生蹲在地头，望着天空发呆：老天爷这是咋了？都说春雨贵如油，可眼下夏天都过去了，咋就不见一滴雨呢？

那年深秋的一天下午，冯冠生垂头丧气地回到家里。方秀兰从他手里接过那条干瘪的口袋，吃惊地问道："咋了？一点儿口粮也没给？"

冯冠生铁青着脸摇了摇头，说了一句让方秀兰震惊的话："山下已经饿死人了。"

那是一九五九年的秋天，闭塞的环境让他们难以及时了解外面的世界：这一年，全国多地农业遭遇灾情，许多农田颗粒无收。灾情一直延续到一九六一年，史称"三年困难时期"。

一连两天，冯冠生躺在床上辗转反侧。他想把家里的余粮全部拿到村里，可是那么大的村子，家里的那点儿余粮根本解决不了问题。

若是往年干爹还在的时候，干爹每个月都会拿着皮货去县城换些钱和粮食。如今家里的皮货倒是不少，不过私人买卖是犯法的事情，干爹可以做，冯冠生和方秀兰是党员，他们绝不能做。再说了，山下已经饿死人了，现在就是有皮货，恐怕也未必能换到粮食。

山下的形势越来越严峻，别说地头、路旁的野菜，就连树叶都被村民们吃光了。眼下有些人饿得实在受不了，已经开始吃树皮了。村里的老人为了省下粮食留给孩子们，活活饿死了好几个。

乡亲们的疾苦让冯冠生心急如焚、备受煎熬。

那天早上，方秀兰推了推还躺在炕上的冯冠生，心疼地劝道："冠生，快起来吃点儿东西吧，你都两天没吃饭了。你就是把自己饿死，你省的那点儿粮食也救不活全村人啊。"

冯冠生叹了口气爬起来，接过方秀兰递过来的窝头，在手里掂了掂。唉,粮食,愁死人的粮食!突然,他觉得今天的窝头颜色好像不对,于是问道:"秀兰,今天的窝头咋了?"

方秀兰看了他一眼,应道:"家里的存粮不多了,我就往面里多掺了一些藤钱儿。"

冯冠生若有所思,突然眼前一亮:藤钱儿,是雀儿谷的藤钱儿!他急三火四地啃完了手里的窝头,然后跑到厢房抓起几条麻袋就冲出了家门。

藤钱儿!藤钱儿!冯冠生的眼里满是藤钱儿!只是他不能确定,已经干旱了这么久,雀儿谷还会有藤钱儿吗?

顺着干爹留下的那些标记,快到中午的时候,冯冠生终于顺利地走进了雀儿谷。峡谷里的大多数植物都是枯黄的,却唯独那些藤钱儿,它们倔强、顽强地生长着,满山满谷……冯冠生两腿一软,"扑通"一声跪在了地上,泪流满面:山神爷保佑,乡亲们有救了!

接下来的三天里,冯冠生没日没夜地往返于自家和雀儿谷之间,将藤钱儿大包大包地扛回家。每一次回家的时候,他都不忘给方秀兰带回一朵小花。

留在家里的方秀兰也没有闲着,她把冯冠生扛回来的藤钱儿仔细地洗净、晾干,再用麻绳穿成串。

小两口没日没夜、马不停蹄地整整忙碌了四天,连眼都没有合过。第四天傍晚,看着满院子已经穿好的藤钱儿,冯冠生啃着窝头"嘿嘿"地傻笑着。疲惫的方秀兰则瘫坐在他的身旁,嗔怪道:"哼,他们那么对咱们,你还对他们那么好。"

冯冠生知道,方秀兰只不过是发发牢骚,她的心肠可软着呢!

那天夜里,方秀兰帮冯冠生将一包包藤钱儿背下了山,冯冠生再挨家挨户地抛进乡亲们的院子里。

天亮的时候，疲惫不堪的小两口回到了家里。忙活了一夜，他们已经筋疲力尽，却又兴奋不已。作为党员，他们觉得为人民做了一件好事。

已经四天没合眼了，冯冠生爬上炕头准备好好睡上一觉。可是刚合上眼，门外就传来了一阵急促的敲门声。他一个激灵爬起来，披上衣服就冲进了院子。打开院门，门前竟围了很多村民。

院子里的方秀兰异常兴奋，她料定乡亲们是来道谢的，她真为冯冠生感到自豪。沉浸在喜悦中的方秀兰回身跑进屋里，准备搬出家里的凳子，请乡亲们到院里来坐。

为首的一个村民举起手里的一串藤钱儿，问冯冠生："是你干的？"

"是……是我。"冯冠生搓着手腼腆地解释道，"我见大伙儿没有吃的，所以就和我媳妇……"

"这个狗特务、害人精，揍他！"冯冠生的话还没说完，人群里突然爆发出了一片怒骂声。愤怒的村民举起手里的棍棒，劈头盖脸地就打了过来。

冯冠生猝不及防，被当头一棒砸倒在地。村民们并没有因为他的瘫倒而放过他，棍棒、腿脚、拳头一拥而上。蜷缩在地上的冯冠生拼命护住头，发出阵阵哀号。

从屋里手拿凳子出来的方秀兰被眼前的情景吓傻了，她扔掉了凳子，哭号一声便冲了上去："你们要干什么！不许打人！"可还未等她冲到近前，就被人一脚踹倒在地上。

这一脚太重了，方秀兰几近昏厥，她咬牙挣扎着想爬起来，却力不从心。她声嘶力竭地哭喊："不许打人！别打我丈夫！你们这些强盗！"她拼尽力气终于爬行着挤过人腿的缝隙，

第十四章　苦熬灾年

215

扑到了丈夫的身上。此时的冯冠生已经满头满身是血、奄奄一息。

方秀兰昂头怒视着人群，嘶吼着质问："你们凭什么打人！凭什么！"

人群里有人叫骂："狗特务！打你们都是轻的，敢拿毒草害人，应该送官法办！"

毒草？方秀兰愣住了，她看到了满地散落的藤钱儿。那可是冯冠生辛辛苦苦从那么远的雀儿谷扛回来的。她抓起一把藤钱儿，高声问道："毒草？你们说这是毒草？"

村民里有人吼道："就是这个！你们就是用这个害人的，文福叔的两个孙子已经被你们毒死啦！"

方秀兰震惊了，她看了看手里的藤钱儿，猛地一把塞进了嘴里。一边塞，一边发疯地质问："有毒是吧？毒死人了是吧？我吃！我吃给你们看！让我去死！"

村民们愣了一瞬，只听有人又喊道："别听这个特务婆子的！把他们送到公安局，让公安局收拾他们！""对对对！送官府，法办了他们！"……这个提议迅速得到了所有人的响应。

已经昏迷的冯冠生被村民们架了起来。几个村民不顾方秀兰的挣扎，将她也死死扭住。一群村民押解着夫妇二人，一路叫骂着，浩浩荡荡地朝山下走去。

押解队伍刚走到半山腰，山下有几个人抱着一个孩子急匆匆地迎了上来。为首那人是村长柳文财，紧跟在他身后的便是今早"受害人"的爷爷——大柳村的大队饲养员柳文福。

来到近前，柳文财上前就给了带头那个汉子一记耳光，他看了看浑身是血的冯冠生，痛心疾首地怒吼一声："还不赶紧给我把人放下！"

挨了打的汉子捂着脸，委屈地嚷道："大爹，俺犯啥错了就打俺？"说罢恶狠狠地一指冯冠生："不能放！他是特务，是杀人犯！他……"

汉子的话还没说完，"啪"一声脆响，老村长柳文财又一巴掌打了上去……

事情要从早上天不亮的时候说起。

柳文福是村里的大队饲养员，一家七口人：他和老婆子、儿子和儿媳妇、三个孙子。大孙子柱儿和二孙子栓儿是一对双胞胎，今年六岁；小孙子叫墩儿，今年刚三岁。三个小孙子长得虎头虎脑，煞是惹人喜爱。

今天早上，柳文福的儿媳妇早上刚出屋门，就发现了院子里那包树叶。她试探着尝了一片，感觉很滑腻，还带着淡淡的香味。这可把她高兴坏了，赶忙回屋叫起了三个儿子，给每人分了一把树叶。可是柱儿刚吃了两片，突然捂着肚子在炕上打起滚来，说肚子疼。就在这时，栓儿也在炕上翻滚着喊肚子疼。

柳文福的儿媳妇被吓坏了，赶紧去隔壁喊丈夫和公爹来想辙。可等他们回到孩子身边的时候，俩孩子已经捂着肚子口吐白沫，不省人事了。又过了不到一袋烟工夫，两个早前还活蹦乱跳的孩子几乎同时断了气。

柳文福质问儿媳妇："你给孩子吃了啥？那包树叶是哪儿来的？"

儿媳妇已经哭成了泪人，指着院子哭号道："俺也不知道，早上出门的时候，那包树叶就在院子里。俺是先尝了一口才给孩子的。"

柳文福的儿子上去就给了妻子一个耳光，一把鼻涕一把眼泪地吼道："你咋不多尝两口呢！"

女人已经哭得上气不接下气，接下来的话让人心酸："俺舍不得吃啊！"

那年月也没别的吃食，肯定是这些树叶毒死了孩子。闻讯赶来的村民也纷纷叫嚷，称在自家院子里也发现了这种"毒草"。可这些"毒草"是谁放进各家院子里的？这时候，有村民们在村头发现了端倪：一些散落在路边的"毒草"，顺着山路朝山上延伸而去。山上只住着一户人家，凶手是谁似乎已经很清楚了，怒火中烧的村民们提着棍棒就上了山。

老村长柳文财听说村子里有孩子中了毒，三步并作两步赶到了柳文福家。可等他赶到的时候，那俩孩子已经断了气。

两个孩子死得不明不白，临死还狰狞着小脸不肯闭眼。柳文财心疼孩子，当场就抹起了眼泪。可就在这时，他突然注意到了柳文福的小孙子——墩儿，这孩子也吃了树叶，他怎么就没事呢？柳文福的儿媳妇也吃了树叶，难道因为她吃得太少就安然无恙？柳文财不信。

柳文财蹙着眉头百思不得其解，他注意到残留在柱儿和栓儿嘴边的那些白沫。他用手抹了一些，放到鼻子前闻了闻，有一股腥臭的味道，他觉得那味道似曾相识。他将那些白沫捻了捻，发现里面有一些微小的颗粒，可却看不明白那些小颗粒到底是什么。

就在这个时候，墩儿凑到了柳文财的面前，憨憨地举着小手："爷，吃豆儿。"

柳文财看着孩子手里的几颗豆子，一下子就明白了几分。他回头质问道："文福，我给你的那包豆子呢？"

原来，村里本来有几头猪、几头驴和几头耕牛。三个月前村里就断了粮，人都快饿死了，还拿啥喂牲口？于是柳文财决定除了保留那头最健壮的耕牛，将其他的牲畜全都杀掉，将肉分给村民。

来年全村的春耕可就指望这头牛了。柳文财把饲养员柳文福叫到了村公所,他将半口袋陈年豆子交到了柳文福的手里,并嘱咐道:"那头牛就交给你了,一定要喂好。这包豆子也交给你,每天给它喂上一把。"

柳文福回家后发现,那些豆子已经满是虫眼,他担心虫子把豆子吃光,就特意在锅里炒了一下,然后藏到了自己的炕底下。谁承想,他在喂牛的时候被孙子看到了。昨天晚上,三个孙子实在饿得受不了,半夜摸到了他的炕下,偷出了那袋豆子。很久没有吃过粮食的小家伙们终于吃上了喷香的炒豆子,不知不觉就吃了大半袋,吃饱后怕被爷爷发现,孩子们又将剩下的豆子偷偷送回了炕底下。

如今听到村长的质问,柳文福赶紧回屋拿出那袋豆子,看着仅剩口袋底子的豆子,他一下子明白过来:长久的饥饿导致人的胃部严重萎缩,突然食用大量豆子致使口干,一瓢凉水下肚,豆子遇水泡胀发酵,莫说是体弱的小孙子,就是大人也承受不住啊!两个孙子高高隆起的肚子就是实证,他们是被活活胀死的。

柳文福的儿媳妇一把搂住了小儿子,惊恐地问道:"墩儿,快告诉娘,你也吃豆儿了?吃了多少?"

墩儿憨憨地应道:"俺也饿,哥哥给豆儿,俺咬不动。"

无奈、心疼、愧疚,村长柳文财蹲在两个孩子的尸体旁,老泪纵横。半晌,他突然发现这个家里少了一个人,于是便抬头问道:"家里出了这么大的事情,孩子他爹呢?咋一直也没见着他?"

柳文福这才回过神来,一拍大腿:"坏了!他们上山找特务算账去啦!"

柳文财简单问明了原委,便带着人冲上了山。可他们还是来晚了，此时的冯冠生已经被打得不省人事。

真相大白，村民们面面相觑。

方秀兰歇斯底里地怒骂道："你们这些强盗！你们这些凶手！你们这些不知好歹的东西！我丈夫为了给你们采那些藤钱儿，已经四天没有合眼啦！可你们呢？恩将仇报的畜生！"

恰在这时，冯冠生干咳两声醒了过来。

方秀兰哭号一声扑到了他身上："冠生，冠生啊，你怎么样了？"

冯冠生晃了晃昏沉沉的脑袋，迷离着双眼问道："咱们这是在哪儿？"

方秀兰吓坏了，惊惧地问道："冠生，你别吓我呀！我是秀兰，你怎么了？你不要吓我呀！"

冯冠生看了看四周，艰难地挤出一个微笑："哦，想起来了，到底出什么事了？"

方秀兰抹着眼泪说道："嗯，都弄清楚了，咱们是被冤枉的。"

"那就好，那就好。"冯冠生如释重负地笑了笑，挣扎着坐了起来，有气无力地商量道，"秀兰，我累了，咱回家吧。"

人群默默地让出了一条路，方秀兰搀扶着一瘸一拐的冯冠生，朝山上走去。

看着蹒跚走远的两个人，柳文财朝着两人的背影一声哭喊："妹子，大柳树人对不住你嘞！"柳文财泪如雨下，一阵晕眩。

几个年轻后生连忙上前搀扶住柳文财，劝道："老爹，您别这样，俺们……俺们知道错了。"

柳文财粗暴地推开众人，怒吼道："都给俺滚回去！一群不知好歹的东西！大柳村人的脸面都让你们给丢尽嘞！"

村公所门前，柳文财看着眼前的一排年轻人，厉声质问：

"都是谁动了手,滚出来!"几个村民蔫头耷脑地站了出来。

柳文财逼视着人群:"就这几个?"

两三个年轻人嘟囔着辩解:"俺们……俺们就是扭了那女特务的胳膊,俺们……俺们没动手打……"

"都给俺出来!"柳文财怒吼一声。

一排村民跪在地上,柳文财狠狠地挥起了手中的藤条。藤条打在后背上的声音,让在场的其他人心惊胆战,仿佛抽在了他们的心尖上。挨打的人咬着牙一声不吭,只片刻光景,他们的后背便被抽打得鲜血淋漓。几个年长者心疼这些小伙子,上前劝柳文财:"他叔,消消气,再打,就把孩子打坏了。"

柳文财带着哭腔咆哮:"我消得哪门子气!"他摔掉了手里的藤条,沮丧地蹲在地上,抱着头呜咽:"人家山上的两个人,要被冤死嘞!"片刻之后,他突然站起身,瞪着一双血红的眼睛嘶吼:"开祠堂!"

众人皆惊,有老人上前问道:"可是……啥名头?"

柳文财瞅了瞅身后那排刚挨过打的村民,威严地说道:"不辨是非、目无尊长、以下犯上!"

几个老人互相对视了几眼,无可奈何地点了点头……

中午,满面愁容的柳文财回到家里。虽然上午已经严厉惩处了那些打人的村民,可他依旧怒气未消,坐在炕沿上一声接一声地叹气。老伴端着一个大海碗凑了过来:"老头子,别气坏了身子,吃点儿东西吧。"

柳文财瞅了瞅大海碗,问道:"孩子都吃过了?"

"都吃过了,你也尝尝。"

柳文财犹豫了一下,伸手接过了那个大海碗。是一碗汤,汤汁很浓厚,里面还漂着一些黄绿的菜叶。家里已经断粮很久了,这一定是山上小两口送来的树叶。喝上一小口,很醇厚的那种香。柳文财的鼻子一酸,两行老泪又流了下来。他放下大海碗,痛心疾首地拍打着炕沿:"伤天理!这算咋回事情嘛!"

冯冠生在方秀兰的搀扶下回到了家里,刚爬上炕头就昏睡了过去。他真的太累了,四天没有合眼又挨了一顿不明不白的暴打,真不知道他是睡着了还是昏过去了。

方秀兰守在冯冠生的身边,眼泪一直就没有断过。听着丈夫在睡梦中不时发出的阵阵呻吟,她不忍心再看下去,捂着嘴冲出了家门。

来到干爹的坟前,方秀兰放声恸哭,如今她也只能到这里对着干爹诉一诉那些委屈了。干爹如果还活着,该有多好啊,有干爹在,那些人怎敢这样欺负她和冠生。她坐在干爹的坟前,揉摸着被扭得酸胀的胳膊,眼泪扑簌簌地流个不停。

冯冠生足足睡了一天多,醒来时已经是第二天傍晚了。

吃着窝头,方秀兰对他说起了头天早上他昏迷后发生的事情。听完后冯冠生"嘿嘿"地憨笑道:"我就说嘛,好人不会总受冤枉,真相总有水落石出的一天,这回你信了吧?"

方秀兰有心反驳:那咱们受的委屈、挨的打又怎么算?可她知道丈夫心里也不好受,她不想再给丈夫添堵,就没把那些话说出口。

饭后方秀兰收拾了一下碗筷,恢复了元气的冯冠生惬意地往炕上一倒,又露出了他标志性的坏笑:"秀兰,快过来让我好好看看。"方秀兰羞赧地一笑,顺从地偎到了丈夫的怀里。

冯冠生畅快地舒了口气:"今晚好好休息,养足精神,明天进山。"

方秀兰从丈夫的怀里挣脱了出来,吃惊地问道:"你……你还要去?"冯冠生笑着点了点头。方秀兰气恼地嚷道:"不行！他们都那么对咱们了，我不让你去！"

冯冠生笑了笑，伸手想将方秀兰重新揽进怀里，方秀兰扭着身子甩开了他的手。冯冠生略一思忖，问道："秀兰，还记得咱入党的时候，宣誓的第四条是怎么说的？"

方秀兰小声回答："不怕困难，永远为党工作。"

冯冠生又问道："那第五条呢？"

方秀兰红着脸，委屈地回答："要做群众的模范。"

冯冠生笑了："那你觉得眼下乡亲们的困难，是不是就是党的困难？帮乡亲们渡过难关，是不是党员的工作和责任？咱们现在所做的事情，是不是正在成为群众的模范？"

方秀兰噘着嘴点了点头，嗫嚅道："那……那你也得休息两天再去。"

冯冠生搂住妻子，叹息道："不行啊。上次去的时候藤钱儿就已经开始枯萎了，咱们要抓紧时间去抢回来，过几天天一冷，恐怕就来不及了。"

方秀兰妥协了，却固执地提出了条件："要去也行，我得和你一起去。"

冯冠生看着怀里的妻子，笑着点了点头。

接下来的日子，夫妻俩马不停蹄地奔忙着，他们在与时间赛跑，在与天气赛跑，更在与饥饿赛跑。成包的藤钱儿被搬运回家，然后在夜色中被送到村公所的门前……

虽然劳累，但是方秀兰的心里是甜的，因为她知道，她和冯冠生所做的一切都是为了党和人民。她觉得在冯冠生的领导下，她越来越是个"更合格"的党员了。

第二年，第三年……大柳村人依靠藤钱儿奇迹般地度过了"三年困难时期"。虽然食不果腹，虽然度日艰难，但是自从有了藤钱儿，大柳村再也没有饿死过一个人。

大柳村人在心里感念着冯冠生和方秀兰的恩情，但是两个人"老牌特务"的身份却令他们望而却步。想来那一定是一种很特殊的情愫：崇敬着、感恩着，却又疏远着。可方秀兰却并不计较那些，她很自豪地认为：共产党人对人民的付出，是不求任何回报的。

一九六二年春天，大地犹如苏醒般勃发出隐忍了三年的生机。冯冠生和方秀兰蹲在自家的菜地前，看着地里刚冒出尖儿的嫩芽笑得合不拢嘴。在这场与大自然的交锋中，共产党人又胜利了。

那是丰收的一年，也是感恩的一年。

那年的大年三十，饺子已经出了锅，冯冠生抱出了一坛干爹窖藏的老酒，想和秀兰好好喝上一碗。

两人刚端起酒碗，外面突然传来一阵鞭炮声，听声音好像就在自家门前。冯冠生赶忙放下酒碗跑到门外，方秀兰也紧张地跟了出去。院门外，一串长长的鞭炮还在噼啪作响，可是周围却空无一人。鞭炮声中，他俩笑了，欢喜得就像两个天真的孩子。

待到鞭炮放完，冯冠生拉着方秀兰的手正准备回家，却意外地在门旁发现了一个盖着毛巾的大柳条筐。方秀兰在揭开毛巾的刹那，红了眼圈——大筐里整齐地摆放着各种颜色的大海碗，碗里是还温热的饺子。

冯冠生和方秀兰吃力地将大筐抬进家里，细数了一下，一共五层，每一层是四个大碗，整整二十碗饺子。从大碗的颜色和质地能看出来，那些碗各不相同。他们尝过饺子后才知道，就算是同一个碗里的饺子，肉馅竟还各有不同。

大柳村人用这种质朴的方式，表达了他们对恩人的歉意、谢意和敬意。

第十五章
至暗岁月

日子在平淡无奇中度过，方秀兰永远不会忘记，那是一九六九年的夏天。

那年开春的时候，冯冠生在后山开了一片地，地里种了玉米。那些玉米长势喜人，这几天眼看就该收获了。那天早上两口子吃过了早饭，正准备下地收玉米，村里生产队的会计来了。会计进院后亲热地打着招呼："冯叔，您这是要出门？"

冯冠生赶忙寒暄道："进来，快请屋里坐。"

"不了不了。"会计指了指门外，"有几个同志到村里来找您，我就给带过来了。"

冯冠生和方秀兰朝院外一看，一群穿着军装的年轻人正涌进院子。那些人的装束有些怪异：头戴军帽，可是却没有"红五角星"的帽徽；身上是军装，却也没有领章；胳膊的红袖标上是"红卫兵"三个字。

为首的红卫兵冷冷地问道："你就是冯冠生？"

冯冠生刚要开口，会计抢先回答："是，是，冯叔的名字就叫冯冠生。"说完还解释了一下："冯叔在我们村'改造'，表现可好了，请组织上放心。"

那人瞪了会计一眼，语气依旧冰冷："让他自己说！"

冯冠生赶忙回答："我是冯冠生，请问你们是……"

那人盯着冯冠生看了一会儿，突然振臂高喊："打倒潜藏特务冯冠生！"

人群里响起了整齐划一的呼号："打倒潜藏特务冯冠生！"

那人又是一声呼喊："打倒大资本家冯冠生！"

人群里同样又响起了回应："打倒大资本家冯冠生！"

……

震耳欲聋的口号声，不仅把冯冠生和方秀兰惊呆了，就连会计也被吓傻了。他上前怯怯地问道："同志……同志，这是咋了？你们这是要干啥？"

为首的红卫兵一把将会计推开，厉声喝道："你走开！我警告你，你的阶级立场很危险！不要再和反革命分子纠缠不清！"说完粗暴地一挥手，对人群发号施令："给我把潜藏特务冯冠生绑起来！"

几个年轻人冲了过来，拿出绳子就将冯冠生捆了个结实。直到此刻方秀兰才回过神来，上前质问道："孩子们，你们这是要干什么？我丈夫他犯了什么法，你们为什么要绑他？"

"谁是你的孩子们？我们是伟大领袖毛主席的革命小将！"那人斜眼看了看方秀兰，很不屑地问道，"你是什么人？"

方秀兰义正词严地回答道："我是他的妻子！"

那人命令道："把这个女的也一起带走！"说完又吩咐其他几个人："你们几个进去搜一下，看他们的电台藏在什么地方！"

电台？方秀兰蒙了，家里怎么会有电台？他们是不是搞错了？

任凭冯冠生和方秀兰怎么申辩，那些人都不予理睬，他们一路高喊着口号，将两个人押下了山。

村头一辆大卡车旁已经聚集了很多村民，看来是会计下山报了信。老村长柳文财佝偻着身子，伸手拦住了那些人的去路，威严地问道："你们要干啥？凭啥抓人？"

为首的红卫兵扬着手里的小本子走到柳文财面前，高声喊道："我们是奉'最高指示'的命令，到这里捉拿潜藏在人民内部的大特务、大资本家！任何人的阻拦，都将被视作反党、反人民、破坏'无产阶级文化大革命'的犯罪行为！全部打倒！"

柳文财和村民们完全被眼前这个年轻人的口号镇住了。就在大家一愣神的工夫，那人回身高喊道："把反革命分子冯冠生带上车！"

就这样，冯冠生和方秀兰被一群生龙活虎的"革命小将"带走了。

卡车开进莱县县城的时候，冯冠生和方秀兰看着街边的情景，目瞪口呆：这是一个什么样的世界？街道两侧糊满了各种颜色的纸，他们看到了各种字体的"革命"，随处都是触目惊心的"打倒"。马路两旁聚拢着大量人群，人们的脸上因亢奋而显得满面红光。

久居山村僻野的冯冠生和方秀兰当然不知道，在山外，一场"无产阶级文化大革命"已经如火如荼地进行到了第三个年头。在这场"大革命"中，莱县的"造反派"们踌躇满志。可是小小一个县城，那些大地主、大资本家早在刚解放的时候就全被"打倒"了，哪儿还有什么反动派、反革命让他们收拾？"革命小将"们觉得他们和周围的城市比较起来，实在是太"后进"了。

皇天不负苦心人，终于有一天，有人在县委的老档案里钓到了一条"大鱼"。

资料上显示：潜藏在青阳市的"老牌特务"冯冠生，出狱后正在莱县的大柳村接受"贫下中农再教育"。"革命小将"马上将这一情况上报给了"莱县革命委员会总司令部","莱县革命委员会总司令部"则迅速发出指示：立即前往大柳村，抓捕大特务冯冠生。

必须"立即"！因为冯冠生的祖籍在青阳市，他又是在青阳市被判刑的，如果被青阳市"革委会"抢了先，莱县的"革委会"将失去一个重大的"立功机会"。

载着冯冠生和方秀兰的卡车来到了莱县一中大门前，一大群亢奋的青年人喊着革命口号围拢了上来。卡车上的"红卫兵"成了英雄，他们面带胜利的微笑，频频向人群挥手致意。

冯冠生和方秀兰被人推搡着进入教学楼一楼的一间"牢房"。

方秀兰打量了一下：这里原来应该是一间教室，从讲台下的位置开始，两道铁栅栏组成了一个"T"字形，将剩余的空间分割成了两间临时囚室。此时冯冠生就被关押在她隔壁的囚室里。冯冠生双手被反绑，额头上已经渗出了许多汗珠。方秀兰将手臂伸过铁栅栏，心疼地将丈夫头上的汗水拭去。

冯冠生安慰妻子："别紧张，不会有事的，咱们又没犯什么错误，不会有事的。"

方秀兰忧心忡忡地点了点头，可她有种很不好的预感，那些人好像已经疯了，他们是不会轻易放过冯冠生的。

冯冠生让妻子安心坐一会儿。在卡车上站了一路，他们是该好好休息一下了。

坐在铺着稻草的地上，方秀兰一直忐忑不安，她知道丈夫的心里也是不平静的。前路未卜，接下来将会发生什么，谁也不知道。

十几分钟后，几个"红卫兵"进了囚室，朝着冯冠生一声大喝:"你,出来!"

冯冠生吃力地站起身,走到铁门前,讨好地笑着:"来了来了,你们有什么吩咐?"

一个小伙子抬手就给了冯冠生一个耳光,骂道:"不要嬉皮笑脸!"

方秀兰疯了,她冲到栅栏门前嘶吼一声:"你们凭什么打人!我们犯了什么法!"

几个人扭头瞪了方秀兰一眼,押起冯冠生就出了囚室。方秀兰扑到窗户前,眼睁睁地看着丈夫被人押送着越走越远。在囚室外小路的拐角处,冯冠生回头朝她笑了笑,却被人扯着头发将他的头硬生生地拽了回去。

方秀兰的心被狠狠地揪了起来:这里怎么了?到底发生了什么?他们要带冠生去哪儿?

半个小时后,远处传来了大喇叭的声音:"打倒狗特务冯冠生!"

山呼一样的口号响起:"打倒狗特务冯冠生!"

"打倒资本家余孽冯冠生!"

"打倒资本家余孽冯冠生!"

……

口号声震耳欲聋,不断有人从方秀兰的窗前跑过,他们都是顺着那些声音去的。

那边到底发生了什么?冠生现在到底怎么样了?方秀兰觉得自己就要崩溃了,她鼓足勇气喊住了一个从窗前跑过的小姑娘,哀求道:"哎哎,小同志,我就是他们要'打倒'的那个人的妻子,我能问一下,他现在怎么样了?"

小姑娘恶狠狠地瞪了她一眼:"谁是你的同志?狗特务!赶快回去好好反省!"

方秀兰不明白,这个小姑娘怎么了?自己没有招惹她,她的眼神里为什么充满了怨恨?

此起彼伏的口号声一直持续到了当天傍晚。方秀兰呆坐在囚室里,她觉得自己快要死了,可是为了等冠生,她必须坚持下去。冠生、冠生……她不停地默念着丈夫的名字。

一声门响,方秀兰惊惧地朝门口看去,只见冯冠生被几个人推了一个趔趄,跟跄着进了房门。

冯冠生头发凌乱,衣服也被扯开了几条口子,万幸的是,捆绑他的绳索不见了。冯冠生被人推进了囚室,回身问那几个人:"哎,明天几点开会?"

那几个人明显一愣,有个人嘟囔了一句:"给批斗傻了吧?"说完,"咣"的一声关严了房门。

方秀兰冲到铁栅栏前,焦急地问道:"冠生,他们把你怎么了?你今天去哪儿了?"

冯冠生很不屑地说道:"别紧张,他们就是叫我去开了个会,吵吵嚷嚷地说要打倒我,没事儿,让他们喊去吧。"

见冯冠生说话的样子很轻松,方秀兰心里的担心减轻了不少。可是她突然发现,冯冠生一侧的脸已经明显肿起,他的脖子上也多了几道带血的划痕。方秀兰的眼泪忍不住滑落了下来。她抽泣着问道:"他们打你了?"

冯冠生摸了摸脸颊,随即摆出他那副天不怕地不怕的桀骜笑容,轻描淡写地说道:"就是一群孩子,被他们打几下又能怎么样?我就当逗他们玩儿了。"说完朝方秀兰狡黠地一笑:"我机灵着呢,你又不是不知道,放心吧。"

两个人正说着话,房门开了一道缝隙,有人朝方秀兰这间囚室里扔进来两个窝头。方秀兰伸手捡了起来,将其中的一个窝头擦干净,递给了冯冠生。她自己则拿起了另一个,掰了一半，将另一半也递给了冯冠生。

　　冯冠生伸手接过那半个窝头，却把手里的整个窝头塞回给方秀兰："你吃你吃，我在外面已经吃过了，没想到这里还有加餐，那我就再吃点儿。"

　　方秀兰看着手里的一个半窝头，狐疑地问道："你，你真的吃过了？"

　　冯冠生啃了一口窝头，得意地说道："那当然。我在外面吃的可是馒头，不过他们这里的日子可真够呛，只给每个人发了一点儿咸菜。"他望着方秀兰问道："怎么？白天他们没有给你送饭来？"方秀兰愣愣地摇了摇头。冯冠生笑着催促她："那你还不快吃，傻了呀？"

　　方秀兰凑过去，伸手摸着冯冠生红肿的脸，问道："冠生，咱们什么时候可以回家？明天还要去开那个会吗？"

　　冯冠生仰着头想了一会儿，叹息道："唉，明天看来不行。明天等开完会，我跟他们的领导商量一下，实在不行，你就先回去，反正你在这里也没有什么事儿。"

　　"我不！"方秀兰倔强地嚷道，"要回去就一起回去，要不我就留在这里等你！"

　　"行，那明天我去和他们商量。"冯冠生痛快地答应道，"总开会也不能耽误了生产，咱们还要回去收玉米呢。"

　　啃完那半个窝头，冯冠生倒在身旁那堆枯草上，沉沉地睡了过去。

　　第二天上午，冯冠生又被那些"红卫兵"带走了。没过多久，外面又响起了呼天喊地的口号声，方秀兰绝望地捂上了耳朵：这日子，什么时候是个头儿啊！

　　也不知过了多久，房门被人打开了，进来的几个人气势汹汹地打开了方秀兰这边的牢门:"你!出来!"

方秀兰活动了一下有些麻木的腿脚,站起身木讷地走了过去。几个人不由分说,扭着她的胳膊就将她押出了囚室。方秀兰本想挣扎,可她又觉得没有必要。

几个人带着方秀兰来到一个宽阔的广场前,广场里人山人海,标语铺天盖地,人们都在高喊着"打倒冯冠生"的口号。方秀兰这才知道,原来那些喊声是从这里发出来的。猛然间,她的眼神呆住了:主席台上,有个人被反绑着跪在地上,他的胸前挂着一个大大的白纸牌,头上戴着一顶高高的白帽子。那人竟是……她的冠生!

惊诧之间,方秀兰也被带到了台子上。大喇叭又响了起来:"这就是反革命分子冯冠生的老婆!我们要让她向人民低头,向伟大的'无产阶级文化大革命'悔过!"

主席台下群情激昂。

听到喊话,冯冠生吃惊地抬起头来。当他看到方秀兰的时候,歇斯底里地大喊:"不关她的事!你们带她来干什么!她是好人!你们……"

"闭嘴!"随着一声大喝,几个"红卫兵"挥舞着手里的皮带,对冯冠生疯狂地抽打了起来。

方秀兰崩溃了,发疯般嘶喊:"不许打人!你们不许打人!我们犯了什么法!"

与此同时,方秀兰已经被拖到了冯冠生面前。有一只手抓住了她的头发,奋力地向后一扯:"看看!这就是反革命的下场!赶紧宣誓,和他划清界限!否则这也是你的下场!"

"呸!"方秀兰恶狠狠地啐了一口,号叫道,"你们做梦!冠生是个好人,是个好党员!我要是跟他划清了界限,那我成什么啦!"几条皮带雨点般重重地抽在了方秀兰的脸上。

眼看着妻子被打，冯冠生愤怒地睁大了双眼，声嘶力竭地喊起来："别打她！求求你们不要打她！我招供！我招供！我是特务，我是狗特务！我要和她划清界限！我要……我要和她离婚！"

方秀兰惊呆了，失神地望着丈夫，高声骂道："冯冠生！你这个懦夫！你这个孬种！你胡说八道！你忘了当初说过的话？你敢不要我，我就死给你看！"

"嘭"，一只大头皮鞋狠狠地踹在了方秀兰的胸口，她只觉得胸前一闷，便昏死了过去……

轰隆隆的雷声惊醒了昏死过去的方秀兰，一转头，她看到了隔壁囚室里的丈夫。

见方秀兰醒来，冯冠生朝她笑了笑，柔声埋怨道："你可真傻，要你跟我划清界限，那你就划嘛，干吗跟他们较真。"

方秀兰想站起来靠丈夫近一些，可是她的腿却僵住了。她预感到不妙，她的老毛病又犯了。

冯冠生看在眼里，微笑着从铁栅栏的缝隙伸过手臂，招呼道："来，过来，靠过来我给你揉揉。"方秀兰挣扎着爬到了栅栏前。冯冠生一边揉着她的腿，一边柔声劝道："明天他们要是再问你，你可别再犯傻。你就说已经和我划清了界限，反正咱们自己知道那又不是真的。"

"我不！"方秀兰的眼泪夺眶而出，她倔强地一昂头，"要死就死在一块儿，我不怕！我不和你划清界限！我告诉你，你也不许和我划清界限！"

冯冠生见说服不了妻子，只能无奈地笑了笑。可是他这一笑，让方秀兰发现，尽管冯冠生擦干净了脸，可他的嘴角依然有隐约可见的血渍，尤其是刚才那一笑，他的牙缝里竟是一片血红。

方秀兰的心碎了。

方秀兰刚想询问冯冠生的伤情,房门却在这时候突然打开了一条缝,两个窝头被扔了进来。就在房门即将关上的瞬间,几个"红卫兵"突然瞥见囚室里两个人的举动,他们怒火冲天地冲进了冯冠生的囚室,举起皮带就开始抽打:"你个狗特务,到了这里还不忘耍流氓!"

冯冠生匆忙举起手臂遮挡……"啪"的一声脆响,皮带上宽大的金属扣砸实了他的额头,血当时就喷溅了出来。冯冠生摇晃了几下身子,便一头栽倒了下去。

方秀兰疯了:"你们这些畜生!你们这些土匪!你们不得好死!"

"红卫兵"用皮带敲打着铁栅栏,恐吓道:"闭嘴!再喊连你也一起收拾!"

方秀兰真的疯了!她想站起来,把隔着栅栏的那些人撕成碎片!可她挣扎了几下都没有站起来,情急之下,她吐了一口痰过去:"呸!来啊,来收拾我吧,来杀了我吧!我不怕你们!你们这些畜生!你们不会有好下场的!"

也许是被方秀兰的气势镇住了,几个"红卫兵"放弃了对冯冠生的抽打,嘴里念叨:"这女的不会是疯了吧?"就离开了囚室。

方秀兰伸手抓住丈夫的脚,她想把丈夫拖到自己身边来,可是她拼尽全力也没有成功。无奈之下,她用力捶打着铁栅栏:"冠生,你醒醒!你快醒醒,求求你别吓我,你醒醒啊!"

也许是听见了铁栅栏"哐啷啷"的巨大声响,冯冠生的胳膊动了一下,醒了过来。他挣扎着坐起身子,抹着脸上的血朝门口张望了一眼,有气无力地问道:"他们……走了?"方秀兰点了点头。冯冠生歪倒在那里喘息了片刻，竟给了方秀兰一个狡黠的微笑："刚才把你吓坏了吧？我那是装的，我蒙他们呢，没想到连你也一起骗了。"

方秀兰"哇"一声大哭起来，哭得撕心裂肺——因为她明白，丈夫现在才是在骗她呢。

这是一段叫天天不应、叫地地不灵的日子，天一亮，冯冠生又被人带走了。方秀兰捶打着已经痛麻的双腿，她想哭，可是眼泪似乎已经流干了。

那天有些反常，大喇叭喊到中午的时候就没了动静。方秀兰心里发出一阵嘲笑：是他们的嗓子喊哑了吧？

可是一直到那天下午，外面出奇地安静。这太反常了，方秀兰心里惴惴不安。就在这时，囚室的门被打开了，进来的除了几个"红卫兵"，竟然还有柳保禄。柳保禄那年还不到三十岁，他是老村长柳文财最小的儿子。

保禄怎么会来这里？方秀兰惊讶万分。柳保禄进门后将方秀兰搀了起来，在她的耳边颤声说道："姑，咱回家。"

方秀兰紧张地问道："冠生呢？他在哪儿？我要和他一起回家。"

柳保禄红着眼圈说道："别说了姑，俺姑父在外头呢。"

莱县一中校门口，几个大柳村村民站在一辆平板车的周围。平板车上躺着已经不省人事的冯冠生。

在回大柳村的路上，柳保禄告诉方秀兰：那天晚上见冯冠生和方秀兰一直没有回村，老村长柳文财就觉得事情不对劲。昨天一大早，柳文财就让儿子柳保禄带着村里几个年轻后生直奔莱县县城。等柳保禄打听到冯冠生和方秀兰下落的时候，已经是晚上了。

235

今天一早，柳保禄等人就进了莱县一中。中午时分，他们终于见到了那个"革委会"头目，并说明了来意。没想到那人竟很痛快地答应了，但是留了话："人可以带回去，但是对于这种深藏在人民内部狡猾的反革命分子，必须严加看管，我们随时有可能过去提审！"

当柳保禄见到冯冠生时，冯冠生已经奄奄一息了，难怪那个头目那么痛快就允许他回家。

方秀兰在平板车上搂着冯冠生，车行了一路，她哭了一路。

离大柳村不远了，柳保禄让一个小伙子先跑回村里报信。当他们来到村头的时候，大柳村的老老少少已经等候在那里了。

柳保禄带着几个年轻力壮的后生将方秀兰和冯冠生背回了家，老村长柳文财也带着村里的土郎中赶了过来。土郎中给冯冠生把了把脉，说他是动了肝火、急火攻心，外伤基本没什么大碍，只是好像伤到了肋骨，需要好好调养。临走时，土郎中让柳文财派一个人随他回家拿药。

那天等众人忙活着给冯冠生灌下了药，已经半夜了。柳文财本打算留下几个村里的妇女照顾他们，但被方秀兰谢绝了，因为她想和丈夫单独在一起。

柳文财见方秀兰的态度很坚决，只好作罢。他让方秀兰好好休息，明天一早他会过来，然后便带着众人离开了。

那天夜里，悲愤交加的方秀兰噩梦不断。在梦里，那些恶毒的口号一遍遍响起；那些狰狞亢奋的面孔咆哮着、咒骂着，不断出现在她的面前；拳头、棍棒、皮带雨点般地袭来；丈夫胸前挂着一块白晃晃的牌子，头上还戴着刺眼的白帽子；丈夫抬起头，眼睛里满是屈辱和绝望；血，还有血，到处都是丈夫的血……

方秀兰从噩梦中惊醒，又伴着眼泪睡去……再惊醒、再睡去，周而复始……

当方秀兰再一次从噩梦中惊醒的时候，已经是第二天上午了。一夜噩梦，让她疲惫不堪。身边的冯冠生还在昏睡，他的呼吸已经平稳了一些，这让方秀兰放心了很多。

方秀兰默默地下了炕，环视一下四周：家里一片狼藉，家具东倒西歪；所有抽屉和柜门都洞开着，里面的物品被尽数扔在了地上；所有箱子都敞开着，东西被翻得乱七八糟……

看着眼前的凌乱，回想起那些骇人的梦境，方秀兰预感今后的日子将会暗无天日。

方秀兰万念俱灰。恍惚间，她走到了另一个房间，看到地上有一团绳子。她被绳子吓了一跳，蒙眬间，她好像又看到冠生被那团绳子五花大绑着推出门去。

鬼使神差一般，方秀兰拿起绳子，又搬来一把椅子。她踩着椅子将绳子拴到了房梁上，打上了一个死扣，然后将头伸进了绳套。她知道，只要她踢倒脚下的椅子，所有的噩梦都将结束。可是接下来呢？冠生该怎么办？方秀兰将头收了回来，蹲下身子，默默地坐到了椅子上。是啊，如果她走了，冠生该怎样活下去？抬头望了望头顶的绳子，方秀兰觉得自己其实并不想死，她刚才的举动，或许只是一种尝试性的体验。

在椅子上呆坐半晌，方秀兰的脑海里一片空白。

"秀兰，你！你这是要干啥！"冯冠生的喊声让方秀兰惊醒了过来。她愣怔着抬起头，冯冠生虚弱地倚靠在门旁，正目瞪口呆地望着悬在半空中的那条绳套。

方秀兰哭着扑了过去，搂抱住心爱的丈夫："冠生，不是那样的，不是！我没有！"

冯冠生也哭了，他紧紧地抱住妻子，在她耳边哭诉："秀兰，你傻呀！你怎么能走这条路呢？你走了我怎么办？你这是

第十五章 至暗岁月

要撕碎我的心哪！"

方秀兰的心碎了。冠生怎么可以哭呢？他的眼泪是金子啊！在一起这么多年了，她只见冠生哭过两回，一次是给组织上送情报时她受了伤，还有一次就是干爹去世的时候。可今天的冠生竟然哭得像个受了委屈的孩子，这怎能不让她心碎？

方秀兰帮丈夫擦去了眼泪，安慰道："冠生，我真的没有！我那是……"那是什么呢？那根绳索还在半空悬着呢。

冯冠生泪眼模糊地看着妻子，哽咽道："秀兰，答应我，不论今后发生什么，都不许走这样的绝路！"

方秀兰使劲点着头："冠生，我向你保证，我刚才是有些犯糊涂，可我舍不得你呀！我保证，再也不会犯傻了。"

冯冠生重新将方秀兰抱紧，在她耳边低语道："秀兰，咱们得好好活着，这是任务。秀兰觉得苦，是吧？那就想想那些没有等到解放就牺牲的同志吧，咱们可不仅仅是为了自己活着，咱们身上还有着他们那么多的寄托，就算是为了他们，咱们也要好好活着！"

方秀兰扶着冯冠生到炕上重新躺好。冯冠生再度拉住方秀兰的手，柔声问道："秀兰，你怕死吗？"

方秀兰果断地摇了摇头。

冯冠生又问："那你怕困难吗？"

面对这个问题，方秀兰犹豫了。冯冠生挤出一丝微笑："我知道秀兰是个不怕牺牲的好同志，党也知道。可是作为一个好党员，仅仅不怕牺牲是不够的。我问你，咱们宣誓的时候，那第四条里是怎么说的？"

方秀兰回答道："不怕困难，永远为党工作。"

冯冠生艰难地笑了笑，又问道："那第七条呢？"

方秀兰当然知道："对党有信心。"

"那第八条呢？"冯冠生又问。

方秀兰想了想，小声回答道："百折不挠，永不叛党。"

冯冠生对方秀兰露出了赞许的微笑，语重心长地说道："咱们现在确实遇到了很多苦难，可那又有什么？党现在是在考验咱们。党说了，秀兰同志是个不怕牺牲的好同志，可是她怕不怕困难呢？不行，我得考验考验她。如果你经受住了这些考验，党就知道了，哦，原来秀兰同志果然是个合格的好党员。到时候，我就给你做证，方秀兰同志在困难面前'百折不挠'，可坚强了。"说完他朝方秀兰眨了眨眼："到时候，说不定大伙儿会给你戴上大红花，党还会让大家都向你学习呢。"

方秀兰笑了，她仿佛真的看到了，就像刚解放的时候那样。那时候她还是女功臣，只要开大会她就会被请上主席台，她胸前的大红花又大又鲜艳，大伙儿还朝她喊："向方秀兰同志学习，向方秀兰同志致敬！"

冯冠生将方秀兰揽在了怀里："秀兰，咱们一定要对党有信心！其实那些打咱们、骂咱们的坏人，他们可害怕党了，所以他们才打着'党'的旗号来欺负咱们。等有一天，党看清了他们的真面目，是绝不会放过他们的。善有善报，恶有恶报，他们做了那么多恶事，是不会有好下场的。"

冯冠生的话就像一汪清泉，滋润着方秀兰就要绝望干裂的心田。冯冠生说那些话时，他的眼里好像跳动着一小簇火苗，那火苗让方秀兰看到了光明，看清了前途，也看到了希望。

灶台上几个大碗里有很多食物，看来是柳文财大哥早上送来的，锅里温着一个砂大碗，里面是给冯冠生熬的中药。方秀兰伺候着冯冠生吃了点儿东西，又给他喂了药，冯冠生便在炕上又睡了过去。

方秀兰将家里简单收拾了一下后，轻手轻脚地出了家门。

她径直来到房后的那座土坡上,在干爹的坟前坐了下来,她不是来诉委屈的,只是想来坐一会儿。

坐在干爹坟前,她又想起了冠生说的那些话。冠生说得对,党只是被暂时蒙住了眼睛,等党醒悟的那一天,一定能拨云见日,一切都会是美好而光明的。我们的党艰苦奋斗百折不挠,曾经赢得了一个又一个胜利。想到这里,方秀兰似乎又看到了胜利的曙光。

空中传来一阵轰隆隆的雷声,方秀兰抬头看去,乌云正从山的那边滚滚而来。她的腿又开始隐隐作痛,看来又有一场大雨即将来临了。那就下吧,下得更猛烈些吧!大雨过后必是更晴朗的天。

步履蹒跚地回到家里,方秀兰发现炕上竟然是空的——冯冠生不见了。她将屋前屋后都找遍了,都没有冯冠生的影子。这可把她急坏了,她跑到房前的高坡上,大声呼唤着冯冠生的名字。

须臾,山下跑上来几个年轻人,为首的柳保禄气喘吁吁地问道:"姑,咋了?"

方秀兰像是遇到了救星:"快,保禄,快帮我四处找找,冠生不见了!"

柳保禄带着几个年轻人分头散去。他们刚离开,倾盆大雨便从天而降,惊慌失措的方秀兰拖着两条酸麻的腿回到了家里。

那天,大柳村的老老少少几乎全部出动,一直找到了后半夜,却始终没有找到冯冠生。

如此恶劣的天气,冯冠生的身上又有伤病,他拖着一副病体能去哪儿?

众人聚在冯冠生家里,外边的雨越下越大了。有人小声猜测:"会不会是……又被那些'红卫兵'抓走了?"大伙儿都说不可能,因为没见过那些人再进村。再说昨天刚放人,今天就来抓,没道理啊。

就在大伙儿一筹莫展的时候,柳保禄开口了:"爹,反正附近咱都找遍了,不如让俺去县城看看。说不定,还真是那些人趁咱不注意的时候带走俺姑父了呢。"

柳文财叹了口气,点头应道:"去吧。要是他真的在,那些人又不肯放人,你就赶紧打发个人回来报个信儿,俺就是拼上这把老骨头,也要把人给抢回来!"

柳保禄叫上五个身强体壮的年轻人冲进了大雨里。方秀兰本来也想跟着一起去,可是她的腿实在迈不动,况且小腹处传来锥刺般的酸痛,更是让她几近昏厥。

后半夜暴雨如注,一直没有消停。

众人陪着方秀兰一直坐到了天亮,虽说已经是早上了,可外面依旧天色如墨。

就在此时,院门突然被人撞开,一个跟柳保禄一起去县城的小伙子推着自行车跑了进来,一进门就高喊着:"找着了!找着了!"

小伙子喘息未定,断断续续地讲述了找到冯冠生的经过。

原来,几个小伙子冒雨出村后,在雨中将自行车蹬得飞快,很快就接近了县城。几个人都熟悉去县城的路,知道下了那个大坡再往前骑行大约十几分钟就到县城了。可就在那个坡底,柳保禄却突然刹住了车子,紧随其后的两辆自行车也都随他停了下来。

大伙儿一起问:"保禄,咋啦?"

柳保禄说,他刚才从坡顶往下骑的时候,好像看到路边水沟里倒着一个人影,车速太快又下着大雨,视线很模糊。他说自己也不能确定,路边躺倒的到底是不是个人。

几个人一商量,不管是不是个人,既然已经停下了,那就回去瞅一眼。众人推着自行车折返了回去,就在接近坡顶的时候,果然在路边的水沟里发现了昏死的冯冠生。

柳保禄让其中一个小伙子单人单骑,火速回村报信,他和其他人将冯冠生扶上了自行车……

报信的那个小伙子讲完事情的经过,众人都松了一口气,不管怎么样,好歹是找到人了。柳文财马上让人下山去喊郎中,他又吩咐其他几个人赶紧在锅里烧热水,又在另一口大锅里熬上了姜汤。

大概一个小时后,柳保禄等人背着昏迷不醒的冯冠生冲进了院里。众人七手八脚地将浑身淌着雨水的冯冠生抬到了炕上。

此时冯冠生双目紧闭、牙关紧咬、气息微弱。方秀兰给他喂了一些温水,可是因为他牙关紧咬,水顺着嘴角都流了出来。郎中给冯冠生号了脉,安慰方秀兰道:"还是肝火攻心,应该没啥大碍。只要能把药喂下去,问题不大。"

听了郎中的话,方秀兰这才松了一口气。

郎中默默地来到了另外一个房间,朝蹲在地上的柳文财摇了摇头。柳文财一惊,郎中凑到他耳边小声说道:"恐怕……恐怕是不中用了。"

话音很小,却像一声惊雷炸响在柳文财的耳边,他一屁股坐到了地上:"咋?咋?"

老郎中没有再说话,只是阴郁着脸,摇头叹了一口气。

土炕上,冯冠生的手指动了动,一声沉沉的叹息之后,睁开了眼。

冯冠生翕动了一下嘴角,好像要说什么。方秀兰赶忙擦干了眼泪，哄劝道："快，冠生，听大夫的话，咱们先把药喝了再说话。"

冯冠生艰难地挤出一丝笑容，轻轻点了点头。方秀兰扶起他的头，将一碗汤药凑到了他的嘴边。可他刚喝了一小口，突然将头一歪，"噗"一口将药又吐了出来。

"哐当"！方秀兰手里的药碗跌落在地上，摔了个粉碎。

冯冠生吐出来的不是药，是血！是殷红的血！方秀兰吓呆了，屋里其他几个女人也都慌了手脚。

听到声响，老村长柳文财疾步来到门口，朝屋里其他几个女人招了招手。女人们会意后抽泣着离开了房间。

炕头上，冯冠生拉着方秀兰的手，艰难地笑笑："总算是到家了，我以为……我以为再也见不到你了。"

"别说傻话！"方秀兰哭着问，"冠生，你怎么会倒在路边？是他们让你去的？"

冯冠生摇了摇头："不，是……是我自己要去的。"方秀兰吃惊地看着丈夫。冯冠生继续艰难说道："我想……去要回咱们的钢笔。那是……那是师兄留给咱唯一的念想。我怕……怕他们弄丢了。"

"你怎么那么傻！"方秀兰哭起来，"我不要什么破钢笔，我啥也不要！我只要你，要你！"

冯冠生舔了一下干裂的嘴唇，轻声问道："秀兰，这辈子跟着我，你受苦了，后悔不？"方秀兰的眼泪就像窗外瓢泼的雨，她将丈夫的手放到自己的唇边，使劲摇着头。冯冠生猛地紧握了一下方秀兰的手，用微弱的气息恳求道："秀兰，答应我，活着……再难也要活着，活着就能……等到天亮。"

方秀兰使劲点着头："嗯，咱们都好好活着。天会亮的，咱们的好日子还长着呢。"

或许是刚才的对话耗费了冯冠生太多的气力，他闭着眼睛休息了一会儿，问道："秀兰，要是有下辈子，你还给我当媳妇不？"

方秀兰的眼泪"哗哗"地流下来："会！你永远是我男人！咱不说下辈子，这辈子我还没有爱够你呢。"

冯冠生再次挤出一个微笑，摇了摇头，气若游丝地说道："不行了，秀兰，我……不能陪你完成任务了。组织上……又给了我新的任务，党让我去……见一见马克思，去问问他……到底出了啥问题。"

"我不，我不许你胡说！"方秀兰号啕大哭，"我要你陪我，我不让你去！你哪儿也不许去！"

冯冠生的呼吸急促了起来，他蓄了蓄体力，很严肃地说道："方秀兰同志，我代表党组织，给你最后一个任务：潜伏，继续潜伏！"

"我不，我不！"方秀兰哭道，"冠生，我要和你一起完成任务，这是咱们俩的任务，当初你都没丢下我，现在也不许丢下我！"

冯冠生疲惫地笑了笑，伸出一只手，吃力地指了指身下："秀兰，快……帮……帮我拿出来，我……我想再看一眼……"

方秀兰顺着冠生手指的方向，揭开了他身下的草席。草席下，是那个画着党旗、画满了军功章、书写着入党誓词的小本子。方秀兰抹着眼泪，为丈夫打开了小本子。

冯冠生望着那枚党徽，甜甜地笑了……

门外，闻讯赶来的村民们站在大雨里，焦急地望着那扇窗户里微弱的光亮。

突然，狂风骤起，一道霹雳划破黑暗的长空，如瀑的暴雨中,那声惊雷令大地震撼。屋子里传来方秀兰撕心裂肺的呼唤:"冠生啊!冠生!你给我醒醒!我不让你走!你听见没有!我不让你走!"

就在那个黑得像暗夜的正午,冯冠生走了,一个被开除了党籍的、优秀的中国共产党党员,含恨离开了人世,年仅四十五岁。

院子里,响起一片低沉压抑的哭泣声。老村长柳文财哭号着冲进了院子里,他扑倒在地,拍打着泥泞的土地,仰天大哭:"老天爷啊!你睁开眼吧!这到底是咋了吗?!"

老天爷没有回答柳文财,只是将雨下得更大了……

方秀兰始终无法相信,那个和她相依为命的好人就这么走了,那个终日陪伴她、鼓励她的好人就这么走了,那个每天哄她开心、给她在发间插上小花的好人就这么走了,那个发誓要和她不离不弃、白头到老的好人就这样言而无信地先走了。她不相信!她觉得她的冠生一定是睡着了,只要他的嘴角向上一翘,就会坏笑着醒来……

无论方秀兰相不相信,冯冠生真的走了。如果他真的有机会见到马克思,也许他们之间会有很多值得共同探讨的话题。

村长柳文财按照老柳家的规矩给冯冠生安排了葬礼,墓地就选在宅子的屋后、炮爷坟墓的旁边。按照习俗,第二天上午就该是葬礼最后的仪式了。那天夜里,方秀兰向柳文财要了几张大红纸。柳文财很疑惑:这是葬礼,妹子要红纸做啥?

第二天上午,马上就要盖棺。柳文财擦干了眼泪,过去提醒方秀兰:"妹子,过去再看一眼吧。"

方秀兰点了点头,起身拿出了她忙碌了一夜的杰作:就在昨天晚上,她依照冯冠生的那个小本子,将那些奖章、军功章和纪念章，在红纸上临摹了出来，还有一面她流着眼泪绘制的党旗。她觉得她的冠生配得上这些，他是个优秀的好党员，没有人能开除他的党籍，在他的葬礼上，绝对配得上一面党旗的陪伴。

将那些红纸塞进冯冠生寿衣的兜里，将那面党旗盖在了他的身上，方秀兰难为情地对众人笑了笑："能再等我一下吗？"

方秀兰出屋后来到菜地旁，采了一朵还带着露珠的小花，插在了自己的发间。回屋后，方秀兰来到冯冠生的身前。她的冠生就那么安静地躺在那里，这么多年了，他还是那么帅气，方秀兰怎么看也看不够。就在那个瞬间，她仿佛又回到了从前，又看到了慷慨激昂地为学生们演讲的冯冠生。真的，从见到冯冠生的第一眼起，她就深深地爱上了他。

方秀兰扶正了那朵小花，又理了理头发，对着冯冠生害羞地笑了笑："冠生，我漂亮吗？"今天的冯冠生没有笑，也没有回答。方秀兰俯下身子，吻上了冯冠生冰冷的嘴唇。

都说入土为安，该送冯冠生走了。

冯冠生被抬进了那口黑漆的棺材，当第一颗钉子落下的时候，方秀兰昏死了过去……

方秀兰傻了。从葬礼结束的那天开始，每天早上她都会到地头给自己摘一朵小花戴上，然后就去冯冠生的坟前，絮絮叨叨的，也不知道她在说些什么；中午妇女们将她叫回来吃饭，她呆呆地跟着回来，然后默默地再拿出一副碗筷放到身边；吃完饭，她又回到冯冠生的坟前；到了晚上她也不睡觉，抱着膝盖蹲在炕头的角落里，目不转睛地盯着自己的脚尖，一蹲就是一宿。

几个陪护方秀兰的妇女看在眼里，疼在心头。她们抹着眼泪去找老村长，让他快想想办法。柳文财红着眼圈无奈地摆摆手："由她，由她。"

这种疯傻的状态持续了半个月后，方秀兰终于醒悟了过来。这半个月里，她想到最多的就是死。因为这个家里到处都是冯冠生的影子，可她却看不到了。那些帅气的微笑、憨笑、坏笑，她再也看不到了。她无法接受这一切，想一死了之，跟随丈夫的脚步而去。

可最近几天，方秀兰突然想清楚了，她不能死。冠生不是说过嘛，要活着，即使再难也要活着！冠生到死的那一刻依然对党充满信心，他相信总有真相大白的一天。冠生是被气死的，是被冤死的，她要活着等到天亮的那一天，要为她的冠生洗清所有的冤屈。

就在冯冠生去世后"烧三七"的那天，也就是第二十一天，大柳村又出事了。

"烧三七"那天上午，方秀兰家的院子里聚集了不少前来帮忙的乡亲，村长柳文财正在屋里理顺乡亲们送来的纸钱。突然，一群"红卫兵"围堵在了院门外。

柳保禄和几个年轻后生赶忙堵住了院门，柳保禄瞪着血红的大眼，怒斥"红卫兵"："人都已经死了，你们还来干啥！你们还没折腾够！"

"红卫兵"们愣了，纷纷询问："死了？谁死了？怎么死的？"

柳保禄双眼喷出怒火，反问道："你们说谁死了？你们说是咋死的？"他指着院子吼道："俺姑父死了！是被你们活活冤死的！今天都'烧三七'啦！"

"红卫兵"们瞅了瞅院子里的那些祭品和烧纸，表现出了莫大的遗憾："真不走运，好不容易抓着个大特务，还死了，县里还等着他回去开'誓师大会'呢。"

就在这时,有个"红卫兵"提议:"不是还有个女的吗?那女的没死吧?"

周围的"红卫兵"登时茅塞顿开:"对呀,那个女的也是特务!快让开,把那个女的叫出来!"

柳保禄急了,死死地抓住门框,厉声咆哮:"谁也不能进,谁敢再靠前,老子就跟他拼了!"

"红卫兵"们也急了,纷纷解下了皮带,挥舞着皮带叫嚣:"你敢袒护反革命的狗特务,信不信我们连你也一起抓走?不想挨批斗就赶紧让开!"

院门外传来的喧嚣声,方秀兰在屋里听得真切。一抬头,她看到了房梁上干爹留下的那杆老枪。她搬了把椅子垫脚,伸手把猎枪取了下来。可她刚冲到门边,却被柳文财拦住了。柳文财抖落掉披在肩上的外衣,一把将那杆枪抢到了手里,冷冷地说道:"妹子,大柳村的男人还没死绝。"

与此同时,山下的大柳村里响起了锣声,大群村民挥舞着铁锹、镐棒冲上山来。

柳文财端着枪走进院子的时候,"红卫兵"们已经撞开了柳保禄等人筑起的人墙,也冲进了院子。

"砰"一声枪响,柳文财握着枪,门神般地挡住了房门:"兔崽子们!老子今天拼了这把老骨头,你们再往前走一步试试!"

说话间,前来增援的村民们已冲到了院门口。"红卫兵"们色厉内荏地叫嚣:"你们想干什么!包庇反革命就是和反革命同罪!你们都不想活了!你们这是在对抗'最高指示',赶紧让开!"

柳文财轻蔑地一笑,掷地有声:"哼!老子是一九四四年的党员!老子今天就反革命了,咋地!今天要是让你们带走俺妹子,老子跟你们姓!"

山下突然传来一片尖厉的喊杀声，几个靠近院门的"红卫兵"探头朝外一看，大事不妙！山下正有一群妇女喧嚣着朝山上冲过来，她们挥着手里的菜刀、锅铲，敲打着脸盆叫喊着：

"杀人偿命！给小姑夫报仇！"

"是大柳村的爷们儿，就跟他们拼命，一个也别放跑喽！"

……

妇女不仅要翻身，大柳村的妇女这是要翻天哪！眼看着就要被村民包围，"红卫兵"们慌了，也不知是谁先喊了一声"撤"，一大群绿色的身影落荒而逃……

当天上午祭祀完冯冠生，柳文财召集村里的几名党员开了个会。大伙儿的意见一致：那些人绝对不会就此善罢甘休，保护方秀兰，是当前大柳村的头等大事！几个人商量之后，由柳文财宣布了大柳村的"一号指示"：民兵开始恢复巡逻，严守村口。只要大柳村还有一个男人，就绝不能让那些人带走方秀兰！

可是说来也奇怪，尽管山外的"文化大革命"进行得热火朝天，但这股"春风"却就此再也没有刮到大柳村来。

在恢复了平静的小山村，方秀兰成了村民们守护的"神"，成了他们眼里的"宝"，也成了村子里的"教书先生"。像现在的村主任柳德福这个岁数的人，都是跟着方秀兰长大的。方秀兰教会了他们认字、读书、学知识，更教会了他们怎么做人。

多年之后，虽然大柳村已经有了自己的小学，可孩子们在散学后都会蜂拥着跑到方秀兰那里，去守着他们的阿婆写作业、听故事、做游戏。

这里还要强调一件事，现在的村主任柳德福，就是老村长柳文财的孙子、柳保禄的儿子。

第十六章
喜获平反

　　方秀兰老人平静地讲完了自己的经历。她的神色是那样安详，好像她说的只是一个故事、一段别人的过往。病房里鸦雀无声，秘书小田和几个护士是抹着眼泪听完的。

　　乔占峰率先打破了病房里的沉默，问道："冯妈妈，'文化大革命'已经结束那么多年了，您为什么不主动找组织把那些事情说清楚？"

　　方秀兰老人摇了摇头，轻叹道："刚开始的时候，俺也想过去找找组织，好歹给俺们家冠生讨个说法。可后来俺在报纸上也看到了，有好多个大干部在那几年都受了冤屈。想一想那个年月，受苦人多着呢，俺也就不想再给组织上添麻烦了。"

　　乔占峰心痛地说道："可是您和冯冠生同志是共和国的大功臣啊！"

　　"大功臣？"方秀兰老人羞涩地笑了，"占峰啊，你没打那个时候过来，所以你不知道。你知道为了解放咱这个国家，牺牲了多少人吗？有那么多好同志，他们没能看到全中国解放就牺牲了。别人暂且不说，林大哥、窦立明大哥，还有那个贾作奎团长……和他们一比,俺和冠生对党做的那点儿贡献,又算个啥!"

老人的话深深地触动了乔占峰,他默默地扭头看了看小田。小田会意,抖了抖手里的笔和本子,又朝正运转的小录音机瞥了一眼:放心吧,我一直在记录。

乔占峰压抑住内心的激动,说道:"冯妈妈,您和冯冠生同志的经历我会如实反映给上级党组织。您对组织上有什么要求,都可以提出来。"

"我……"方秀兰老人好像有什么话要说,却又摇了摇头,"没要求,俺没啥要求。"

见老人欲言又止,乔占峰关切地问道:"冯妈妈,有什么话您尽管说。"

小田附和道:"是啊,冯妈……"话说一半,他突然觉得这个称谓很不合适,于是匆忙改口:"冯奶奶,您就说吧。"

方秀兰老人犹豫了一下,害羞地低下了头,嗫嚅道:"其实,俺和冠生这么多年也没再为党做出啥贡献,俺就是觉得……组织上要是觉得俺们还够格,能不能给俺们把党籍恢复了。"说完她腼腆地笑了笑:"要是觉得俺们不够格,那就算了。"

这也算要求?乔占峰一直隐忍的眼泪再也绷不住了,哽咽道:"够!一定够!冯妈妈,请您放心,组织上很快就会处理这件事。"

方秀兰老人露出了一个欣慰的微笑,试探着问道:"那……那当初没收俺们的那些奖章、军功章,是不是也能还给俺们?俺们家冠生到死都还惦记着呢。"

那天夜里,乔占峰的心绪久久难以平静。作为一名共产党人,作为青阳市委书记,他觉得他在某些方面的工作实在太不称职了,亏欠这些老功臣的太多太多了。

第十六章 喜获平反

回到房间已是深夜,小田还在桌前整理着那些记录资料。

乔占峰劝道:"时间不早了,早些休息,明天再写吧。"

小田朝乔占峰笑了笑:"乔书记,我想今天晚上就整理完。心里太激动,就是躺下也睡不着。"

乔占峰朝小田赞许地点了点头。

为了不影响白天的工作,早上还不到五点乔占峰就已经洗漱完毕。从窗户望下去,随行的几个人已经到了楼下。乔占峰和小田收拾好随身物品,轻手轻脚地走出了房间。没想到隔壁房间亮着灯,房门也敞开着,看来方秀兰老人已经起床了。

乔占峰来到门前,看到房间里有个小护士正在和方秀兰老人聊天。他走进去,亲热地和老人打着招呼:"冯妈妈,我今天还有别的工作,要马上赶回青阳市。您在这里安心再住一天,我已经将您的事情安排给了莱县县委的曹大元同志,相信他会妥善解决好您的生活问题。"

方秀兰老人听罢直摆手:"不用不用,快别麻烦组织上。其实俺也没啥大碍,你们忙你们的事,俺和德福自己回去就成。"

一番寒暄,乔占峰正要告辞,方秀兰老人犹豫着商量道:"占峰,俺个人还有个事情想要麻烦你,可你的工作那么忙,俺真不好意思说出口。"

乔占峰笑了:"冯妈妈,您就把我当成您的亲儿子。妈妈对儿子有什么要求,那是天经地义的事,还有什么不好开口的?"

方秀兰老人轻叹一声,说道:"占峰啊,你能不能帮俺去找找,看那支钢笔还在组织那里不?如果在,就还给俺吧,那是俺和冠生的私人物件,也是林大哥留给俺们唯一的纪念。冠生当年若不是为了它,恐怕也不会走得那么早,你看行不?"

乔占峰应允下来:"冯妈妈您放心,我一定尽力而为。"

直到上车乔占峰还在为难:其他事情相信省委马上就会有批复,可那支钢笔,事情已经过去那么多年了,去哪儿找呢?

回到青阳市,乔占峰又投入到了紧张繁忙的日常工作中。当天下午,小田来到他的办公室,请示道:"乔书记,方秀兰同志的材料我已经整理好了,请您过目,如果没什么问题,我想下午就给省里发过去。"

正在审阅文件的乔占峰满意地点了点头:"嗯,好,你先放在那里,我马上就看。"小田将档案袋放到了办公桌上,却站在一旁,好像没有马上离开的意思。

乔占峰疑惑道:"还有别的事?"

小田红着脸指了指那个档案袋:"乔书记,您……您先看看嘛。"

乔占峰拿起了档案袋,这才发现档案袋下面还压着一份文件。他拿起来一看,竟是一份《入党申请书》。他笑了:"很好嘛,有意向党组织靠拢,这是好事,你怎么还遮遮掩掩的。"

小田窘迫地说道:"乔书记,我知道,我还有很多地方做得不够,离组织上的要求还差得很远,但是冯奶奶的那些经历对我的触动太大,所以我就……我就写了这份入党申请书,请组织上考验我!"

乔占峰欣慰地点了点头:"好啊,既然写了申请书,那就要从现在开始,处处以一名党员的标准来要求自己。"说完,他将《入党申请书》递还给小田,鼓励道:"拿着,我不用看了,赶快交到党支部。等你通过考验期了,确定为发展对象后,我来做你的入党介绍人。"

"真的?"小田惊喜地接过申请书,朝乔占峰深深地鞠了

第十六章 喜获平反

253

一躬,"谢谢乔书记,我一定不会让您失望的!哦,不不不,我一定不会让党失望的!"他憨笑着挠了挠头:"您要是没别的事,那我现在就去?"

乔占峰笑着挥了挥手,小田蹦跳着离开了办公室。

看着小田离去的背影,乔占峰感慨万千:方秀兰和冯冠生两位老人的遭遇,触动和教育的又何止是小田?他觉得应该把二人的事迹好好做一下宣讲,如此产生的教育意义,要实在具体得多。

周二那天下午,有秘书给乔占峰送来了省委有关部门的批复:青阳市呈报的有关方秀兰同志的资料已经查实,省里有关部门认识并检讨了在新中国成立初期和"文化大革命"期间对冯冠生同志、方秀兰同志的不公正待遇;从即刻起,恢复冯冠生同志和方秀兰同志的党组织关系,并将在党内做出相应通报;冯冠生同志和方秀兰同志在解放战争时期立下的卓绝功勋,将被补编入《东安解放史志》。

另外,还有一份材料须转发给青阳市民政部门:根据相关规定,补发冯冠生同志生前,以及方秀兰同志的工资、津贴;补发冯冠生同志的抚恤金;按照现行有关条例,重新安置方秀兰同志的工作和生活;如果家属无异议,可将冯冠生同志的遗骨迁至省城东安的英雄山烈士陵园。

看着手中这份迟来了几十年的文件,乔占峰的眼睛湿润了……

第十七章
老将发威

第二天上午，乔占峰在几个部门领导的陪同下前往开发区进行调研活动。途中，随行秘书将电话递给他："乔书记，是小田打来的电话，说有重要事情汇报。"

乔占峰接过电话："喂，是我。"

小田显得很兴奋："乔书记，有个好消息！那个写《我的征战岁月》一书的杜永胜老将军，他要过来了！"

果然是个好消息！乔占峰欣喜地嘱咐道："确定一下他到青阳市的具体时间。"

小田应道："已经确定了。警备区的同志刚来过电话，说他今天下午就到青阳市，还问您有没有时间。如果时间允许的话，他想见一见您；如果您没有时间，就让我们提供一下冯奶奶的住址。我还没给他们回话呢。"

"可以可以！"乔占峰看了一下时间，"我争取下午四点前回市委。如果杜司令员先到，你来帮我安排一下接待工作。"

挂断电话，乔占峰兴奋不已：终于可以见到书里的"杜三伢"了。

下午还不到四点，小田给乔占峰打来电话：杜永胜老将军马上就到了。

乔占峰的车子刚停到市委办公楼前，就看到小田陪着两个人从远处走过来，他赶忙下车迎了上去。

根本无须介绍，因为对面那两个人的辨识度太高了：佩戴大校肩章的那位军人是青阳市警备区的副政委，之前开会的时候乔占峰曾见过几次；他身边那个精神矍铄的独臂老人，一定就是杜永胜。乔占峰在《我的征战岁月》一书的作者简介里看到过，杜永胜在抗美援朝的战斗中身负重伤，将左胳膊留在了朝鲜。

杜永胜穿着一身旧式军服，头发虽没有全白，但是黑发已所剩无几。他的目光炯炯有神，身板笔直，那条空荡荡的左袖更给他平添了些许英武之气。

"杜司令员，我临时有些小事耽误了接您，让您久等了。"乔占峰上前紧紧握着杜永胜的右手。

杜永胜乐呵呵地说道："乔书记是这个城市的父母官，公务繁忙，你能在百忙中抽时间来见我，我已经很感激了。哦，对了，你可别再叫我什么司令员了，我已经离休了，你就喊我'老杜'，听着也亲切。"

乔占峰打趣地说道："那行！不过杜老，既然我不叫您司令员，那您也别再叫我书记了，您就叫我'小乔'，我听着也亲切。"众人都笑了起来。

杜永胜焦急地问道："小乔啊，我那个老姐姐现在怎么样了？你能不能给我提供一些她的情况，我想今天就赶过去看看她。"

乔占峰看了看天，面露难色："杜老，今天实在太晚了。我看不如这样，您今天先在我们这里住一晚，明天一早我让小田陪您一起过去,那边的情况他比较熟悉。"

警备区副政委附和道:"是啊老首长,乔书记说得有道理。不过乔书记工作太忙,我看您还是跟我回去,明早我再把您送过来,您看怎么样?"

乔占峰连连摆手:"不不不,杜老今天就留在这里。咱们市委招待所就在旁边,很方便。"

几句寒暄之后,小田随警备区副政委到一辆军车上取下了杜永胜的行李。行李很简单,只有一只旅行箱。众人和副政委道了别,军车驶出了市委大院。

市委招待所客房里,乔占峰简单地向杜永胜介绍了方秀兰老人的情况。杜永胜听完后泪水涟涟,感叹道:"我的这个老姐姐啊,受苦啦。"

杜永胜告诉乔占峰,抗美援朝战争时期,他在朝鲜战场上负伤后便回到了祖国,伤愈后随原部队进驻大西北。他曾经委托战友打听过冯冠生和方秀兰的下落,但是始终没有音讯。"文化大革命"期间,虽然部队也受到了很大冲击,但毕竟与地方上不一样,所以他本人在那场浩劫中并没有受到太大迫害。"文化大革命"后,他几次试图联系冯冠生和方秀兰,但始终未能如愿。离休后,他到了北戴河干休所,也是在那里写了回忆录。昨天上午,他收到了省委发给他的材料,这才了解到方秀兰和冯冠生这些年来的遭遇……

说到这里,老将军垂泪叹息:"当初我要是再坚决一些,再坚持一下,或许就能找到他们,也不至于让他们吃那么多的苦。"

乔占峰安慰道:"杜老,在那样的年月里,就算您找到了他们又能怎么样。当时两位老人的主要问题,是出在东安城解放前的那段历史，无人证明、说不清楚。而您与他们的相识是在东安城解放时期，所以您用不着自责。最主要的是，在'政审'期间，他们是为了掩护'蔷薇'林仲伦同志的身份……"话没说完，有人敲响了房门。乔占峰扭头说道："请进。"

小田推开门，朝杜永胜歉意地一笑，然后给乔占峰递了个眼色。

乔占峰随小田出了门，问道："什么事？"

小田咧着嘴叫苦道："邓兆先司令员来了，还带着他的'反映团'呢。"

乔占峰苦笑道："可我走不开啊。要不这样，你先去接待一下，就说我在外面开会，或者……"

"说了，没用。"小田急得一跺脚，"拦都拦不住，人家看见您的车子进了市委大院，直接找到招待所来了。"

乔占峰笑了："人呢？"

小田指了指楼下："我让他们去了招待所的小会议室。"

乔占峰无奈地摇了摇头。回到房间后向杜永胜解释道："杜老，您先在这里休息一下，那边有几个老干部找我谈点儿事情，我马上就回来。"

杜永胜表示了理解，说道："你的事情重要，不要管我，快去忙你的。"

出了客房，乔占峰和小田相视一笑，硬着头皮下了楼。

招待所小会议室里，一群老干部围坐在会议桌前，邓兆先更是官威十足地端坐在主座上。

乔占峰一见邓兆先的那身行头，头疼不已：洗得发白的旧军帽，洗得发白的旧军鞋，还有那件挂满了军功章而且洗得发白的旧军装。只要邓兆先穿着这一身"披挂"前来造访，那必定又带来了满肚子的牢骚。不过看今天的架势，他更像是来兴师问罪的。

乔占峰进门还未来得及开口，邓兆先眯缝着眼将他上下一打量，阴阳怪气地说道："哟，咱们的市委书记来了，见你一面可真是不容易啊。"

乔占峰赔着笑脸走上前，本想和邓兆先握握手，岂料人家根本没给他面子，他只好尴尬地收回了手。在邓兆先身边坐下后，他恭敬地寒暄道："唉，那边有点事情耽搁了，让您老和大家久等了。"

邓兆先瞥了乔占峰一眼，嘲讽道："哼，大领导嘛，应该忙。可你比国家总理还忙？"

乔占峰窘迫地笑笑，自嘲道："可不敢！和总理一比，我忙的这些就不算是事了。"

邓兆先讥笑道："可我怎么觉得你比总理还忙。你和我们这些老家伙的见面会一年就两次，我们还愣是见不着你的面。你自己说说，一天到晚都在忙什么，啊？"

破案了，肯定是因为上回那个座谈会乔占峰未到场，从而惹怒了邓老爷子。乔占峰赶忙赔着笑脸解释道："老首长，您老听我解释一下，那天的事情确实是我考虑不周到。可我真是临时有个重要安排，所以才把咱们的会议给耽误了。"

邓兆先显然是有备而来，他不耐烦地一摆手："重要安排？什么重要安排？我都调查过了，那天你是去参加什么大公司的剪彩啦！怎么？陪着那些资本家吃喝玩乐、花天酒地你就有时间，和我们这帮老家伙见个面你就没有时间？简直是笑话！"说完他一拍桌子："乔占峰，你不要忘了，你还是个共产党人！"

一旁的小田急了，申辩道："谁陪资本家花天酒地啦？那天开发区那家公司的剪彩仪式，我们乔书记根本就没去，我们那天根本就不在青阳市！"

第十七章 老将发威

这一下可把邓兆先惹火了，他用手指着小田，大声呵斥："你是谁？你是什么态度？你知不知道你在和谁说话？我还没说你呢，你倒自己先蹦出来了！你刚才不是还说你们书记在外面开会吗？这是怎么回事！"

小田一时语塞，红着脸嘟囔道："那也不能没凭没据就冤枉人。"

一听这话，邓兆先登时火冒三丈。乔占峰赶忙拉住他赔礼道歉："好了好了邓老，这是他们工作上的失职，也是我没有交代清楚，我给您老和诸位赔罪了。邓老，以后您要是有什么事情，就打个电话过来，我们会登门去求教。您老岁数也不小了，来回走动也不方便。"

没想到好好的一句话竟闯了祸。邓兆先把眼一瞪："怎么？你……你这是嫌我们老了是吧？嫌我们碍眼了是吧？你的门槛高啊，我们还来不得了是吧？"

乔占峰苦着脸解释道："邓老，我没有那个意思，您听我……"

邓兆先哪里还能听得进去，把一身军功章拍得"哗哗"作响："我们进你这个衙门是有资本的，是有资格的！你这里是市委大院，那又怎么样？老子们照样能进！"他越说越激动："都说吃水不忘挖井人，你们的眼里还有我们这些老革命吗？要不是当年我们这些老家伙在战场上九死一生，抛头颅、洒热血，能有你们的今天？你乔占峰能高高在上坐着市委书记的位子？现在连见个面你都推三阻四，老子们革命的时候，还没有你呢！"

乔占峰耐着性子说道："邓司令员，我真的不是那个意思。您老和诸位为我们国家、为我们党做出的巨大贡献，大家都是清楚的！您放心，你们有什么意见要反映，我们一定……"

乔占峰的话还没有说完，邓兆先一拍桌子说道："贡献？你才革命了几天？你有资格跟老子提贡献？"他回头喊道："老家伙们，都亮出来，让这些小辈好好看看，什么是贡献！"说罢他一把扯掉了自己的外套。

其他几个老人也都义愤填膺地将外套脱了下来："对，让他们好好瞧瞧！"

邓兆先扯开了衬衣，拍打着一身错落的伤疤："你给我好好看看，这是什么？你自己数数！老子为共和国、为共产党立下过赫赫战功！你说贡献是吧？这些伤疤算不算贡献？你……"

"邓兆先！"门外突然响起一声大喝。

房门"嘭"的一声被推开了，杜永胜威风凛凛地站在了门口，抬起独臂指着邓兆先呵斥道："你看看你现在成了什么样子，咱们'老华野'的脸都被你丢尽了！"

望着不期而遇的杜永胜，邓兆先蒙了，瞠目结舌地问道："营……营长？您……您怎么来了？"

杜永胜麻利地解开了自己衣服上的两粒扣子，质问道："好热闹啊！你们在干什么？是在比伤疤吗？是要比贡献吗？"

邓兆先直接蔫了，哭丧着脸辩解道："不不不，老营长，我……我就是想教育教育他们，我……"

杜永胜迟疑了一下，又系上了扣子，摇着头叹息道："算了，我是不会再亮出这身伤疤了。这身伤疤是日本鬼子、国民党反动派还有美帝国主义留给我的纪念！它们时刻在提醒着我，胜利来之不易，和平来之不易！它们可以算作军功章，但绝不是用来捞资本、比资历的筹码！"

杜永胜走进房间，面对一群还在发呆的老同志，敲着桌子痛心疾首地说道："同志们哪，你们也都是老革命了！你们现在的日子过得还不够好吗？在座的各位，你们哪一个的餐桌上不是顿顿有鱼有肉？你们哪一个现在不是子孙满堂？咱们是为这个国家做出过贡献，可人民已经给予了我们太多！难道你们还不满足吗？想想那些曾经和你们并肩作战却牺牲在战场上的战友，想想那些没能看到胜利就倒下的先烈！同志们哪，你们就不为自己今天的行为感到脸红吗？假如有一天你们不在了，你们还有何面目去见那些长眠在地下的老同志、老战友！"老将军说到这里，默默地走到门口，转身看了众人一眼，摇头叹息："我真替你们感到羞耻。"说罢拂袖而去。

"老营长、老营长……"邓兆先手忙脚乱地系着扣子，匆忙追了出去。

屋子里的一群老干部面面相觑。乔占峰笑着招呼大家："老首长们，来，大家快请坐。有什么意见和想法尽管说出来，我们保证会高度重视，并尽可能给大家解决。"

老干部们唉声叹气地摇着头，也不知谁说了一句："走吧，还待在这儿干啥？"众人起身，长吁短叹地走出了小会议室。

事后，乔占峰从杜永胜的口中得知：杜永胜和邓兆先当年同属"华野八纵"，是我军的绝对王牌主力，以善于"打硬仗、打狠仗"而名冠全军。解放战争时期，这支队伍在鲁南战役、莱芜战役、孟良崮战役、豫东战役、淮海战役，以及解放上海的战役中都有着辉煌卓绝的表现。尽管邓兆先比杜永胜年长几岁，但是论起资历和战功，杜永胜参加革命更早、战功更显赫。并且在入朝作战之时，杜永胜任中国人民志愿军某部尖刀营营长，而当时的邓兆先就在他手下任职二连长……

第十八章
莱县祝寿

第二天下午快下班的时候，乔占峰在办公楼的走廊上碰到了小田。他愣了一下，招呼道："小田，你今天不是陪着杜老去莱县了吗？"

小田苦笑一声："去了，不过中午在莱县吃了饭，我就让人家给赶回来了。"

乔占峰看了看小田手里抱着的一摞卷宗，笑道："那行，你先去忙，一会儿到我的办公室来。"

乔占峰刚回办公室不久，小田就进来了。乔占峰问道："怎么样？莱县什么情况，快跟我说说。"

小田叹了口气，感慨道："又受了一番教育！那个杜老将军一见着冯奶奶就往地上跪，当时那情景……我在旁边看着，心里那滋味就别提了。"

乔占峰也叹了一口气，追问道："说说具体情况，老人家的身体还好吧？"

小田陡然来了精神，眉飞色舞地说道："乔书记，这就看出莱县曹书记的办事水平了。冯奶奶已经回大柳村了，还住在

263

原先的房子里。曹书记安排得还真不错,氧气机和一些保健设备都搬过去了,还有一个护士和一个保姆,安排得还真够到位。"

乔占峰满意地点了点头,问道:"杜老是怎么安排的?"

小田回答:"他今天会在大柳村住上一晚,明天他要去省城东安,曹书记说他会安排车送杜老过去,所以就让我回来了。"说完他突然想起了什么事:"哦,对了,乔书记,今天大柳村的柳德福告诉我,这个星期天是冯奶奶的生日。"

乔占峰思忖了一下,嘱咐道:"你去看看周日有没有什么重要安排,如果没有的话,你准备一下,咱们去莱县,给老太太过个生日。"

小田"嘿嘿"一笑,凑上来问道:"乔书记,如果那天有别的安排呢?"

乔占峰笑道:"要你这个秘书干什么,想办法安排一下嘛。"

那个周六的中午,乔占峰刚回到自家平房门前,就看到门口停着一辆奔驰小轿车,是省城东安的牌照。

乔占峰一进家门就问道:"门口那辆车是谁的?家里来客人了?"

文隽梅笑着迎了上来,回头喊了一声:"晟晟,你爸回来了。"

晟晟屁颠屁颠地从里屋跑出来打招呼:"爸。"

乔占峰问道:"你小子,那辆车是你开回来的?"

晟晟朝门外看了看,很神气地问道:"爸,怎么样?够档次吧?"

乔占峰警觉地问道:"从哪儿弄的车?"

晟晟得意地一竖大拇指,炫耀道:"我老婆的。"

乔占峰取笑道:"才认识几天就叫老婆,以后还不知道是谁的老婆呢。"

父子俩说笑着聊了会儿家常，文隽梅已经布置好了饭菜，招呼道："快来吃饭。"

一家三口难得团聚，在饭桌上边吃边聊。吃饭间，乔占峰想起要给方秀兰老人过生日的事，说道："对了隽梅，下午我要去莱县，晚上就不回来了。"

文隽梅问道："又是那个老太太的事情吧？"

乔占峰点头应道："老太太明天过生日，我下午赶过去，明天一早过去给她老人家安排一下。"

文隽梅嗔怪道："你也别只顾着忙别人家的事情啊。下午有时间的话，就去哥那里一趟，上回我都告诉他你去莱县了，结果你连家门都没进，这有点不像话了吧？"

乔占峰笑着应道："正好，今天晚上，我蹭他的饭去。"

晟晟在一旁插嘴道："爸，你往丈母娘家跑得挺勤快啊。怎么一到周末就跑莱县，你在那边忙活啥呢？"

文隽梅帮乔占峰回答："你爸在莱县找到一个老功臣，那老太太也真够不容易的。"乔占峰回家后曾对文隽梅说起过方秀兰老人的故事，把文隽梅感动得一把鼻涕一把眼泪的。

晟晟好奇地问道："老太太？什么老太太？"

吃着饭，乔占峰就给晟晟讲起方秀兰老人的故事，听得旁边的文隽梅又红了眼圈。

一家三口正吃着饭，晟晟突然低着头"咻咻"地笑了起来。乔占峰笑问道："臭小子，又想什么美事儿呢？说给我听听。"

晟晟"嘿嘿"坏笑着，说道："爸，你刚才说，那张城防图的卷轴那么长，那东西竟然被她放在那个地方，你说以后她再那啥的时候，还有感觉吗？"

"啪"！晟晟的话音刚落，乔占峰一巴掌就甩了过去。

晟晟捂着脸愣住了："爸，您……"

第十八章　莱县祝寿

"啪"！又是一个耳光。晟晟怕继续挨打，撇掉饭碗惊慌地躲到了一边。

旁边的文隽梅眼看着儿子吃了亏，一把扔掉了手里的筷子："乔占峰，你疯了！孩子好长时间才回家一次！一见面你就……"

"你给我闭嘴！"文隽梅的话还没说完，乔占峰就是一声大喝。盛怒之下，乔占峰一把掀翻了饭桌，指着晟晟对文隽梅吼道："你看看，你自己好好看看！这就是你教育出来的好儿子！混账！败类！"说完他气呼呼地去了自己的书房，"嘭"的一声摔上了房门。

乔占峰怒气未消，在书房里不停地来回踱步。他没想到，那些粗鄙、肮脏的话语和思想竟出自他的儿子。他一直以为晟晟还是个孩子，虽然顽皮但本质还是善良的，但今天他才发现，好像不是那样的。

一转头，乔占峰看到了书桌上的那份材料。那是小田根据方秀兰老人的口述整理出来的文字记录，他让小田复印了几份，自己保留了下来。

乔占峰默默地坐到了书桌前，拿着那份沉甸甸的资料，陷入了沉思：难道共产党人那些高尚的品质和使命传承，到了晟晟这一代人身上，真的出现了断层？这到底是为什么？难道仅仅是被物质生活的提高所淡化了？可造成这一切的根源是什么？到底是教育的缺失，还是信仰的缺失？这是一个很严重的问题。

房门被人推开了，晟晟端着一杯茶水小心翼翼地进来，他的左脸已经红肿，脸颊上的红手印清晰可见，乔占峰看了不免有些心疼。晟晟来到乔占峰的面前，嗫嚅道："爸，您别生气了，我知道错了……刚才我……我那就是开个玩笑。"

乔占峰气愤地呵斥道："开玩笑？那是能开玩笑的事吗？那是能开玩笑的人吗！？"

晟晟将茶水放到书桌上，低着头忏悔道："爸，我真的知道错了。我诚恳地向您道歉，也向那位奶奶道歉。"说完他深深地给爸爸鞠了一躬。

乔占峰叹了口气，摆了摆手："你先出去吧。"

晟晟看了看书桌上的那份材料，小声商量道："爸，我能拿过去看看吗？"

乔占峰紧蹙着眉头，默默点了点头。

这次去莱县又是一次私访，所以乔占峰只带了小田和司机。车子快进莱县的时候，他接到了大舅哥文隽松的电话。文隽松比妹妹文隽梅大两岁，与乔占峰同龄。以前曾是莱县物资局局长，前几年物资系统改制，他也从"物资局局长"变成了现在的"物资总公司总经理"。

文隽松在电话里阴阳怪气地问道："大书记，这是走到哪儿啦？"

乔占峰笑着应道："劳烦文总惦念着，就快到了。"

文隽松"哈哈"一笑："行啊妹夫，几次路过家门都不进，你这工作积极性，都快赶上'大禹治水'了。"

乔占峰笑着说道："今天这不就来麻烦你了嘛。"

文隽松很豪爽地应道："来吧来吧，报个数，一共来了几个？我提前给你安排住处。"

"到底是大老板，财大气粗。"乔占峰说笑道，"这次就来了我的秘书和司机，你看着安排吧。"

文隽松思忖了一下，应道："那行，那就还住'凯越'吧，离家也近。给他们安排一个房间，晚上你就住在家里。赶紧的，你嫂子已经准备好酒菜了。"

傍晚时分，车子直接开进了文隽松居住的那个小区。虽然是在县城，可这个小区设施完备，在当地算得上是高档社区。司机和小田将乔占峰送至楼下，便直接去了宾馆。

文隽松的一对儿女都在外地工作，由于距离较远，周末他们都没有回来，家里只有文隽松夫妇二人。乔占峰进门的时候，家里已经饭菜飘香。

吃着饭，文隽松打探起了消息："占峰，你最近好像总跑莱县，这边有什么大项目？"乔占峰没有答话，只是笑着摇了摇头。文隽松不乐意了，鄙夷地白了乔占峰一眼："嗤，跟我还用得着保密？我也就是随便打听一下。你瞧你，没劲儿。"

乔占峰便对文隽松讲了方秀兰、冯冠生夫妇在解放战争中的故事。文隽松两口子听完大为感动。文隽松问道："你说的这是咱们莱县的事情？我怎么不知道？"

妻子不屑地瞅了文隽松一眼："没听占峰说嘛，那是解放省城的事，那两个英雄的老家肯定是咱莱县的。"说完得意地扭头向乔占峰求证："是吧，占峰？"

"嫂子说得对，可也不全对。"乔占峰笑着解释，"这对夫妇的祖籍是在青阳市，他们在新中国成立初期遭受了一些不公正的对待，在青阳市监狱被关押了六年。出狱后就留在了莱县，结果又在'文化大革命'时期受到了迫害。"

文隽松感叹道："唉，老一辈的那些英雄真不容易啊！现在两人还在莱县？"

乔占峰回答："就在你们莱县的那个大柳村。"

文隽松怔了一下，问道："你刚才说，那个男的叫啥？"

"男的叫冯冠生，女的叫方秀兰。"乔占峰唏嘘道，"冯冠生同志在'文化大革命'期间已经过世了。"

文隽松吃惊地问道:"他……他是怎么死的?"

乔占峰说道:"算了,吃饭呢,不说这些了。我包里有两位老英雄的材料,回头给你一份,自己看吧。说句实话,真受教育。"

一顿饭吃完,乔占峰正坐在沙发上看电视,文隽梅的电话来了:"没休息吧?"

其实傍晚刚进文隽松家门的时候,乔占峰就想给老婆去电话报个平安,可是一想起中午发生的那件事他就不由得起火。如今人家主动把电话打了过来,他反倒有些不好意思了:"我在哥家里,刚吃完饭。"

文隽梅在电话里沉默了一会儿,小声说道:"你走后我想了一下中午的事,晟晟那孩子确实太过分了。孩子是我从小带大的,在教育问题上,我有责任……"

"不不不,"乔占峰的心软了下来,自责道,"隽梅,当时我处理问题的方式也太过粗暴,我……我向你道歉。再说了,教育孩子本身就是夫妻两个人的事情,不能全怪到你一个人身上。隽梅,我再次向你道歉。"

静默了数秒,文隽梅笑了:"都是老夫老妻了,还道个什么歉。你平时工作忙,教育孩子的事我本来就应该多承担一些。"她的语气一转:"占峰,你就原谅孩子吧。晟晟真的认识到错误了,其实他没有你想象的那么恶劣。下午他躲在屋里看了你的那份材料,晚上又来向我作了检讨,孩子还是挺诚恳的。"

乔占峰问道:"他的脸没事吧?"

文隽梅"扑哧"一声笑了出来:"刚才还照着镜子埋怨你呢,说你太不够意思了,两巴掌怎么全打在一边儿,严重影响了他的光辉形象。"

乔占峰嘲讽道:"长成那个熊样儿,还有偶像包袱,嗤。"
文隽梅回怼道:"谁长成熊样儿了?我儿子多帅啊!再说了,就算长成熊样儿也是随你,你还嫌弃。"
夫妻俩在电话里又聊了几句,就挂了电话。

第二天,乔占峰起了个大早,可刚出卧室门他就愣住了:客厅门口摆放着成堆的礼盒。他走过去一看,都是一些很高档的营养滋补品。他问正在厨房忙活早饭的嫂子:"客厅里大包小包的,这是干吗呢?"
嫂子回答:"那都是你哥准备的,他说今天要和你一起去探望那个老太太。"
乔占峰瞅着那堆营养品笑了笑,问道:"怎么样?咱家文总受教育了吧?"
嫂子苦笑着说道:"昨晚看了你给他的那些材料,一宿没睡,叹了一晚上粗气,天不亮就张罗着要去看看老英雄。"
乔占峰四周张望了一下,问道:"我哥呢?"
嫂子回答道:"老太太不是过寿嘛,他下楼买蛋糕去了。"
话音刚落,文隽松就急匆匆地进了门。见文隽松空着手,乔占峰问道:"怎么了?蛋糕没买着?"
文隽松讪笑着说道:"买了,已经送到车上了。买多了,我买了一个,小田又带了一个过来。"
乔占峰问道:"他们已经来了?"
说话间,小田和司机也进了门。和乔占峰打过了招呼,两人望着堆在地上的各种礼盒,颇感惊讶:"这些全是?"
文隽松伸手招呼道:"对对对,全部,都搬下去。"
小田和司机收拾着那些礼盒。乔占峰对文隽松谢道:"又让你破费了。"

第十八章 莱县祝寿

"少废话,快吃饭。"文隽松将乔占峰拖到了饭桌旁。

乔占峰回头招呼:"你俩先停停手,吃完了饭再忙活。"

小田摆摆手:"您快吃吧,我们在宾馆已经吃过了。"

饭后一行人上了路。半个小时后,车子驶进了大柳村,在村头停了下来。村头的空地上已经停了几辆轿车,小田指着一辆黑色轿车告诉乔占峰,那是曹大元的座驾。

几个聚集在村头的村民认出了乔占峰,很亲热地上前打了招呼,又帮忙提上了蛋糕和礼盒,一群人就沿着小路上了山。

也许是事前有人报信,乔占峰等人还没到方秀兰老人的家门口,县委书记曹大元就满面春风地迎了出来:"哎呀,乔书记,我掐指算过了,今天您一准儿能来。没想到,还真让我算着了。"

乔占峰取笑道:"真没看出来,咱们曹书记还有掐指一算的本事。退休后在路边支个棚子,肯定是一条新的致富路径。"众人哈哈大笑。

曹大元看到乔占峰身后的文隽松,愣了一下,问道:"文总,你咋也来了?"

文隽松笑着反问道:"这有啥大惊小怪的,你能来,我就不能来?"

"不是不是,"曹大元狐疑地指了指乔占峰,"你们……你们一起来的?"

乔占峰介绍道:"你们都认识吧?那我重新再给你介绍一下,这位,是我的大舅哥。"说完还补充强调了一下:"亲大舅哥。"

曹大元大吃一惊:"我咋不知道?"

文隽松颇为得意:"你不知道的事情还多着呢。"

271

方秀兰老人的院子里可真热闹，不少村民已经忙活上了，院外还有几个年轻人在杀鸡宰羊，看架势今天中午的寿宴相当隆重。乔占峰进门跟方秀兰老人打了招呼："冯妈妈，我来看您了，祝您老福如东海，寿比南山。"

方秀兰老人喜笑颜开："谢谢谢谢，占峰你那么忙，还特意赶过来看俺，真让俺过意不去。"她瞅了瞅乔占峰的身后，寒暄道："来就来吧，还带那么多东西来，浪费那些钱干啥？"

乔占峰解释道："冯妈妈，我可没带什么东西，我只给您带了一个蛋糕，那些东西都是我爱人的哥哥给您的寿礼。"说着他把文隽松拉到了身前："冯妈妈，这是我大舅哥文隽松，他就在莱县工作，今天是专程来探望您老人家的。"

文隽松拘谨地笑道："老妈妈，我来给您祝寿，祝您老人家身体健康，长命百岁。"

"谢谢，谢谢你们。"方秀兰老人笑得合不拢嘴，招呼大伙儿都坐下来歇着。

趁这工夫，乔占峰看了看这个家，还真不错，家里被修饰一新，添置了不少家用电器，炕边安装了氧气瓶，炕头上还有一台新型呼吸机。他招手把小田叫到身边："你说的护士和保姆在哪儿？"

小田朝院子里张望了一眼，摇了摇头："好像没在，是不是今天人太多，就给她们放假了？"

柳德福进屋给众人倒上了茶水，问道："乔书记，找谁呢？"

乔占峰凑过去问道："小柳，家里的保姆和护士呢？"

柳德福苦着脸一挥手："我当你们找谁呢，快别找了，都让俺给赶走了。"屋里的几个人面面相觑。

乔占峰问道："怎么了？是冯妈妈对她们不满意？"

柳德福解释道："没啥不满意的。阿婆是俺们大柳村的长辈，伺候她就该是俺大柳村自己的事，让两个外人来伺候着，这要是传出去，俺们丢不起那人哪！不知道的还以为俺们大柳村人不懂孝道呢。"

乔占峰指着那台呼吸机问道："可这些东西，你们……"

柳德福上前轻轻拍了拍呼吸机，得意地说道："放心吧乔书记，俺老婆和村里几个妇女都会用了，耽误不了阿婆使唤。"

乔占峰满意地点点头，起身来到另一个房间，眼前的景象让他一愣：靠墙桌案上竟摆放着一个白玉骨灰坛。他问跟在身后的曹大元："老曹，这是怎么回事？"

曹大元一五一十地汇报了事情的经过……

原来市委的文件传达到莱县之后，曹大元马上按照文件的指示精神作了安排，还亲自上山做方秀兰老人的工作，打算劝她同意将冯冠生同志的遗骨移往省城的烈士陵园。岂料方秀兰老人就是不答应。曹大元深知方秀兰和冯冠生二人之间的感情，只好作罢。

前几天老将军杜永胜来探望方秀兰老人，知晓了此事，便做开了方秀兰老人的思想工作："老姐姐，现在可不兴土葬了。咱们国家有规定，现在都要实行火化。老百姓都在执行国家的号召，咱们党员更要起到带头作用。再说了，能去省城的烈士陵园，那是国家给咱们的荣誉。你想想，能和那些先烈们埋在一起，那是多大的体面和荣耀。等咱们百年之后，也去那里，和他们集合。"

杜永胜的一番话打动了方秀兰老人。杜永胜刚离开莱县，方秀兰老人就主动提出将冯冠生同志的遗骨进行火化。开棺当天，柳德福按照老柳家的规矩，带着全村男女老少举行了一个祭祀仪式。

今天天气不错,寿宴就安排在了院子里。人来得很多,满满地坐了四大桌。巧的是,蛋糕准备得刚刚好,乔占峰和文隽松各带来了一个,曹大元也带来了一个,柳德福还准备了一个,这样每桌都有一个蛋糕。

除了几个还在炒菜的妇女,大伙儿都落了座,小田拿出了相机。

大柳村村主任柳德福主持了寿宴,他站起身挥手招呼道:"寿宴这就开始啦!大伙儿都安静一下,今天是阿婆过大寿,这可是咱们大柳村的荣耀!今天咱们市委的乔书记、县委的曹书记都来了,咱们请乔书记讲两句,大伙儿说好不好?"

这个提议得到了大家的一致响应,院里响起一阵热烈的掌声。

乔占峰站起身:"谢谢,谢谢大家,能参加冯妈妈的寿宴,我很荣幸,也很激动。但是大家不要忘了,今天可是她老人家的寿诞。要论资格,她老人家参加革命最早;要论功劳,她可是咱们青阳市乃至国家的大功臣;要论起身份,她又是寿星。所以,咱们还是请冯妈妈讲几句,大家说好不好?"

院里又响起一片掌声和叫好声。

方秀兰老人站起来,朝众人鞠了一躬,腼腆地笑道:"谢谢大伙儿今天能来给俺过生日。老婆子嘴笨,也不会说啥好听的话,就借着这个机会给大家道个谢吧。先谢谢咱大柳村的乡亲们,这么多年了,多亏大家的帮扶和照应,老婆子谢谢你们啦。"老人家又鞠了一躬。

院子里,几个大柳村的妇女开始悄悄抹起了眼泪。

方秀兰老人继续说道:"再就是要感谢一下市里和县里来的领导,是他们帮俺和俺家冠生平了反,也恢复了俺们的名誉,冠生如果地下有知,也该瞑目了。俺在这里代俺家冠生,给你们鞠躬了。"

乔占峰自知这个鞠躬他受之有愧，本想站起来拦住老人家，可他终究没能起身。

方秀兰老人的声音哽咽了："最后，俺想感谢咱们的党。党没有辜负大家伙儿，让咱们的日子一天比一天好。冠生没有说错，这么多年了，党没有忘了俺们。俺也不知道该说啥好，俺……"

老人家犹豫了一下，当她右手握拳举到耳侧的时候，已经满面泪痕："中国共产党万岁！"

院子里一下子鸦雀无声，好多人都在低着头擦眼泪，乔占峰的眼泪也流了出来。柳德福突然站了起来，振臂高喊："中国共产党万岁！"他的喊声得到了很多人的响应："中国共产党万岁！"

此情此景，让乔占峰突然想起当下很流行的一句话：如果是发自内心的热爱，那就大声说出来！

寿宴开始了，可真是最地道的农家饭，盘满钵满分量十足，大伙儿吃得十分尽兴。柳德福带着那边的两桌汉子拼起了酒，开始用盅，后来用杯，最后干脆直接用了大海碗。开宴不久，一群村民便在柳德福的带领下过来给乔占峰敬酒。乔占峰实在推让不过，只能勉强用小酒盅抵挡了几杯。

大伙儿轮流过去给方秀兰老人拜寿，老人家高兴得合不拢嘴，一直泪眼婆娑。

寿宴进行中，乔占峰突然发现文隽松的兴致似乎不高，一个人低头闷闷不乐地喝着酒，有人敬酒他就笑着起身，只是那笑容太过勉强。他凑过去问道："文总，有心事？"

"没有没有。"文隽松敷衍道，"可能是昨晚没休息好。"

乔占峰想起来，嫂子早上说过，文隽松昨晚好像就没怎么睡觉。他劝说道:"现在屋里没人,要是觉得不舒服你就先进去躺会儿?"

"不用不用,没那么金贵。"文隽松朝乔占峰挤出一个笑脸,端起酒杯,"来,咱俩也来一杯。"

一顿饭吃到了下午三点多,柳德福那边的两桌村民早就喝得东倒西歪,有几个干脆趴在了桌子底下。那些妇女看着自家男人倒在地上丑态百出,连理都不理,甚至还幸灾乐祸地笑得前仰后合,看来早就见怪不怪了,连方秀兰老人看到了都在捂着嘴偷笑。

时间不早了,乔占峰起身向方秀兰老人告辞,今天他还要赶回青阳市。曹大元等人也起身向老太太辞行,老人再一次对乔占峰和曹大元表示了感谢,并让柳德福代她送众人下山。

下山的时候,柳德福红着一张大脸,向乔占峰解释道:"乔书记,俺们乡下人喝酒就这样,不喝到躺下就是没诚意,让您见笑了。"

乔占峰笑道:"这才叫民风淳朴嘛。当年我们也都是从农村出来的,很能理解。"

众人道别,纷纷上了各自的车,离开了大柳村。

车子驶上了公路,一直默不作声的文隽松突然跟乔占峰商量道:"占峰,要不……要不咱再回去一趟吧。"

乔占峰一头雾水:"回去?怎么了?"

文隽松嗫嚅道:"我……我好像有东西忘在那儿了。"

"你说你……"乔占峰本打算埋怨几句,可一见文隽松那可怜巴巴的样子,只好作罢。

车子在公路上掉了头,乔占峰问道:"什么东西忘了?"

文隽松敷衍道:"你就别管了,我回去拿上就走。"

车子又回到了大柳村村头,几个聚集在村头的村民好奇地凑了过来，有人打趣道："咋？乔书记，舍不得走啦？"

乔占峰笑道："不好意思，有东西忘记带了。"说完他回头和文隽松商量："文总，到底是啥东西，让小田去给你取吧。"

文隽松也不搭话，低着头就上了山路，起初是快步走，后来竟小跑起来。乔占峰心中充满疑惑，加快脚步跟了上去。

等乔占峰赶到方秀兰老人家的时候，文隽松已经进了院子，并且跪在了方秀兰老人面前。乔占峰不由得暗暗叫苦：平时大舅哥的酒量不错，今天也没见他喝多少，怎么会醉成这样？

文隽松的这一跪，方秀兰老人显然没想到，她赶忙上前要把文隽松搀扶起来："孩子，你这是咋啦？"

文隽松已经痛哭流涕，仰着头哭求道："冯妈妈，您打我吧！我对不起您，我不是人，我有罪啊！"

院子里正收拾餐桌的妇女们被眼前的这一幕惊呆了。

文隽松抓着方秀兰老人的手就往自己的脸上打，嘴里哭号道："您就打我两下吧，求您了，这样能让我好受一点儿。"

直到此刻乔占峰才回过神来，他几步冲到文隽松的身边，低声劝说："哥，大哥，赶紧起来，你这是干什么！今天冯妈妈过寿，咱别在这里出洋相！"

对于乔占峰的劝说，文隽松充耳不闻，继续号啕大哭道："我对不起您老人家！我对不起您和冯叔叔！我该死，我有罪！我……我……那年就是我带人来抓了您和冯叔叔，也是我带头抄了您的家，您打我吧！狠狠地打我吧！"

语出惊人！

昨晚餐桌上，当乔占峰提到"大柳村"三个字时，文隽松心头一颤。晚饭后他阅读了那份材料，当他看到"冯冠生"的名字，当他看完了整个故事，往事一幕幕浮现在他的眼前，令他羞愧难当。今天他随乔占峰来到大柳村，当他再一次走进那所院落，再一次面对方秀兰老人的时候，他的良知承受了无法承受之重。那支当年抄家"缴获"的派克钢笔就在他的衣兜里，他本打算趁没人注意时偷偷留下钢笔，可今天来祝寿的人太多，他始终没找到机会。寿宴上，方秀兰老人为她和冯冠生的平反感谢了党，那段话深深地触动了文隽松。在返程路上，他突然想明白了：连我们的党都敢于承认和纠正自己的错误，为什么他就不能！于是他鼓起勇气，又回来了……

文隽松抹着眼泪从口袋里掏出一个包裹严实的小盒子，双手举过了头顶："冯妈妈，对不起。这是您和冯叔叔的笔，还给您。"

方秀兰老人接过来，颤抖着双手打开，一支派克钢笔静静地躺在盒子里，笔杆上有一个俊秀的篆书"林"字。没错，真的是它！方秀兰老人只觉得眼前一阵晕眩，乔占峰慌忙上前搀扶住了她。

眼含泪光，方秀兰老人劝慰文隽松："孩子，快起来吧。事情都过去那么多年了，你不用太自责。人哪有不犯错的，犯了错能改就还是好同志。在那个年月里，谁能保证自己不犯错误呢。更何况，当时你们还是没长大的孩子。今天你能给俺送回这支笔，俺谢谢你。孩子快起来，听话。"

文隽松从地上站了起来，狠狠地一抹眼泪，跑进了屋里。乔占峰搀扶着方秀兰也跟了进去。

屋子里，面对冯冠生的骨灰坛，文隽松双膝跪地，呜呜痛哭："冯叔叔，罪侄文隽松看您来了，我给您老人家赔罪！对不起，真的对不起……"

第十九章
英雄离世

从莱县返回青阳市后的一个下午，乔占峰正在办公室里批阅文件。敲门声响起来，房门一开，小田背着手闪身进了房间。看他那鬼鬼祟祟的样子，乔占峰觉得好笑："贼头贼脑的，干什么呢。"

小田"嘿嘿"一笑，卖了个关子："乔书记，如果不出意外的话，我觉得我可能要立功了。"

乔占峰放下文件："哦？说说看，你要立什么功？"

小田狡黠地笑了笑，从背后拿出一个红色的小包，炫耀地在乔占峰的面前晃了晃。乔占峰正要询问，小田的手一抖，那个布包竟然是一块团起的红布，上面满满地镶嵌着一个、两个……十七枚亮闪闪的奖章。

乔占峰惊喜道："快快快，拿给我看看，就是那些吗？"

小田得意扬扬地说道："不会有错。上回去莱县的时候，我把那个小本子全都拍下来了。我逐张对比过，绝对没错！"

"太好了，太好了！"乔占峰夸赞道，"行啊小田，还真有你的！你是从哪里找到的？"

听到乔书记的夸赞，小田更得意了："我就告诉您吧。我的一个同学从小就有收藏邮票的爱好，我就琢磨，有收藏邮票的、有收藏古董的、有收藏火柴盒的，这奖章会不会也有人收藏？于是我就去找他问了一下，您别说，还真有！他有不少搞收藏的同行，其中就有专门搞纪念章收藏的。前几天晚上在我同学那里，那几个人把他们的收藏都带过去了，我一看，还真有好东西！"

望着这些半个世纪前的珍贵奖章，乔占峰问道："这要花不少钱吧？"

"根本没花钱！"小田趾高气扬地回答，"他们听说我是要送给老英雄，可痛快了，二话不说，让我随便拿！他们还得意呢，您想，这不就等于是他们给老功臣颁奖嘛！不过我们说好了，回头我得请客。"

乔占峰拊掌说道："行，这顿饭请得值！回头叫上你的那个同学和他的朋友，这顿饭我做东！"

"真的？"小田龇着牙，受宠若惊，"您亲自请客，那还不得美死他们！"他的脸色一沉，指了指红布正中央的一枚勋章："乔书记，您要是真请客，恐怕这一枚您请不起。"

乔占峰摸了摸那枚已斑驳的军功章，看向了小田。

小田夸耀道："乔书记您可看仔细了，'华野'的一级人民英雄奖章！绝版！全国也找不到几枚，您上哪儿买去？有钱您都买不到！"

乔占峰点头问道："是是是，那你是从哪儿找到的？"

小田摇头晃脑地说道："困难肯定有，但能难得住预备党员小田吗？您好好想想，'华野'的军功章，谁能有这么贵重的物件？您就从来没见过？"

乔占峰思忖了一下，摇了摇头。

小田"扑哧"一笑，凑到乔占峰的耳边："邓兆先。"

乔占峰兴奋地一拍手："你敢算计到他头上。"

小田叹了口气说道："所有奖章都找齐了，唯独就差这一枚。我看着照片琢磨了好几天，昨天一下子想起来了，邓老爷子就是'老华野'，而且我在他的'披挂'上见到过这种军功章！昨天中午我就去了他家，一说明情况，没想到老爷子还真不含糊，直接就从衣服上摘了下来，人家就说了俩字：拿走！当时我真是……啧啧，高风亮节啊！"

乔占峰心里明白，那些老同志把荣誉看得比生命还要贵重。其实他们到市委来，根本不曾要求过什么个人待遇，那只不过是一些老年人的偏执，只是想引起人们的关注和重视罢了。邓老爷子的举动实属不易，却也在意料之中，小田最后那句话总结得好：高风亮节。

乔占峰抚摸着奖章，激动不已："太好了，这几天找个时间，咱们给方秀兰老人家送过去。"

小田点头应道："行，那就等您从北京回来。"

经小田一提醒，乔占峰这才想起来，他后天要去北京参加一个会议，主题是研讨"经济发展和环境保护的协调共存"，沿海各地级市的"一把手"和主要分管的副市长都必须参加。

嗯？北京？

就在乔占峰准备前往北京的前一天中午，他把小田叫进了办公室："今天交给你一个艰巨的任务，你马上去一趟莱县，把方秀兰老人接过来，明天咱们带着她一起去北京。"

小田眼珠子一转，恍然大悟道："升国旗？"乔占峰笑着点了点头。小田一个立正："乔书记请放心，保证完成任务！"

乔占峰补充道："老人家岁数大，身体又不太好，长时间坐车恐怕会有不适。这样，你带一辆'考斯特'面包车过去。"

注意两点：安全第一，一定保密！"

小田苦着脸问道："保密？那我怎么说？"

乔占峰笑道："你就说是我想见她了，又没有时间过去。你那么聪明，自己看着办吧，随便说什么都行，但是记住，千万不要告诉她要去北京看升旗，咱们要给她老人家一个惊喜。"

那天傍晚五点多，市政府对面的酒店门前，一辆"考斯特"面包车缓缓开进了停车场。乔占峰带着几个人迎了上去："冯妈妈，一路辛苦了。"

方秀兰老人兴奋地握住了乔占峰的手："不辛苦不辛苦。你们这么忙，还要带俺去天安门看升旗，俺真不知道该说啥好，谢谢你们了。"

乔占峰寒暄道："这是我们应该做的。来，咱们先进饭店吃些东西，我已经点了您最爱吃的炖兔子肉。"

吃饭的时候，乔占峰从方秀兰老人的口中得知，最近这段时间文隽松几乎每天都去探望她，这让乔占峰倍感欣慰。

酒店的卫生间里，乔占峰一边洗手，一边责怪站在身后的小田："这点事都做不好，说好了保密的，你怎么全说了。"

小田给乔占峰递上了两张纸巾，委屈地嘟囔道："其实，开始的时候我也不想说，可是后来我想……我想让冯爷爷也去看看。"

乔占峰回头问道："他来了吗？"

小田点头应道："嗯，在车上。"

乔占峰沉默了片刻，拍了拍小田的肩头："对不起，我收回刚才的话，你做得很对。"

北京。天安门广场。

第十九章 英雄离世

天还不亮，长安街上来往的车辆还不是很多，乔占峰等一行人早早就来到广场附近。小田安排得很周到，从青阳市赴京时，还在面包车上给方秀兰老人准备了轮椅。尽管老人一再拒绝，可还是被众人扶上了轮椅。

天气微凉，小田给老人的腿上盖了一条小毯子。方秀兰老人抱着骨灰坛，乔占峰推着她走向天安门广场。

虽然时间还早，但天安门广场入口处挤满了等候观旗的人群。见有坐着轮椅的老人前来，人们纷纷礼让，让出了一条通道。

入口处，乔占峰朝小田递了个眼色，小田将一个布包递给了他。乔占峰没有接，只是看了小田一眼，又朝方秀兰老人努了努嘴。小田会意，凑近乔占峰耳语道："我……我不行。"

乔占峰小声道："这是致敬，又不是让你颁奖，有什么不行。"

一听这话，小田从布包里取出来一条红艳艳的羊毛围巾。他鼓足勇气来到方秀兰老人面前，轻唤一声："冯奶奶。"然后单膝跪地，双手将那条围巾举过头顶，呈送在方秀兰老人面前。

望着红围巾上十七枚闪闪的勋章，方秀兰掩嘴惊愕："天哪！天哪！"

在乔占峰鼓励的目光中，小田缓缓站起身，为方秀兰佩戴好了围巾。方秀兰轻抚着那些勋章，眼含热泪："谢谢小田，谢谢占峰，谢谢孩子们，谢谢你们！"

入口开启，人群涌进了广场。见有坐在轮椅上的老人，维持秩序的武警战士将方秀兰老人安排到了最前排的位置观旗，乔占峰等人则挤在后面的人群里。

天刚放亮，一队威武雄壮的战士迈着整齐的步伐出现在天安门城楼下，他们护送国旗进入了广场。

升旗仪式马上就要开始了。轮椅上的方秀兰老人缓缓站了起来，两个武警战士来到了她身边，扶住了这位因激动、兴奋而有些战栗的老人。

豪迈的国歌奏响，庄严的五星红旗迎着朝阳冉冉升起……

国旗、国歌、朝阳、广场、怀抱骨灰坛的老功臣、陪护的武警战士……闪光灯亮起，小田手里的相机捕捉到了这个激动人心的画面。方秀兰老人仰望国旗，两行清泪滑落了下来，她用颤抖的嘴唇轻声呼唤："妈妈，祖国妈妈……"

升旗仪式结束，众人推着老人来到天安门城楼前，仰望伟大领袖毛主席的画像，方秀兰老人再度热泪盈眶。她将紧握的右拳举至耳际："毛主席万岁！中国共产党万岁！中国人民万岁！"她的声音很小，甚至还有些颤抖，但在乔占峰听来却犹如洪钟大吕，因为他听到了一个老一辈共产党人的心声。

从北京归来半个月后的一天早晨，乔占峰在家吃罢早饭正走在去单位的路上，突然接到了文隽松的电话。电话里，文隽松声音呜咽："占峰，冯老太太好像不在了。"

乔占峰猛地止住脚步："什么叫好像？你说仔细些！"

文隽松抽泣着说道："我也是刚接到柳德福的电话，现正在赶往大柳村的路上。"

乔占峰大声质问道："你去村里有什么用！为什么不送医院！"

文隽松泣不成声："德福说已经不行了。算了，不说了，具体情况等我到了再说，你等我电话吧。"

挂断文隽松的电话，乔占峰马上拨通了小田的号码："小田，冯妈妈的身体不太好，你马上联系大柳村的柳德福，一定要问明具体情况。"说完，他拔腿朝办公大楼跑去。

第十九章 英雄离世

急匆匆地跑上楼梯，乔占峰止住了脚步：小田站在他办公室外的走廊里，耸动着肩膀痛哭流涕。一切已不言而喻，乔占峰的脑海中出现了短暂的空白。他默默走进办公室，打开窗户，闭着眼睛深吸了一口气。

方秀兰走了，无疾而终，享年七十九岁。乔占峰带着妻儿和青阳市的几位主要领导参加了共和国功臣、中国共产党优秀党员方秀兰同志的追悼会。

告别大厅里，头戴小花的方秀兰身上盖着党旗，走得很安详。

柳德福说，那天早上方秀兰吃过早饭，说她有些累了，几个村里的妇女就将老人扶上了炕头。有个妇女像往常一样给老人按摩着经常酸麻的腿部，可是按摩着按摩着，老人就"睡"了过去。按照农村的说法，这种没有痛苦的去世，称为"善终"，那是只有积德行善的好人才能得到的福报。

柳德福告诉大家：几十年来，每天早上冯阿婆都会在田间摘一朵小花戴上，然后去冯阿公的坟前，将小花放在坟头。今天他想让冯阿婆戴着小花，漂漂亮亮地去见冯阿公。

那一刻，乔占峰心想，冯冠生一定在那里苦苦等待着他的妻子，他们终于可以团聚了。

告别吧，这是最后一面了。

瞻仰遗容的时候，乔占峰望着含笑熟睡的老人，在灵柩旁大哭了一场。葬礼结束后，他将那支珍贵的钢笔放进了方秀兰的骨灰盒，然后用那条镶满勋章的红围巾做了包裹。

该上路了。方秀兰、冯冠生夫妇的骨灰将被送往省城的英雄山烈士陵园合葬，这对恩爱的革命伴侣终于可以长眠在一起。

乔占峰本来打算亲自护送骨灰前往省城，怎奈太多的工作让他难以抽身，只好委托小田和文隽松代他前往，柳德福也随车同行。

临行前，柳德福又给大家讲了一件事：那次在北京观旗回村后，方秀兰将民政部门补发给她的那笔巨款全部捐献给了村里。柳德福在与她商量之后，又将那笔钱捐献给了镇政府。一所以"冯冠生"名字命名的小学来年开春就将破土动工。柳德福抹着眼泪惋惜道："阿婆咋就等不到那一天呢。"

回市区的路上，乔占峰思绪万千，也万分自责。他认为自己完全可以为方秀兰做得更多更好，可是却永远没有机会了。

从那之后，乔占峰落下了一个病：每每听到国歌奏响或看到国旗升起，他的眼前总会浮现方秀兰在天安门广场观旗时，口中喃喃呼唤"祖国妈妈"的那个画面。

第二十章
丰碑有泪，英雄无悔

方秀兰去世后不久，就是二〇〇五年元旦。就在元旦那天，小田成为一名光荣的"中国共产党预备党员"，小伙子兴奋得整夜未眠。

元旦后的一天上午，乔占峰接到了省里的电话：我党在解放前夕曾潜伏在东安、上海、台湾等地杰出的地下党党员、谍报人员，小说《信仰》的作者林仲伦先生，将于明天抵达省城。

乔占峰在倍感兴奋的同时，也感到很惋惜：林老先生回来晚了，没能见到方秀兰的最后一面。他当即通知小田：重新安排明天的工作日程，明天一早赶往省城。

可就在当天下午，乔占峰突然又接到了省里的通知：林仲伦先生乘坐的班机由洛杉矶飞抵首都北京，他在北京临时做了行程调整，将乘坐当晚的航班于夜间十点直抵青阳市，请乔占峰做好相关接待工作。

可以在第一时间见到那位共和国的传奇功臣，乔占峰大喜过望。

当晚，乔占峰提前到达机场。当他看到两个人在几名机组人员的引领下走出贵宾通道时，不禁有些疑惑：那是林仲伦吗？据资料介绍，林仲伦应该是位八十多岁的老者，可乔占峰看到的那个老者几乎根本不能算是老者。他步态稳健，与身边的机组人员谈笑风生；休闲皮鞋、浅色牛仔裤，身上是一件休闲夹克衫，完全是一副年轻人的装束。唯一和老者有关联的，恐怕只有他两鬓有些斑白的头发。

直到机组人员作了介绍，乔占峰才确定眼前这位年轻的"老者"就是林仲伦先生。

林仲伦握着乔占峰的手，激动地寒暄道："乔书记，久闻大名，感谢感谢！"

乔占峰紧紧握住林仲伦的双手："林老先生，我拜读过您的《信仰》，崇敬之至。"

两个人寒暄之后，林仲伦将他身后的中年人给乔占峰作了介绍："来，乔书记，给您介绍一下，这是我的大儿子。这次他不放心我一个人远行，就陪我一起回来了。"

见那人六十岁左右的年纪，乔占峰上前握住他的手："林大哥您好，欢迎欢迎。"

一声"林大哥"，让乔占峰和那人都愣了一下。是啊，林大哥，乔占峰数次从方秀兰的口中听到这个称谓，而这个称谓一度象征着祝福、崇敬和期盼。

众人离开机场，前往提前预订好的宾馆。车上，乔占峰又偷偷打量了一下林仲伦：果然器宇轩昂，虽已是耄耋之年，却依旧英俊潇洒。八十多年的岁月和风雨似乎只是在他的面庞轻轻拂过，几乎没留下有关沧桑的痕迹。尤其是他的那双眼睛，熠熠生辉！乔占峰一时竟找不到合适的词汇来形容，机敏、睿智、明亮、沉稳……甚至还有些活力四射的成分。

车行途中，林仲伦告诉乔占峰，他在美国已收到省里有关部门转发给他的材料,唏嘘之余,他再次对乔占峰表达了谢意,并问及了方秀兰离世前的生活状况。乔占峰则有问必答,简单作了介绍。

来到宾馆,乔占峰本来打算让这对远渡重洋的父子早些休息,怎料林仲伦毫无疲倦之色。林仲伦的儿子也介绍说,父亲的身体一向很好,睡眠也一直很少。

既然如此,乔占峰便留了下来,并提出了一些疑问:林仲伦在《信仰》一书中,并没有提及他去台湾后的情况,也未说明为什么又去了美国。

林仲伦点上一支雪茄,为乔占峰解开了谜团……

当年到了上海之后,当地的地下党组织很快便与林仲伦取得了联系。当时为了获取更多更有价值的敌方情报,他依靠父亲的人脉关系成功打入了国民党的核心情报部门——国防部保密局。当年他送出去的情报为后来上海的解放做出了很大贡献。上海解放前夕,他又收到了新任务:继续潜伏,随国民党大部撤往台湾。

到了台湾的林仲伦继续使用"单线"方式与党组织保持着联系,他的上线便是我党赫赫有名的功勋特工人员——吴石,代号"密使一号"。吴石是我党潜伏在台湾级别最高的谍报人员,当时的他已是中将军衔,官居国民党国防部参谋次长,在国民党军界可谓地位显赫。一九五〇年春天,中共台湾省工委书记蔡孝乾叛变,台湾地下党组织遭到了毁灭性的破坏,吴石身份暴露,被捕入狱。他在被捕后大义凛然,面对严刑拷打和残酷折磨,没有透露任何党的机密,更没有供出任何一名战友。牺牲前,吴石曾在狱中留诗一首:

天意茫茫未可窥，悠悠世事更难知。
平生殚力唯忠善，如此收场亦太悲。
五十七年一梦中，声名志业总成空。
凭将一掬丹心在，泉下嗟堪对我翁。

吴石在被捕当年的六月十日，被残忍杀害。自此林仲伦与党组织再次失去了联系。

一九六八年，林仲伦的父亲林培公先生在美国因病逝世，林仲伦便以"丁忧"为名辞去公职，将家人迁至美国定居。他本人则辗转来到了香港，准备伺机回国。

可就在林仲伦守在香港等待机会的时候，"文化大革命"发生了。林仲伦从香港报纸上了解到，党内众多优秀干部相继受到迫害，尤其是以前的地下党潜伏人员，以及有海外关系的民众。

潜伏人员？海外关系？面对国内严峻的形势，林仲伦望而却步。几经斟酌之后，他选择暂时去美国与家人团聚。回到了美国的林仲伦终日牵挂着冯冠生和方秀兰，他甚至很迷信地在家里摆设佛堂，祈求师弟和弟妹的平安。

后来根据林仲伦的口述，他的大儿子帮他整理，完成了《信仰》这本书。为了避免泄露很多尚未公开的机密，对于台湾的工作他在书中没有过多描述……

讲完那段历程，林仲伦拿出了两本相册，并告诉乔占峰，两本相册里全是冯冠生和方秀兰的照片。当年撤离东安城时，被他保管收藏。

乔占峰怀着无比崇敬的心情翻开了相册。尽管那些照片都是黑白的，尽管岁月已让它们微微泛黄，可整本相册依旧散发着遮掩不住的青春气息。他还是第一次见到冯冠生的原貌，照片里的他英姿勃发，玉树临风。年轻时的方秀兰更是天生丽质，风华绝代，虽然照片里是素颜，但丝毫遮掩不住她的楚楚动人。

"吧嗒"，眼泪滑落在相册上。乔占峰不想在这样的场合下失态，可眼泪根本忍不住。

林仲伦感慨道："我的这个师弟，是个爱生活、会生活的帅小伙子。"他拍着两本影集笑着问："你们知道那时候的一部相机值多少钱吗？你们知道那时候洗出一张照片需要多少钱吗？用你们的话说，冯冠生可是个典型的腐败分子哟。"

林仲伦的儿子附和道："是啊，当年冯叔叔的那部德国徕卡相机，现在还珍藏在我们家。那可是我爸爸的宝贝，每个周末他都会拿出来擦拭。前几年有位德国收藏家去我家，准备出价六十万美金收藏，被我爸爸一口回绝了。"

小田不禁咋舌："六十万？美金？那是……那是什么相机？"

林仲伦的大儿子浅笑着回答："德国徕卡公司在一九三二年出品的首批手工相机。冯叔叔的那部相机上带着一套原装的广角镜头和一个长焦镜头，当时像这种成套的摄影器材，全世界也没有几部，能完好保存至今的更可谓是孤品、绝品，真不知道他当初是怎么买到的。"

乔占峰默默地听着，心潮起伏：当时冯冠生和方秀兰曾拥有富足而奢华的生活，可他们却因为信仰和对人民的无限热爱，毅然决然地投身革命，受尽磨难却忠贞不贰。

深夜，当乔占峰准备告辞时，小田指着影集里一张冯冠生和方秀兰的合影照，向林仲伦提出了请求："林老先生，您能把这张照片送给我吗？"

林仲伦思忖了一下，说道："很抱歉，这些照片都只有一张。不如这样，回头我送你一张影印件吧，可以吗？"小田感激地道了谢。

林仲伦问道:"小同志,你为什么想要这张照片?"

小田窘迫地回答:"因为……因为墓碑上没有冯爷爷的照片。"

林仲伦默默点了点头,然后小心翼翼地取出那张照片,塑封后双手递给了小田:"小同志,谢谢你,拜托了。"

阳光明媚,几辆轿车有序地驶进了位于省城英雄山的烈士陵园。陵园迎来了尊贵的客人——林仲伦。

在乔占峰和陵园工作人员的陪同下,林仲伦顺着石阶登上了英雄山。行至半山腰,还不待陵园的工作人员开口,小田指着不远处的一座石碑抢先作了介绍:"林老,到了,那就是冯爷爷和冯奶奶的墓。"

林仲伦望着墓碑点了点头,突然身子一晃。他的儿子和乔占峰赶忙将他扶稳。林仲伦摆手示意他没事。乔占峰发现林仲伦的眼睛已经湿润,神情悲怆,仿佛一瞬间苍老了许多。

小田将那张照片移交给陵园的工作人员,工作人员用工具将照片镶嵌到了石碑上。阳光下,照片里的一对恋人望着众人幸福地微笑着。

林仲伦的儿子上前敬献了花圈。林仲伦深情地凝视着石碑,哽咽道:"臭小子,让你受委屈了,师兄看你来了。"他走上前将脸贴靠在石碑上,轻轻抚摸,泪水打湿了石碑。

乔占峰和在场的所有人都掉下了眼泪。

怀着悲痛的心情祭拜了那对革命伉俪,众人顺着石阶继续登山。一路上林仲伦都在垂头低吟:"晚了,回来晚了……"

乔占峰试探着问道:"林老,您去了美国这么多年,这是第一次回国?"林仲伦苦笑着点了点头。乔占峰惋惜道:"您潜伏敌营那么多年,为祖国的解放事业做出了不可磨灭的贡献,像您这样的功臣，真该早些回来。"

"贡献？功臣？"林仲伦浅浅地一笑，语重心长地说道，"每个共产党人，在不同的历史时期，有着不同的历史使命。而我的使命在我决心离开台湾的时候就已经结束了。其实那都不算什么贡献，更谈不上什么功勋。对我个人而言，我只是在完成我的工作、我的任务、我的使命。"说到这里他的话锋一转："当然，看着祖国繁荣昌盛，一天天走向富强，作为一名为党工作过的老党员，我和其他旅美华人的心情自然是不同的。"

这一席话，让乔占峰对这个老党员更加肃然起敬。

拾级而上，众人来到了山顶的广场。仰望石碑上"革命烈士永垂不朽"八个大字，工作人员上前介绍：面前这座高高耸立的石碑就是英雄山革命烈士纪念碑，这是为了纪念在抗日战争和解放战争时期，为解放东安城及周边城市而牺牲在这里的千千万万革命烈士和无名英雄修筑的。

林仲伦瞻仰着石碑，对儿子说道："铭忠，这座丰碑是属于千万烈士的，也是属于你父亲的。按照咱们中国人的习俗，给你父亲磕个头吧。"

林仲伦的儿子点了点头，眼含热泪地朝着石碑跪了下去。

乔占峰一怔，问道："林老，这……"

林仲伦看出了乔占峰的疑惑，望着儿子的背影说道："我这个大儿子名叫窦铭忠。我是他的继父，他的亲生父亲就是'牡丹'窦立明同志。'铭忠'是我给他取的名字，我希望他能铭记父亲、铭记忠诚。"

乔占峰恍然大悟：难怪在机场称呼他"林大哥"，对方会愣住。

林仲伦又解释道："东安大撤退的时候，我带上了他们母子。后来在上海，我和他的母亲建立了信任，也培养出了感情。去台湾之后我和他的母亲结为了夫妻，后来我们又有了三个儿子。本来这一次我夫人也想一起回来，但是她的身体近来不太好，等以后有机会再说吧。"

说话间，林仲伦走到了革命烈士纪念碑前，轻抚着雄伟的丰碑，喃喃自语："老朋友们，老战友们，你们都还好吗？我看你们来了。"

面对石碑，林仲伦默默地倒退了几步，他猛地挺直了身板，向着纪念碑敬了一个标准的军礼。老人家的表情庄严肃穆，他的话音哽咽，却铿锵有力："中国共产党东安地下党支部，共产党员林仲伦，代号'蔷薇'，归队！"

望着石碑前的老功臣，乔占峰的眼泪再度夺眶而出，他赶忙别过头去。

山下，是一座欣欣向荣的城市，这个城市里的每一个人，都在为各自的生活奔波忙碌。或许随着时间的推移，这座山上长眠的英魂和他们的故事会被人们渐渐忘却。

但有一些人我们是不应该忘记的，因为是他们用青春、鲜血乃至生命，给我们带来了今天的祥和与安宁。他们不求回报，所以我们也无须时刻铭记，只是希望每次在国歌奏响、国旗升起的时候，让我们心怀感恩，在心底缅怀他们。

丰碑有泪，信仰无悔；人民英雄，永垂不朽！

后 记

　　小说《私密潜伏》终于跟读者朋友见面了，感恩所有遇见。
　　至今我仍清晰地记得当初小说完稿时的复杂心境：如释重负，怅然若失，还伴着泪水涟涟。
　　我希望大家能把这部小说当作一部半纪实文学作品来阅读，因为作品中的角色大都是有原型的。比如女主角方秀兰，她的原型就是我党在太原战役中功勋卓著的女特工霍桂花。那年我观看央视某军旅节目，被霍奶奶的英雄事迹所震撼，决心要把她的故事写出来，并为此查阅了大量的史实资料。万事齐备，可面对如此感人的故事，我却不知该如何下笔。就在我甚为苦恼之际，某网络小说平台发起"逆战"征文，主题要求是"在逆境中坚守初心，忍辱负重并最终赢得胜利"。这个主题让我茅塞顿开。
　　创作之路于我而言，可谓雄关漫道。我的文学底子太薄，心中所想很难付诸笔端；最主要的是，这个故事太扎心，我屡屡写到崩溃，不得不停笔移步至窗前，大口呼吸，大口吞泪。能被自己笔下的故事感动至此，这样的作者很难找到第二个。

终于完稿了，可望着一篇平铺直叙且滋味寡淡的流水账，我傻了眼。明明是个好故事，怎么就出不来好作品呢！我心有不甘，于是带着"流水账"找到了中国民主法制出版社的高文鹏老师。万幸的是，高老师不仅耐心地将稿子看完，竟然还对我提出了表扬。当然，他表扬的不是我拙劣的文笔，而是我的"三观"。

　　接下来的日子，高老师开始给我补课：从修辞技巧到语言节奏，再到故事架构……

　　这么说吧，我不到两个月就"完工"的作品，改稿却改了五年。五年来，高老师付出的辛劳和遭受的"折磨"，可见一斑。我由衷地感谢他。

　　回首过往，不堪亦是甜！

　　借作品出版之机，我还要感谢几位友人：山东仁晟建设集团有限公司董事长董力强先生，烟台市浙江商会会长张勤敏先生，莱阳明星艺术品有限公司董事长李翠芹女士。感谢长久以来你们倾力给予我的鞭策、鼓励与支持。

　　另外，我还要感谢烟台市委宣传部、烟台市文联、烟台市作家协会及烟台市文艺评论家协会的多位领导和专家，在漫长的创作过程中，你们给予我许多支持和力量，感谢你们的帮助和鼓励。我决心在这条路上一直走下去，争取创作出更多优秀的作品。

　　最后，祝我的读者朋友们阅文愉快，咱们下一部作品再见！

狼神神
2023年9月